侗箫与笙歌
一个侗族人的诗意生活

姚瑶 著

远方的家·民族系列

电子科技大学出版社

图书在版编目(CIP)数据

侗箫与笙歌：一个侗族人的诗意生活/姚瑶著.--成都：电子科技大学出版社，2015.12
（远方的家．民族系列）
ISBN 978-7-5647-3277-6

Ⅰ．①侗… Ⅱ．①姚… Ⅲ．①散文集-中国-当代
Ⅳ．① I267

中国版本图书馆 CIP 数据核字 (2015) 第 220354 号

侗箫与笙歌：一个侗族人的诗意生活　　　姚瑶 著
DONGXIAO YU SHENGGE: YIGE DONGZUREN DE SHIYI SHENGHUO

出　　版：	电子科技大学出版社
	（成都市一环路东一段 159 号电子信息产业大厦　邮编：610051）
策　　划：	成都鼎堂文化传播有限公司
策划编辑：	郭蜀燕　高小红
责任编辑：	万晓桐
校　　对：	殷　红
装帧设计：	鼎堂文化 136 7807 6111
主　　页：	www.uestcp.com.cn
电子邮箱：	uestcp@uestcp.com.cn
发　　行：	新华书店经销
印　　刷：	成都金龙印务有限责任公司
成品尺寸：	160mm×230mm　　印张 16.25　　字数 218 千字
版　　次：	2015 年 12 月第 1 版
印　　次：	2015 年 12 月第 1 次印刷
书　　号：	ISBN 978-7-5647-3277-6
定　　价：	35.00 元

◆版权所有　翻版必究◆
◆本社发行部电话：028-83202463；本社邮购电话：028-83201495。
◆本书如有缺页、破损、装订错误，请寄回印刷厂调换。

诗意的漫游与行走

  在我诸多的文字里，我多次提到我的胞衣之地——圭研，那是黔东南一个僻静的小村庄，和中国大部分的乡村一样，宁静、安详而贫穷，但不缺温暖的怀想，在那个百十人口的小乡村里，是我文字的发源地，那是一扇我通往文学的大门，藏有我所有的乡愁。

  我一直认为，每个人都有自己一个道德向善的地方。生命中的某个地方，让你不管身在何处，总是心中牵挂，常使你长夜的失眠。那个叫作故乡的地方不远不近，可以远在天涯，也可以近在自己的身边，在自己的灵魂深处，无时无刻不在感召着你。

  毋庸置疑，我对黔东南原生态文化是挚爱的。这里的山、水，让我的心一直没有走出黔东南，没有走出心灵疲惫的最后家园。在大多数时间里，也羡慕着城市的艳华，在别人的城市里，一个有诗意的人，同样可以放牧自己的思想，耕种自己的庄稼，收获自己的粮食。

  十多年后的某一天，当我踏上回乡的道路，阳光金子般撒下来，像静静的瀑布砸向屋后的山坡，砸向木楼前的古树，溅起的光斑像雨点一样洒了我一身。那一刻，我周身的力量坚硬不朽。

  一种最能激发我创作激情的是乡村生活朴实的泥土。我苍白的灵魂只有无数次反省，才能唤回那份清贫的亲切感。事实上，赫尔博斯的诗歌，也是极其朴素平淡的，那种内省的亲切感，令我无数次感动。

  一直以来，我以为我真的离开了故乡，可现实告诉我，我永远是生活的弱者，一个永远生活在乡下而又不断背叛乡村而接近城市的耻辱者，当我面对庞大的生活空间给我无尽的窒息的时候，我选择写作，把内心的迷惑、寂寞、恐惧和期待付诸文字。

  大部分时间，在黔东南这块神秘的土地上漫游或行走，静夜时倾听一曲侗箫或者笙歌，是诗意的。在该书出版之际，以黔东南文化元素创作的大型诗歌集《芦笙吹响的地方》已进入尾声，是诗意的。当有一天，回首那些被感动和泪水浸泡的诗意，它不仅仅只属于一个乡村的穷孩子的异想天开。

2015 年 9 月于贵州凯里

目录

1 磨朽的乡愁与旧时光
Mo Xiu De Xiang Chou Yu Jiu Shi Guang

006 斗牛者的鼓声
029 流淌而去的村庄
034 忘不了,一棵树
038 飘飞的松子
042 不该忘却煤油灯的岁月
046 缘于井的记忆
049 忆起麻雀
054 磨朽的乡愁与旧时光
057 一条知道回家的狗

2 是风把记忆带走了
Shi Feng Ba Ji Yi Dai Zou Le

072 是风把记忆带走了
080 奔走
088 牙膏
094 颜色
105 迁户口
112 复读岁月
118 穿越城市的土豆
121 遥望星空
125 在呓语中奔跑

3 芦笙吹响的地方
Lu Sheng Chui Xiang De Di Fang

- 142 芦笙吹响的地方
- 147 逝水流年三门塘
- 152 镇远：寻找遥远的繁华
- 156 月亮山之恋
- 160 秋去地扪
- 166 感觉侗族大歌
- 170 走过黔东南
- 175 悠悠且兰情
- 185 在隆里，对话王昌龄
- 189 九月，我在侗乡写诗
- 193 爱上一座城

4 回乡之路
Hui Xiang Zhi Lu

- 乡村的细节 202
- 伯妈在春天老去 210
- 月光下的圭研 214
- 回不去了，故乡 218
- 寂寞圭研 222
- 二弟 226
- 虎能老师 233
- 炭客 237
- 父亲是座山 241
- 回望故乡 247
- 有些惆怅随水流淌 251
- 回乡之路 255

第一辑

磨朽的乡愁与旧时光

Dou Niu Zhe De Gu Sheng

斗牛者的鼓声

一

斗牛者把自己灌得醉醺醺。端着米酒的双手，颤抖着，米酒已经溢出了陶瓷土碗，古铜色的脸，他有着一双无比虔诚的眼睛。人们知道，他在祭祀，祭祀的不仅仅是自己远逝的祖先，还有一头牛，一头健硕的斗牛。

"咚、咚、咚。"经久激越的鼓声，人群中燃放着鞭炮，场面宏大。每年，在黔东南苗族侗族自治州都要举行规模盛大的斗牛比赛。

不远处，那头牛，微闭着双眼，沉醉在遥远的梦中，均匀的呼吸声，反刍着胃囊的食物或者是自己的思想，并不为这隆重的仪式所感动，显得有些桀骜不羁。作为一头牛，它没有感动的理由呢？这朴实憨厚的动物，平时耕田拉车，过着艰苦朴素的生活，一把翠绿的青草就满足了物质的需要。牛是欲望极少的动物，用淡薄物欲、淡薄声色来形容一点也不为过。只是在斗牛比赛的这几天，斗牛者才会端出木盆，毫无吝啬地满上苞谷，斗牛们感觉就是过年，更有甚者，会给斗牛灌上一竹筒米酒。这几天时间很短，多是农闲，比如秋高气爽的季节，那是斗牛者打发寂寞的最好时光。

一头牛它为什么要为你感动？换一句话说，作为人类，我们不能把感动的理由强加在一头牛身上，被动地接受，双方都会不愉快，这样或许会显得人类更加霸道，蛮不讲理。可是，就在短短的几分钟之后，那头牛站了起来，抖了抖身子，喷着响鼻，撩拨自己的双角，眼睛凸鼓，有视死如归的样子，它如凛然的义士，或者是临上战场喝了几碗烈酒壮胆的刀斧手。在这个时候，我们千万别学西班牙斗牛士，舞动着红色的彩带，如果你这样，会被攻击得很惨！

我们犯了一个经典主义的错误，牛是色盲。在牛的世界里，是一部黑白胶片相机，眼前一片灰白，它只会对移动的物体感兴趣。红色刺激的并不是牛，而恰恰是人类，因为红色能引起人们情绪的兴奋和激动。变得暴怒不安的牛，再加上红色彩带的晃动，它一出场，就恶狠狠地找人报复。总的来说，牛在人的面前是特别温情的动物，因为牛的眼睛结构特殊，像一面放大镜，能把一个人看成一座山那样伟大。在庞大的物件面前，自我显得非常的渺小，牛是自古以来的自卑者。一个年纪尚幼的小孩，可以骑在牛背上，轻巧地摆弄着牧笛，牛会对他温顺有加。

斗牛者擦拭着他的那面鼓，像侍候刚出生的婴儿。那匹用上好牛皮蒙起的鼓面，释放着战斗的声音，牛是永远无法知道的。作为一头斗牛，从战场上败了下来，被杀戮，被剥皮，被煮吃，理所当然。斗牛者是这么想的，牛是我饲养的，有权主宰它的命运，人类分食饲养动物的肉，似乎古往今来，成了天经地义的事。而它包裹身心和灵魂的毛皮作为一面鼓的必具之物，牛一辈子也无法理解人类的做作。我们从鼓里听到了什么？我们囚禁很久的思想或者激情，是不是会从鼓声中得到释放与宣泄？作为灵长动物最高级的人类是不是有一天会被另外一种动物粗鲁地撸在案头上杀戮，然后剥下皮肤，当着一面激发斗志的鼓呢？我们不敢去多想，在激进的鼓声中、在冰火交融的时刻，自己与自己的敌人拉开战事，要战斗到底？或许只有牛，才会这么的无助、这么的温顺、这么的沉默。

从一头耕牛到斗牛的转变，是从肉身到灵魂的转变。不是任何一头牛都可以成为斗牛，正如不是任何一名士兵都能成为将军一样简单的道理。斗牛，必须具备健硕的体魄，而且好斗、善斗、会斗！牛，准确说是一头斗牛，它开始迈着方步扭着肥硕的屁股，颇有领导者的风范，走了出来。斗牛者的鼓声，绵延不断，响彻山谷，似乎从牛的肚子里面发出沉闷的号角，那种欢快的、激越的、经久的战场上的呼喊，是两军对垒的旋律。

鼓声继续！鼓声传得遥远，漫过了几座村庄。

斗牛，终于不再沉默！以尊者为王的态势，迈着方步已经来到斗牛场的中央，被修整过的尖角有着无比的锋利——换成人，是舞动着的两把尖刀！

二

我得给牛重新定义。早些年在偏远的侗寨，牛在我的印象中就是犁田耕地的工具而已，像放在老家墙角的一挂犁耙、一把镰刀那样简单而没有太多的生命意义。多年之后，我才发觉我的武断是多么的不近人情，从柳宗元《牛赋》中得到："抵触隆曦，日耕百亩。往来修直，植乃禾黍。"在人类文明史上，牛发挥着巨大的作用。人类社会发展到今天，经历了石器时代、农耕时代、机器大工业时代、信息时代的演变。中国古史中"神农氏",正是原始种植业和畜牧业发生时的人物,种植业和畜牧业的出现,是从驯化野生动植物开始的,牛在新石器时代开始驯化,普通牛最初驯化的地点在中亚,以后扩展到欧洲、亚洲和中国。可以这样说,牛在历史上,特别是农耕时代起到了不可替代的作用。

在机器大工业时代、信息时代中的牛,是不是悄然退出了历史舞台呢?没有,牛的地位一直存在。诱人美食的酸汤牛肉、裹住温暖的牛皮外套、行万里路的牛皮鞋、拴住快掉下裤裆的牛皮带,犁田拉车自然成了本分的职业,一头牛以自己完整的方式奉献给人类,温饱着人们的胃囊,温暖着人们的身体,甚至连人的名字、姓氏、属相与牛纠缠着千丝万缕的联系,甚至人们愚昧地把命运、前程都赋予在牛的身上,属相属牛的牛逼们最有发言权,把种种的不是,怪罪于牛,纵有菩萨心肠的牛,也是无可奈何的。

那么我粗俗的理解是多么的不堪一击,我亵渎了一头牛。佛经中把"牛头"、"铁蛇"视为虚幻怪诞之物。唐代以后,人们便把坏人演变成牛鬼蛇神,是什么样的背景和什么样的年代把一头牛娱弄成鬼成神了?演变达到登峰造极的该数"文化大革命"期间,那是一个信仰颠覆的疯狂年代。小学教我们语文的老师,如此朴实的乡村文化人,在一夜之间成了牛鬼蛇神,在"文化大革命"期间经受了数百次的批斗,他相信人间自有真理在,他也相信牛鬼蛇神总有晴朗的天空,晴朗的天空依然会升起一轮太阳。他如一头牛默默无闻地忍辱负重,艰难地走过了那段岁月。

在佛教中,牛是十分高贵的动物,具足威仪与德行。威仪与德行是有完整意义的人才具备的东西,一头牛,如何能比得上人呢?

在中国佛教史上的影响广泛的《无量寿经》如是道:"犹如牛王,

无能胜故。"在印度古代风俗中，认为牛是神圣的动物。怎么也无法想象，是什么力量让牛充满斗志？

——是人类不断地去挑逗、引导原本是天性温和的牛互相攻击，挑起一个种族之间永世的仇怨，人类其实就是这场比赛中，贪婪狂热且嗜战的一方，是永远的败者。

海明威说，生活跟斗牛差不多，不是你战胜牛，就是牛挑死你。在斗牛场外，我以一个旁观者的身份观看了一场激烈的斗牛赛。我战战兢兢地握着相机，拍摄精彩的瞬间。然而，我是旁观者么？从我的镜头里面，我看到牛纯真与无辜的眼神，那哀怨的眼神对着我，当时我觉得我就是这场战争的叛逃者、叛军。我读懂了牛，却无动于衷。

鼓声密集！迅速地，斗牛撒开架势……低着头，喷血一样的眼睛，这愤怒的程度，不亚于火山爆发、山洪倾泻。牛已经失去了原始的温情，是一把燃烧的火，这把火是不是出于情欲之上的争斗？还是其他，人类不得而知。

战国末年的燕惠王收集一千多头牛，把每头牛的两只犄角上都捆绑上利刃。牛身上披着画有各种神牛神兽的图案，牛尾巴上拴着浇灌上了油的草把，一经点燃，牛群拼死地闯进燕人军营，历史上伟大的火牛阵让我感慨唏嘘。

斗牛，在黔东南源远流长的原生态文化里，是沉寂了千年的一个导火索。斗牛，是黔东南古老民族燃起的激情。斗牛，这来自远古上帝赐予的礼物——升腾的图腾。或许，只有斗牛者才知道其中的奥秘，表现出生生息息的期望和绵延数千年的争斗。我们在敲响的鼓声中，读懂了什么？

在鼓声中，仿佛要穿透历史，向我而来，有如久远而旷古的召唤，恍然之间，古老的苗族先民筚路蓝缕、披风斩浪，那粗犷原始的赤脚而舞，从远古时代艰辛的跋涉而来了，我的思绪引入遥远深邃的记忆和遐思中。

苗族是中国最古老的民族之一，它的历史与汉族一样悠久。距今五千多年前，以蚩尤为首领的九黎部落联盟居住在长江中下游和黄河下游一带，后来在逐鹿被黄帝的部落打败，举世闻名的"逐鹿之战"造成了华夏文明历史上声势浩大的苗族大迁徙。苗族是一个苦难和团结的民族，他们不会花过多的精力用于战事，而是不断随着历史的颠簸，不断寻找到生存之源，把全部精力用来组建家园，生儿育女，因为战争，他们随着多次大规模的搬迁，人口在锐减。

侗族斗牛一样有着源远流长的历史，每年农历二月、三月或八、九月逢"亥"那天为斗牛节。在这之前，后生们吹笙到外寨邀战。侗族嘎佬淡定指挥，在牛王圈前，侗族同胞鸣锣吹笙放炮，生食鱼食祭祀通宵达旦。

仪式必不可少。斗牛前，德高望重的寨佬宣布斗牛规矩。斗牛者牵着斗牛入场示威，亲戚朋友鸣锣鼓芦笙者助威，几串鞭炮之后斗牛入场，场面壮观。有甚者，在斗牛头镶铁角、身罩红缎、背插令旗鹤尾，俨然古代冷兵器时代的战争拉开帷幕。

斗牛从战场下来，或喜或忧，这些都不在乎了。它们从头到脚，充满着欲望，这是一个物种生息的起码要求，我亲眼看见一头斗牛从斗牛场上打斗了一番，它是胜利者，然后迈着方步，从容不迫地骑在一头母牛身上。这使我想到与夜郎国同时出现在三千多年前的西南古国——且兰国。

且兰国尽管纵横了三千多年，可它就在我们眼前的贵州省黄平县旧州，可今天它的国都被历史几千年的尘埃深深地埋没在旧州原美国军用机场下了，留下的只是后人长久的怀思和历史一去不复返的感慨。"且"最初是生殖器的象形，可以猜测，且兰国是一个崇拜生育的古老国度，这与残酷的战争与艰难的迁徙有关。一头牛，理解了人类。

　　战场上或许没有胜负，胜负只是人为的认定结果而已，这真像一场有彩的博弈。这头健硕的斗牛，完全不把观众放在眼里，把手腕粗的生殖器埋进母牛的体内，旁若无人，这种光天化日之下互相慰藉，是放肆还是繁衍的需要？或者，这就是给胜利者犒劳的战利品？我们不去猜测了，大人蒙住小孩的眼睛。这头斗牛，正在做爱的斗牛，沉醉在蔓延的青草从中，沉醉在曼妙的享受之中，它没有考虑到灾难即将来临，会被另外一头斗牛突然的袭击，鼓囊的肚皮被尖角撩破，像泄气的皮球被掀翻在地。人类往往也大抵如此，在短暂的快乐之后，生命便消失殆尽。

　　鼓声消逝！一场斗牛赛已经结束。那头斗败的牛，等待的将是被杀戮的命运。它没有怨言，它遵循胜者为王败者为寇的原则。一头斗志昂扬的牛就这样，在临终前还要享受一把爱情，除此之外，它不屑一顾。

三

　　见过牛哭，在一个夕阳西下的傍晚。

　　一头牛，从田坎上蹒跚着走来，它在这条崎岖的路上走了二十多年，够老的一头牛了。它熟悉这里的一草一木，熟悉这里的日出日落，它甚至闭上眼睛，用不着你牵着牛绳，也是能够走回牛圈的。可是它万万没有想到，今天它已经走到了终点。

第一辑 磨朽的乡愁与旧时光

杀牛人把牛捆在竖起的木柱上，还用力打了一个死结。牛，刚开始还以为是给它喂药疗伤，这些天，牛明显感觉到疲倦，或许是生病了。当杀牛人拿着八磅锤（开山破石专用的铁锤）出来的时候，牛感觉到不妙了，可它没有挣扎，只是眼泪汪汪。

也许这就是命，牛认了。从田地里、从战场上退役下来，没有了价值，剩下一把老骨头，还是可以熬汤的。可是它还是想不明白，它跟随了二十多年的主人呢？哪里去了？主人家当然也在现场，杀牛人还是主人家请来的呢，只是主人也是相当的脆弱，看不得这杀生的场面，躲在木屋里，或许也在泪眼婆娑。人的情感脆弱得禁不起风吹雨淋，稍有不如意，我们的眼泪就流了出来。

牛，还在哭！

我偷偷挤到大人的前面，杀牛人往牛头套上黑色的布袋，朝双手啐了口水，轮起八磅锤往牛的脑袋击去，伴随着沉闷的声音，鲜血洒了杀牛人一身，那头老牛挣扎几下，断气了。

在那个傍晚，我哭着跑出了人群。

嘴巴咬着一把尖刀，杀牛人挽起衣袖，这架势在农村杀猪的现场见过，显得漫不经心。杀牛人左手捋着牛鼻子，右手轻轻把尖刀递进牛颈，飞溅的血花带着温热，腥味浓重，然后削毛剥皮、开肠破肚。

这头牛在温柔的等待中死于人类的残忍，这是不是人类发展史上弱肉强食的真实写照？当然，我是不去喝那一碗牛肉汤的，我的胃一直冒着酸水。

杀牛人还采取另外的杀牛方式，把牛赶到悬崖边，趁牛不注意，把牛掀下悬崖，重重的摔死。据杀牛人说，这样可避免血腥的场面，他也可以保持着干净的衣服。总之，牛是有灵性的，赶着牛往悬崖边的时候，牛是不愿意的，扭过头来泪眼汪汪看着主人家，恋恋不舍地。仿佛在说，自己还有力气耕田犁土，自己还能上战场拼杀。可是，英雄走到了末路，前面就是乌江。

往前的朝代里，总会有君王杀臣子的，这颠覆规则上演的闹剧，总会在历史布满灰尘的帷幕里悄悄显露出来，用不着大惊小怪。总的来说，一头牛被宰杀，农民失去了忠实的战友，斗牛者失去了一员大将。

当然，也有牛集体自杀的。在瑞士阿尔卑斯山脚下风景如画的瀑布村就发生过这样的奇怪之事，在短短三天时间里相继有28头牛跳下数百米高的悬崖"自杀"。自杀和他杀，主动与被动，从内心受折磨的程度来说有着极大的区别。是什么原因，是什么力量使得牛们集体走上绝路？他们是末路的英雄么？项羽退到乌江边上，回望追兵，自叹英雄末路，遂拔剑自刎。我想作为一头牛，它不会去思考这些问题的。

还有，在牯藏节的现场，我目睹了大规模的杀牛活动。"牯藏节"，也称"吃牯藏"，也叫"祭鼓节"，是黔东南、桂西北苗族、侗族最隆重的祭祖仪式，其规模之宏大，形式之奇特，寓意之丰繁。在黔东南，苗族杀牛祭鼓，源于相传苗族的女性始祖——妹榜妹留最初是从枫木树心孕生的，先民认为人死后灵魂只是一种转移，而枫木制成的木鼓便是祖先的归宿之所，那面用上良好材质的枫木和上好牛皮蒙起来的鼓，给先祖带来了温暖。只有虔诚地敲击木鼓，才能唤醒祖宗遥远的灵魂。

杀牛开始前，要进行隆重的祭祀仪式。我在侗族聚居地榕江目睹盛大的"牯藏节"场面，现在回忆起来，还是心惊肉跳。那些牛们在冷冷的月光下，一字儿排开，并没有反抗，也许它们知道自己的死承载着人类的全部期望。头牛被三斧头砍倒之后，鞭炮在寂静的山谷中炸响，村民们挥舞着斧头，在烟雾缭绕中，我看到上百头牛在短短几分钟被斩杀在地。在这组近似大屠杀的镜头里，人类是否感动了上天？

在福音书《路加福音》中阐述到牛，开头记载了若翰的父亲匝加利亚在圣殿里献祭的事情，而在众祭品中，牛是最普遍和重要的祭物，牛在众畜牲中最为勤劳诚实，而路加圣史记述福音也是"从头仔细访查了一切，按着次第写了出来"，牛忠实服务圣言，堪为忠诚的表率。

然而这场面，像是刚刚经历了一场惨烈的战斗，留下遍地的尸首，我们怎么理解人类手执利斧砍下牛头瞬间的感受？

庄子在《庖丁解牛》是这样描述杀牛细节的："庖丁为文惠王解牛，手之所触，肩之所倚；足之所履，膝之所踦，砉然响然，奏刀騞然，莫不中音，合于桑林之舞，乃中《经首》之会。"当时读到这里的时候，让我胃口大翻，一个残忍的过程怎么能用艺术的描述去完成呢？

人性与兽性之间，难免有些不谋而合的地方。人类的凶残暴戾，人类的贪得无厌，却为之冠以美丽的借口。

祖先们经历了战争、迁徙和险恶，一路筚路蓝缕向我们走来。鼓声隆重，斗牛者卖力敲响的那面鼓，一定唤醒了祖先的灵魂。

四

上帝在创造人类之前，先创造了牛、猴和狗。牛是上帝忠实的奴仆，为上帝传播种种的暗示或者神谕，自己也承受着苦难。或者说，牛是先知先觉者，看破了红尘，在上帝面前使出撒手锏，向上帝告密，或者是撮合上帝创造了猴、狗或者人类？让这些动物们与它共同承担苦难？

　　猴子、狗，甚至是人猜不懂牛的心思。只有牛才知晓真相。鼻颈光滑湿润的牛，秘密就藏在舌尖上，它却守口如瓶。在苍茫宇宙中，我们都是上帝的孩子，请不要遗忘了，牛是有功之者，在《封神演义》中，黄臣虎的坐骑就是五色神牛，反纣从周，成就了一番功业。与水牛有关的诸尊中，如大威德明王，就是以牛为坐骑。大威德金刚意为摧杀阎魔者，故别号降阎摩尊。此尊的形象，有多种。依《大日经疏》卷六记载：其身六面、六臂、六足，以水牛为坐骑，面有三目，色如玄云，作极愤怒之状。另外，在《八字文殊轨》中则说其水牛为座。身材高大，且遍身火焰，展现出极愤怒形。

　　然而在后来的日子里，牛稍不经意说出了这个秘密，道破了上帝的旨意，这些或许上帝早就有了安排，用不着一头牛来指手画脚。牛的举动，让上帝发怒了，被贬下凡尘，脱离了上帝的控制，为人类耕田拉车，受尽人类的奴役，失去了在上帝面前的荣宠，至此牛不再言语，沉默如初。

　　如果没有牛的告密，人类也许还像狗和猴子一样，还在山野奔跑、在乡村漫游，哪会觉醒而成为统治世界的王者？

　　可以这样说，人在上帝的眼里，远远不及一头牛，而为什么在后来的日子里，人统治了牛？掌握在人类手上的那条鞭子，是不是上帝赐予人类的指挥棒？

　　在祭祀中，人类砍下牛头后，会把牛的舌头从嘴巴里扯出来，钉上一根锋利的木桩，用这样残酷的方式告诫那些告密者，这就是告密者的下场，这样牛就哑巴了，不能到上帝那里去诉说自己的前世今生，不能把满腔的苦水向上帝倾诉。

　　一头健硕的牛是知道疼痛的，然而剧烈的疼痛，牛的表情万般

无奈的,从出生到死去,牛的眼睛始终泪眼汪汪,它在注视着从生到死的苦与悲。牛只能把所有的哀怨凝聚在尖尖的角上,一头愤怒的牛,尖角如两把尖刀让人胆寒,这两把尖刀可以迅速摧毁你的能耐、意志和难以想象的生死体验。在凯里周边一个乡镇,曾经发生愤怒的斗牛挑死人的事件。那头发疯了的斗牛,挣断斗牛者的纤绳,冲出斗牛场,朝观众奔袭而去,先是踩伤了几个观众,后来斗牛纠缠一位中年男子,反复用尖角挑拨,中年男子大腿、肚皮被挑破,鲜血直流,周围施救的人无法靠近斗牛。最后,斗牛猛的一脚踏在中年男子肚皮上,一声惨叫后归于死一样的平静。当然,斗牛被当场击毙,倒下的斗牛怒睁着的眼睛有牛卵蛋那么大,样子吓得瘆人。

尽管危险,可热情并没有减少。每年在黔东南大地,斗牛烽火四起。

我童年见过杀牛取牛黄治病。金黄色,细腻而有光泽——牛的胆囊结石,可以治疗癫狂病的。村主任家的儿子一犯病,就惊痫抽搐,癫痫发狂。有一天从湖南那边来了一名游医,拿着本破了封皮的《本草纲目》,戴着花镜,摸索找到:"痘疮紫色,发狂谵语者可用。"所说的就是指牛黄。村主任杀了正在牛圈里闭眼休憩的牛,取了胆囊,佐以茯苓、枣仁等中草药,后来他儿子竟然奇迹般好了。一头牛,为了苍苍众生,做到了杀生取义,其情其景,让人瞩目。那个男孩,与我一起读过小学、初中,后来成了屠宰场的一名优秀工人,技术娴熟的他获得过多次的先进个人称号,大我3岁,属牛。

屠宰场外,是一片宽阔的田野,多年后人们会发现他神情寡欢,他常常收工后望着田野发呆,或许他宰杀的一头公牛,才从田野归来,卸下犁耙,牛腿上还伴有泥土的芳香;或许他宰杀的一头母牛,刚才还在哺乳幼小的牛犊,互相牵挂着。他害怕对视牛的眼睛,那眼神的哀怨、痛苦甚至绝望,让他彻夜失眠,短暂的睡眠也会从他的惊叫声中突然醒来,过度的身心疲倦,让他后来的日子过得苦不堪言。他沾满动物鲜血的双手,每天都要用肥皂洗无数次,那双依然充满腥味的手,如何去牵起那条牛绳,再一次牵着牛,或者骑在牛背上走向希望的旷野?

再后来,听说他疯了,疯得不轻。恐怕这就是因果之间的关系,或许在这个时候,再好的牛黄也医治不好他来自身心彻底的病痛和疲惫,再好的牛黄也医治不好人类身上的贪婪之病。

五

牛,色盲。牛的世界一片灰白,看不得尘世间的花花绿绿,使得它的生命少了很多的乐趣，像在一台黑白电视机里上演一部糟糕的电视剧，让观众少了诸多的盼头，看不出性感，看不出丰满。这样，牛的眼里容不下一粒沙子，这样使它拥有难得的一片圣洁。在有色的世界里，牛会辨不清方向。

关于牛，我有说不完的故事；同样，人类与牛也有说不清的情结。在写下这篇文字的时候，"瘟疫"这两个汉字突然闯进我的思维，让我措手不及。

牛瘟，又名烂肠瘟，胆胀瘟，这种由牛瘟病毒所引起的一种急性高度接触传染性传染病曾经让人类丧失理智，活埋群牛。在我们的身边，早些年真是瘟疫横飞的年代。20世纪80年代初的一个夏天，先是上寨一家的一只小猪病死了，主人家觉得丢了可惜，剐了煮吃，后来一圈的猪都得了同样的症状，并迅速扩张到整个寨子，短短几天之间整个寨子近百头猪全部死光了，主人不敢吃了，把猪的尸体拉到村外，堆在柴火上，浇了煤油，一把火烧了，满寨子弥漫着烧烤猪肉的味道，像魔鬼一样经久弥散不开。

半个月后，不幸的瘟疫蔓延到牛的身上，寨子里开始死牛了，时值春耕，这是何等的天大之事，村里来了兽医说，寨子里的牛都感染了病毒，必须马上处理，并指挥着村人挖一个大坑掩埋，否则传染到人身上，就不可救药了。不是亲眼看见简直不敢相信，村民们的牛从田地里刚卸下犁耙，集体被赶到事先挖好的大坑中，它们"哞哞"的发出抗议声，绝望的哀号似乎祈求着人类放了它们。可是，谁也不敢提出来，政府已经派人到现场维持秩序。牛被集体推到大坑里，闷着头在里面乱撞乱闯，村人在大坑撒了一层石灰，据说石灰可以杀灭病菌。灰蒙蒙的石灰落在牛背上，让人寒心，然后村人一边流着眼泪一边骂娘，把一铲一铲的泥土埋了进去，牛们沉默了，闭上了眼睛……

村人埋完牛后长跪在地上，仰天流泪，表情木然。村主任搬来几块石碑，立在隆起的泥土旁边，并燃起香烛，这样或许会减轻人类些许的罪孽，这样或许牛的灵魂才能找到回家的路。

这是人类与天灾、人类与自然进行的决斗，而牛成了无辜的受害者，成了人类在天灾和大自然面前束手无策的牺牲品。人类自始至终是忘恩负义者。

幸好，我从一则新闻里得到了些许欣慰，可以堪称兽医史上最大的成就：2010年10月14日，联合国粮食及农业组织宣布牛瘟病毒绝迹！这真是一个惊天动地的消息，那么是不是可以这样理解：至此牛就没有了遭受灾难的侵害了？

单纯的牛错了，灾难与生俱来。在那场庞大的埋牛事件里，牛怪罪人类么？人类在很大程度上装聋作哑。

牛是清醒者，从出生那一天起，它就知晓自己要承担所有的苦难，更多的苦楚只是无法诉说而已。牛即使有心怪罪人类，都力不从心了。

在2014年5月19日，贵州省黔东南苗族侗族自治州雷山县望丰乡乌响村，人们用最高礼仪安葬了一头牛王。村民李正书、李应军两家饲养的斗牛历经数百场恶战，屡战屡胜，最后身老病逝。族居在这里的少数民族人自古以来与牛有不解的情结，特别是对牛王的死去，心痛万分，以最高的安葬礼仪安葬牛王，并给它立碑纪念，全村人和来自各地的斗牛爱好者共500多人参加遗体告别仪式，村里的妇女们还穿盛装送行，吹着芒筒和芦笙、唢呐为牛王送行。何等的悲壮，演绎着人与动物间的浓浓情意。

从进化历史看，各类动物，包括牛都比人类出现早。人类是动物进化的最高级阶段，比如由古代类人猿进化成人类，从某种意义上讲，没有动物就不可能有人类。换而言之，离开动物，人类就束手无策。人类的依赖思想与生俱来。

六

数十头牛漫步走在大十字。赶牛的是一老者，手执长鞭吆喝着，大小车辆纷纷停了下来，向老者和这群牛行注目礼。多么壮观：牛们迈着方步，大摇大摆，漫不经心，甚至还打着响鼻，甚至有一头牛还拉了一泡新鲜的牛屎，那泡冒着热气的牛屎，一下子拉近了我的距离，这沁透心脾的味道，一下子就把我拉到了遥远的农村。

如果时间算准确一点，16年前，我在老家乡下的山坡上，养了一个假期的牛。那一年冬天，我固执地把自己拴在一条牛绳上，郁闷地打发着时光。那一年，夏天过得很快，我还没感觉到酷热就已经走完了。那一年中考考得一塌糊涂，落榜的我失落得像霜打的茄子，可我还只是个十多岁的孩子。

我还不太清楚打击对我有多大。在土地劳作一辈子的父亲比我郁闷。我是在这种郁闷中从父亲的手上抢过牛绳，把书本一把火烧了，埋着头牵着牛上了山坡。

读书，读到头还不是回家娶婆娘生孩子？我是在一个想哭的午后，把伤心的牛绳往手上一牵，丢下一句话，上山了。然而，那头跟了父亲多年的牛很不友好，我受过它多次袭击，甚至有一次，它用尖角把我的一条牛仔裤挑破了。

我真的想不明白，曾经信誓旦旦说养儿不读书不如养头猪的农民父亲，怎么忍心就这样看着我走上山坡，永远就要从学校里放逐出来，与一头牛在未来的岁月里默默相守，在他流放生命的山坡上，也让我像他一样流放梦想么？

我想父亲是不会的。父亲虽然很少知道"书中自有颜如玉"、"书中自有黄金屋"，但意识里一定有这样的概念，只是无法用更体面的文字表达罢了。

长这么大了，我总该想到作为父母的一些艰难，他们的艰难也许是来自用劳动换取粮食，果腹的粮食重要性比光宗耀祖、比跳出农门来得更重要。这是中国农村最为现实的打算。当我理解父母的这些艰难后，很有些无奈。

这种无奈最后变成悲哀，在那时候，我的执着，我理解了父亲暂时的沉默。

我感觉到我的灵魂是飘逸的，没有栖息之所。但我相信，灵魂只要睡过去都会有机会醒来。灵魂在黑夜里与人一样骚动不安，它们同样害怕黑暗。

我在那个时候开始害怕了。我不能像父辈们在山坡上流放自己的生命，我得想办法走出那个巴掌大的天空。

父亲是在一个晚上，喝了点酒的父亲显得怕人，他狠狠扇了我一耳光，至今还有疼痛的感觉。父亲说了一句话：没出息，你除了养牛还会干些什么？父亲把他的脑袋埋在两膝之间，很痛苦的样子。

看着父亲那个样子，我的心很不是滋味。那个冬天之后，我重新背上书包，走进了学堂。

16年前那个假期，我就一个姿势守在寂寥的山坡上，除了那头跟了我父亲好多年的牛的反刍的声音外，四周静得可怕，几乎都被寒冷冻僵了。

可以想象，牛有多少寂寞，我就有多少寂寞。我只有拼命去想，不断地想，想天外之事，想自己的未来，才使自己的灵魂得以稍许片刻的休息。就在我脑袋想得快裂的时候，牛发出一声"哞"叫，我想到用语言去表达当时的心境，表达那瞬间而过的感觉。

有了这么一个想法，我激动得满山坡奔跑。我不知道，苍茫天宇之间，我可以自由表达我的声音，这就是我选择写作的最初动力。于是，每当寂寞难耐时，我就在山坡上奔跑，累了就坐在山坡上，漫无目的地想，想到深处，对着一头牛竟然哭了，是那头牛陪伴着我走过那段寂寞的岁月。

十多年后的某一天，当我踏上回乡的道路，阳光金子般撒下来，像静静的瀑布砸向屋后的山坡，砸向木楼前的古树，溅起的光斑像雨点一样洒了我一身。那一刻，我周身的力量坚硬不朽，而那头牛，早在几年前老得再也走不动了。与那头牛一同老去的还有整个乡村。

现在，我静静坐在办公室里，轻声地颂诵着赫尔博斯的诗歌："眼望岁月与流水汇成的长河／回想时间是另一条河／要知道我们就像河流一去不复返／一张张脸孔水一样掠过／要觉察到清醒是另一场梦／梦见自己并未做梦，而死亡／使我们的肉体充满恐惧，不过是那／被称为睡梦的夜夜归来的死亡。"在这些诗句中，回想我的童年，回想屋后那块伤心的山坡和梦中多次出现的那头牛，我眼睛潮湿，忍俊不禁。

这是我回忆乡村生活时，一种最能激发我创作激情的是乡村生活朴实的泥土。我苍白的灵魂只有无数次反省，才能唤回那份清贫的亲切感。只有无数次与一头牛对视，才能找到心灵栖息之所。

有一天，我发觉我听不懂老人的语言了，但我能读懂他们的悲伤，村子里真寂静，那些荒芜的田地，那些寂寞的牛，还有长年打工未归的年轻人，老人还在努力构筑着村庄简单生活画卷。在万籁俱寂中，我们并没有意识到，生养我的侗族村寨正逐步走向消失。随着城镇化的推进，无数个村庄正逐渐走向没落。

多年前，我写过一篇《回不去了，故乡》的散文，文章不足三千字，却把我弄得感情脆弱，多少次我翻开那篇文章的时候，眼泪随之涌出眼眶。圭研，这个小小的侗寨，我的胞衣之地，和我全身血脉牵连最多的一个地名，在中国硕大的地理版图上，却没有她的名字，我的故乡被强大的文明遮掩在身后。

一直以来，我以为我真的离开了故乡，可现实告诉我，我永远是生活的弱者，一个永远生活在乡下而又不断背叛乡村而接近城市的耻辱者，当我面对庞大的生活空间给我无尽的窒息的时候，我选择写作，把内心的迷惑、寂寞、恐惧和期待付诸文字。

可以说，我一次次为故乡牵肠挂肚，为老家的植物们、动物们、老家的人和事牵肠挂肚，也为我的那篇《回不去了，故乡》而内疚不堪，怎么对故乡就背叛了呢？怎么就回不去了呢？

每个人都有自己一个道德向善的地方。生命中的某个地方，让你在无数次要回去的而借以美丽借口而无法回去，心痛缠绕着你，使你长夜的失眠。那个地方不远不近，可以远在天涯，也可以近在自己的身边，在自己的灵魂深处，无时无刻不在感召着你。

是不是农村田地大规模的荒芜，使得牛"下岗"了？这几年来，农村颇有些人去村老的感觉。

突然有一天，在大十字看到这么多牛，我惊诧不已。周围的车辆和行人，在牛的眼里也许就像山野里的一草一木，不屑一顾。

它们要到哪里去？肯定不是来逛大街的，城市里更没有牛的舞台，城市也不需要牛来观光旅游，人们甚至还嫌弃牛把大街弄脏了。刘亮程曾经很传神地写过牛，他是我敬佩的作家。

这群牛有深刻的涵养，路过大十字的时候，步伐一致，颇有将军风度。所有车辆熄了火，不敢按下喇叭，人们生怕惊扰这群不速之客，会引来不必要的麻烦。在这短短的数分钟里，人们停下焦郁的脚步和思想，显得文明多了，目送着这群牛招摇过市。

它们要到哪里去？我在楼顶目睹眼前的一切，看着秩序井然的牛，我只关心它们路过大十字之后，到底要到哪里去？下一步的命运如何？

多年前，我写过一篇散文《城市的叫声》，我在文字里无不悲凉地写道："一头牛犊是不会无缘无故来到城市的，也不会穿过城市到达另一片田庄去做它理想的事。"在城市里，一头牛永远也没实现自己的理想，在这个烦躁的年代，我们的理想又如何安放呢？多少次，我伏在案上写作的时候，莫名其妙地思考这些无聊的话题。

我在那篇五千多字的文章里，如是写道："有了涮牛肉火锅，那么那头牛犊在七彩火锅城的后院就理顺成章了，这不是我们所关注的，关注的是这头无助的牛犊从此就要告别它心爱的田地，即将就要被食客从身上剐下来，一片片放进火锅涮掉，然后随着污秽的大便，排泄到大地上。"牛只是送到城市嘴边的一碟菜，人们为了牛肉的新鲜才不辞辛劳把牛吆喝到达城市。一头牛从宰杀到被涮掉，我省略了其中烦琐的过程，但我们不能省略牛肉消化这个程序。这群牛，刚刚还漫步在大十字，转眼就进入了人的肚子，然后转化成过剩的欲望。

哞——哞——，在那个晚上，我已经感觉到失眠就要开始了，那头牛犊也许就是生命最后的一夜，明天的早上或是中午，这个时间的推迟或提前，死是迟早的事。它的叫声遥远而亲切，但孤寂和绝望，多么像弥留人世的老人，像要留下些遗言。我一直多愁善感，难免悲凉，为人为一头牛犊，我想我一厢情愿的感受，那头牛犊是无法理解的。早年在圭研，我学会与牛相处，也学会像牛一样反刍生活。一头牛犊在乡村也是这么叫，声音也一样，可这头拴在火锅城旁边的牛犊发出的声音多了一层凄婉，我不知道它当时是什么样的心情，还有没有心思去思念田湾的青草？

或许我早就知道，它们下一站就是屠宰场，它们生命的终点站。从人性疼痛的底线来说，我自然是同情牛的，谁没有一点怜惜慈悲的心肠呢？毕竟过不了多久，它就要终结自己年轻的生命了，不管谁去主宰它的生命，都值得我去怜惜一番的。

牛与人的斗争由来已久，人类从诞生的那一天起，就对牛起了戒心；牛于人，纠结于长久的恐惧，它的皮蒙在鼓上，它的皮裹在人身上，它的肉煮在汤锅中，它的灵魂寄托在人的命运里，它以死的方式取悦于人。这是食肉动物与食草动物的根本区别，强势动物对于弱势动物的蹂躏，纨绔子弟对于良家妇女的糟蹋，权倾朝野者对于平民百姓的盘剥。

沉默的牛，憨厚的牛，最终落到了如此下场，是不是后起的人类再一次反驳牛的先知先觉？这蛊惑人心的话语，牛听懂了人类的窃窃私语吗？在牛色盲的世界里，它永远也看不透人类的心思了。

鼓声响起。激越的鼓声穿透云霄，斗牛者卖力地敲击他的鼓，丝丝入扣的鼓声，让牛兴奋，牛再一次走向战场。不，也许是杀场，牛只有在战场上，才精神抖擞，才焕发已老的青春和活力。

侗箫与笙歌——一个侗族人的诗意生活

第一辑 磨朽的乡愁与旧时光

Liu Tiang Er Qu De Cun Zhuang
流淌而去的村庄

在自己苦苦坚守的童年岁月里，我总是抬头翘望村子之外的天空，总是一个人跑到村头的小山坡上去，放眼望去，视野辽阔，我无法知晓距离村子之外是什么景象，是不是童年所有的梦想就在那一刻开始燃烧，不得而知。更多的时候，总是漫无目的地从一个村庄游走到另一个村庄，是去看看那些童年的伙伴，还是去找寻些什么，我自己都不清楚。

在我的骨子里，圭研的一草一木都是没有变化的，这么些年过去了，要说变化的，就是村前的那条圭河已经干得不成样子了，我一直得不到答案，那条小溪沟雍容华贵游走的鱼儿哪里去了？顺溪沟修建的木楼房子，被柴火熏得黝黑，忧伤地低垂着头，像几十岁的老人，豁牙咧嘴。在黄昏，那些劳作一天的男人或是女人，在溪沟洗去一身疲惫的光景已经不在。没有了嬉闹声，没有了民歌，整个村子沉闷得像倒扣的天锅。如果你想抬头仰望天空，那些缓缓流淌的白云，会让你失望半天。

那些粗犷的吼拳喝酒的声音再也不能打破村庄深夜的寂静，年轻人都跑沿海一带打工混钱去了,原来热热闹闹的青年人"摇马郎"(方言:年轻人谈恋爱)也消逝了,那些热得透不过气来的歌谣像村前的流水一样逝者东去,村子再也热闹不起。甚至村子里的老人"老了",村人说老人过世说成"老了",难得找到年轻人抬棺材,都是些老年人鼻涕口水喘着粗气跑去抬,老村主任开金说,这也是没办法的事,村里就剩下些老弱病残。

一直到今天我才明白,我们离开村庄之前,一定给自己寻找到了充分的理由和借口。

村子沉寂了多少年,但总还是有热闹的,结婚、小孩出生和老人"老了"总要请上唢呐吹上几天,海吃海喝,竟然有赶场般的热闹。让我困惑的是,在圭研,迎接新的生命、送走亡灵竟然和结婚一样的热闹、一样悠远的唢呐,响彻云霄。

所有的乡村都是如此相似:家家户户差不多养狗,一是为守家,二是为防盗。其实养狗防盗的功能基本上没有,老家是一个祥和的村庄,这些年小偷小摸真的没有,养狗多是为了守家,家里男人出去打工,留在家里的女人们端着硕大的饭碗蹲在自家门前,一只狗跟在其身后,或多或少壮了些胆子。每次回老家去,总是看到这些景象,她们低垂着头,神情羞涩,乳房耷拉,仿佛还没有从多年前那一场浩浩荡荡的婚礼中苏醒过来。

那些狗陌生地打量着我,它们与村庄同样的落寞。狗把自己的一生拴在村庄,它们走不出去,永远不会离开村庄半步,外面的世界对它们无缘,我无法对一条狗猜测太多,它的心事如此难以猜测,所以我回到老家去,交流更多的是老人与小孩,相当的单纯,甚至有些无聊。

老人,是老家的一道风景,像被夕阳拉长的影子,他们佝偻着腰,拄着拐杖，在村口的大石板上享受一生最后几个年头的阳光。一堆老人坐在夕阳下面，土布衣服不知穿了多少个冬天，一人一根旱烟袋，一缕青烟冒出来，飘不到一米，就消失得无影无踪了。他们是够清苦的，连夕阳都显得异常的吝啬，太阳全部下山了，他们又拄着拐杖回到老屋，生火做饭。活到这把年纪，他们已经和生活握手言欢，你能与时间计较些什么呢？任何人都无法阻止时光流逝的脚步，在这一点上，人显得格外的脆弱。我看见他们的时候，内心油然生起敬意，我看到多年后我的模样。我放慢脚步，试图从那些被阳光拉长的影子中，找到一个我老年的模样。

有老人在，这个村庄才显得有些温暖，我母亲燃烧旺旺的火炕让我回味至今，在母亲渐次生长出来的白发深处，我感觉到时光从指间流淌得太快，甚至发出金属的声音，我心酸得想哭。一茬茬老人在皱纹中深陷，在时光中体验生命的稍纵即逝与艰难。总是有老人叹气说：圭研村的毛二"老了"，围聚在一起的老人只"哦"的惊诧一声。也有人摇头叹息说：人，妈的巴子咋就这么不经熬，说走就走了？另一个人也叹息一声，接着说：黄泥巴都埋到脖子上了。还有的老人也像蚊子一样发出的声音，说：小时候我们还光屁股在圭河摸鱼呢！

好久没有回到圭研去了，偶尔去走走，也是匆匆忙忙，许多要与老人、小孩甚至是一只狗说的话，都未来得及说。去年仲夏，回了趟老家，我和衣躺在木楼里，窗外是蝉鸣声声，我感觉到这个夏天沉闷无比，我百无聊赖倾听村子谁家老人哭腔一样的呼喊：

"小三儿，回家哎……"

小三儿父母到广东打工去了，混到钱没有，不晓得。把孩子留给年迈的父母，三四年没回家了。

小三儿调皮，黑不溜秋的，年初掉进水库，得了场怪病，常在夜里像狼一样嚎，老人说是被鬼吓了，有人看见过鬼吗？村人都答不上，这病医生医不好，爷爷奶奶请来巫师喊魂，巫师拿走了两只大红公鸡，小三儿的魂也没有喊回来，声音凄惨得把圭河的水都拉起一层浓雾。

那个夏天的太阳依然火辣辣的，小三儿在一个深夜里再也嚎不出声音了。第二天，我看见圭河岸边隆起一堆黄土，我在那堆黄土前停了好久，事实意义上的坟堆没有一块刻记名字的石碑，甚至一朵白色的野花都没有。

在我生命的经历中，圭研在我的血液里可以划上深深的符号。每次到圭研去，看到那些如饱满花朵的姑娘们，心里陡然升起美好的情愫。可以这么说，我年幼的梦，就是在这个时刻突然被姑娘们唤醒的，甚至还可以说，她们为我洞开了一座审美的门。以至多年后，早已被时光打磨成一块冰的我在华灯初上的某个傍晚，漫无目的奔走在城市的街道，我突然放下手中的笔，怀疑自己，梦游般像童年从村口走到村尾，街道上没有我要寻找的温暖，我茫然看着车水马龙商贾云集，眼含热泪，像老家人查看庄稼一样看着从身边游走的美女。在这个时候，我的心，会不会像圭河一样开始泛滥呢？也许是我想得多了，圭河早些年就干得不成样子了。圭研成长起来的姑娘们，就在一瞬间成熟得像屋后的韭菜，把无边无际的清香呈现出来。她们中的大部分跑沿海打工去了，她们带走了年轻的梦想、带走了爱情。她们骄傲着自己的青春与苍茫的失落。我再想，她们会在许多年后被自己喜欢或不喜欢的一个个男人收割。她们会走进一场婚礼，被唢呐声声淹没，被拴在男人和孩子身上，了却余生。

我的心再也经受不起时光的折磨，然而那些记忆却永远保存在我的大脑里,圭研一次次来到我的梦里,一次次击打着我脆弱的心。

回家,回到圭研去,我总要和父亲吃上一顿饭,看看父亲花白的头发,我忽然无比怀念每天蹲在夕阳下抽烟的父亲,他尽管身心疲惫忙于他的庄稼,几十年如一日,却是少了很多杂念。我突然明白,我短暂的青春刚刚到来就要结束了。也许有一天,我一路疲倦地回到父亲身边,从他肩上接下犁铧,耕种着不算肥沃的田地。在夕阳下,我和父亲,会像两个大男人那样,在家门口忧伤站立,抽烟、喝酒、骂娘。可是,回不去了。

多年前,我曾经想在纸上写写自己的村庄,回忆那些难舍的感情,可一直到今天,我都没有胆量去完成这些令我脆弱的东西,我怕我的多情会伤害了我的圭研,那块曾经的胞衣之地,那些情感在慢慢地流淌而去,我最终握不住些什么。我想,能够走回去的,只能是在我心里保存了三十多来年的一个个符号。

Wang Bu Liao,Yi Ke Shu

忘不了，一棵树

"某种意义上，没有人真正看过一朵花。"乔治亚·奥基夫如是说，从某种意思上说，没有人真正亲近过一棵树，一个道理。

故乡于我如钓于斯游于斯的情分，离开故乡多年，怀念越来越深，除了思念那些人那些事，一种名不见经传的植物唤起我绵长的回忆。

比起草莓、蓝莓来，乌泡算不了什么，它的外表像它的名字一样名不见经传，在我的家乡，漫山遍野，显得烂贱不值钱，因为它可食可入药，有一个响亮的别名：大红黄袍。这样，在家乡才不至于被遗忘。

在黔东南的边远山区，少数民族刀耕火种之后废弃的山沟里，乌泡随处可见。它们卑微，一点不张扬，总是一大片一大片漫无边际地生长，在长满杂草的山沟里，迎风摇曳，自成一景。待乌泡成熟的秋天，最高兴的莫过于家里生活困难常饿肚子的在山上放牛、砍柴火的孩子们了，钻进山沟，尽情享用大自然慷慨赐予的美味。多年后，勾起我无限回忆和伤感。

乌泡，一株植物，正如从圭研走出来的我。

当我穿越无数山路走出大山，来到一个小小的城市过着一种属于自己的生活，工作、写作和生活，我很难融入城市的繁荣，融不进城市的声色犬马，我的脸上和心里依然保持着农村那种质朴，想起脆弱的童年，想起遥远的故乡，那些朴素如初的植物，无数次闯进我的心里。

每个人心里都装着一个自己的故乡，每个人心里都装着难以释怀的心事，每个人都有自己一个道德向善的地方，这个地方，在我们的生命中，可以叫作故乡。这么多年来，一株朴素的植物能够打动我，引起我的回忆，是一种多么持久和尖锐的力量在牵引着我，以至于不迷失回家的路，湮灭在城市的五光十色之中。

城市生活是种无根的生存方式，在这个城市里，我找不到思念的植物，这里生长着高楼，生长着欲望。在城市漂泊，他们留恋乡村，咀嚼乡村的滋味。

人类普遍的纯朴情感只能根植于故土，而故土存在于大地。接近故乡，就是接近生命本真，接近万物之源。

村子有一棵老树，它究竟活了多少年和还要活多少年，村子没有一个人知道，也不想去知道。

在我那僻静的村子里，不论是年长的还是年幼的，从他们记事起，那棵树就是现在的这个样子，一成不变，亘古如初，老得不能再老。虽然季节时令在更变，岁月天天过去，谁也不会发现它发生了哪些变化。年复一年浓郁的树冠，年复一年凋谢了又重新茂盛。

而那凸露的巨蟒一样的树根是什么时候爬出地面的？我们不得而知。

村子里的人一茬一茬地茁壮成长，一茬一茬迅速地衰老去，然后个体生命的消失。可在老树看来，人的一生一世只不过是树的一春一秋。人在春天出生、夏天成长、秋天收获、冬天则无声无息回归泥土，短暂而忙碌。

可在世人的眼里，老树的一生又算得了什么呢？在我们这个世界，人可以让树活得记不起自己的年龄，同样也可以让一棵树刚爬出地面就把它拔了，它还没有实现生命的诺言没见过生存的美丽就夭折了。人于树来说，似乎很残忍，是树生命的主宰。人类甚至可以把一棵树从一个地方移植到另一个地方，比如从荒山野岭移植到城市到公园。

村子里的那棵树哪里都不能去了，我是这样想的。在若干年前，一棵随风而至的树种，在这里生根发芽，成长为现在的这副模样。数百年来，它就无怨无悔扎根在这片土地，看岁月掌中过，江河肩头行，整天面对同一轮太阳从相同的地方升起，从一个相同的地方落下去，看惯身边野草一岁一枯荣，看惯村子里的人一茬茬死去……就那么一个姿势，站立在村口。

因为它的历史悠久和一副老成的模样，成了村人信奉的对象，膜拜成神。逢年过节，村人跑到树旁祭祀，燃烧的纸钱飘飞半个村庄。

你要知道，不是任何一棵树都能成为神的。这棵老树，它占据了绝对良好的地理位置，有雄壮的气势，百年来就这样矗立在村口，永远地伸展它硕大无朋的树冠，成为村子生灵的慰藉和庇护。

生了小孩的，要去拜祭树神，生了病的也要去拜祭树神。

一棵树被膜拜成神，是树的幸运还是村子的幸运？我不知道，村子一茬茬老去的人也不知道。

我只知道，树成为村人膜拜的对象，自有它的理由。比如这棵老树，它可以为村子挡一阵风、唱一首歌、留一阵蝉鸣、会让村子的夏天凉爽无比，还可以遮一阵闪电，让村人可以了却一阵恐惧。

一条狗会窜过去，扬起一条后腿往凸露的树根洒一泡热尿；也会有一头猪跑到树身上懒洋洋地蹭痒。父亲还健在的那些年，总喜欢把犁耙往树下一放，牛会一声不吭地待在那里，父亲悠闲地瞌睡一下午，可树沉默着，像这个村子一样沉默着。

燥热的夏天，村子的孩子会聚在树荫下，跑来窜去，吵闹声比蝉鸣还要热闹持久，然而老树不认识他们，他们稚嫩的容颜在不多的岁月辗转中同样会像树皮一样粗糙。

只是，树只能作为一个生命的象征罢了。

树就是树，它还能替代什么呢？是这个村子历史的见证，还是这个村子苦难历程的陪伴者？

在这个只有百余口人的村子，像一块贫瘠的泥土潜伏在山旮旯里，一代又一代的人坚守在祖先最初选择的土地上，像老树一样从来没有考虑过离开。

一个村子，就这样毫无意义地坚守着老树生活到老到死。村子依旧是沉寂的村子，树依旧是沉寂的树，生活也依旧贫瘠如初。谁也不会去质问树与村子在现在和未来之间会有些什么的关联。

飘飞的松子

Piao Fei De Song Zi

在故乡折叠的山里穿行，我更多感受到春天的暖色和泥土的气息。故乡的天空尽管很小，但同样可以飘过巴掌大的云朵或是有一只老鹰飞过，给人造成一种飞机从头上飞过的情景，那情景是多么的壮观。高耸的松树可以在不经意间就能把云朵采摘，仰望这种景象，我那颗原始而多情的心开始飘向天空，原野的风似乎把我刮得愈加苍老。从某种意义上说，我并没有萌生一种叫作遥远叫作缥缈的冲动，一如从母体奔出的我的哭，然后复归故乡的一部分。

当有一天我提笔记下故乡的一草一木以及贫困等等一系列符号时，我的心开始向故乡的物事愈靠愈近。

"四月是残忍的。"不知是哪一个深夜，我想起艾略特的这句话，有一种欲哭的冲动，故乡四月的山野桃花肆意，可那过于多情的桃花不能给故乡带来桃核质感的丰裕。是的，在我成长的岁月里，我常为一种故乡的事物感动，比如一棵草一棵树，抑或是故乡一个活生生的人，故乡人在我的感动中一茬茬老去，比如我的上辈，比如慈爱我一生的父母，比如许多抽象的名字，他们都如桃花一样，都要凋零去。人生四季，总会有许多诸如时令的变化季节的更替，人是没有办法阻止这些变化的。此刻，有一种痛，比死亡更加深刻地叩击着我的心，同时这种痛以速度把我推向一种对生敬畏对死无奈的疼痛，故乡那棵硕大无朋的松树，它时常在我的梦里，一次又一次地把我推向回乡的路。

  回乡的路是遥远的，尽管你就在不远的城镇，距离故乡也只是那么几十千米，可你的心，远在故乡之外，为故乡物事感动的同时，你是多么的无奈啊！你的心不能栖息在故乡某一隅，你的心永远流淌着故乡之外的河水。

  那已经是棵很老的松树了，确切的年轮，我爷爷的爷爷也不清楚，尽管时间在遗忘着它，可在每个秋天，微风吹过，会飘下无数的松子，我小心翼翼捧在手心上，痒丝丝的，有生命般的沉重感觉，纷纷扬扬，飘落在我稚嫩的童年天空，这应该是一个连做梦都想飞向天空的季节，它们像我一样，在山川撒着小孩子脾气，爬上树去摸鸟蛋，下到故乡那条小河去摸一种带有颜色的鱼儿，顽皮的童年带给我肆无忌惮地奢望，这种奢望使我变得空茫，像某个遥远的理想，捉摸不定，甚至在这种奢望里感觉到母亲分娩时的阵痛和瞬间的莫大快乐，所以心里平静。十多年后的秋天，当我伏在距离故乡遥远的一个城市，对故乡做具体的描述时，我的心是沉重的，就在这个时候，故乡的松子开始飘飞了，是多么令人神动的时刻。

  然而，秋是悲凉的。

  自伟大的屈原之后，中国文人的咏秋之作，无不感叹自然荣华之不可久留，生命短促之不可久驻，如人生不顺有志难申，更会悲从中来。如曹丕的《杂诗》："漫漫秋夜长，烈烈北风凉。辗转不能寐，披衣其彷徨。"作为一代君主帝王，也无法摆脱秋日的伤怀，何况一般的文人和小老百姓呢？张载的《七哀诗》从一开始就把秋的悲凉力透纸背："秋风吹商气，萧瑟扫前林。阳鸟收和响，寒蝉无余音。"在结尾时依然是疑片凄凉与忧伤："忧来令发白，谁云愁可任？徘徊向长风，泪下沾衣襟。"

杜甫的《茅屋为秋风所破歌》更是令人肝肠寸断。"八月秋高风怒号，卷我屋上三重茅。玉露凋伤枫树林，巫山巫峡气萧森。"

生命是美好的，尽管人生的秋天迟早要到来。

任何种子都要发芽的，于是，母亲在来年的春天，拉扯着我们兄妹四人，站在田野感慨万千，春不种秋不收啊！母亲简单的一句话，我读懂了祖辈面朝黄土背朝天的含义。松子太伟大了，随遇而安，不管是瘠土还是沃土，它们都有生长的权利，更或者是作为母亲赋予儿女的权利。秋天年年都会来年年都会去，我问母亲，有一天我长大了，你会老吗？母亲没有回答我，只是眼眶比我还红。当我问母亲这句话的时候，我知道了人生四季的无奈。

十多年一晃而过，成长的具体情节于整个生命过程来说可以省略，我们兄妹四人如松子般飘向四方，长大了，母亲似乎更老了，我说来和我们一起住。母亲说城里怕是住不惯，况且城里没一个亲戚，怪无聊的。每次打电话给母亲，母亲总是把话题扯到松树上，她说那棵松树都老得不成样子了，还说什么草木一生没什么所求的话来宽慰我。

无数个夜晚，我梦里回到松枝上，成了一颗松子，微风轻轻地吹来，故乡人用锄头枕到地上手搭凉棚望着，这是多么崇高的仰望啊！这一棵该在哪里生根发芽，这块土地还能成长另外一棵松树吗？我几乎是茫然地自问。一春一秋，土地在承载着希望也承载着苦难，像这片土地上的草木、牛马、甚至是人群。

一个人的存在就是故乡存在的具体意象，在我血管里日夜奔腾的松子，给我以泪以精神。一棵树籽成长为一棵树，是多么的艰难，人亦如此，我们匆忙来到这个世界，是母亲给了我们的爱，作为人来说，要比植物幸运得多，像那棵松树，它并不能养育那些飘飞的松子。面对着茫茫的松子飘飞，我无法想象母亲养育我们的苦楚，我们在母亲的苦楚中长大、变老、然后死去，那是件很悲哀的事情。

行走在故乡，我快成为迷失在故土的一桩旧事了，在这个松子飘飞的季节，生的以后暂且不说，最为感动的是，松子在我匆忙离去之际，被一双稚嫩的手捧起，比捧起一个童话还要庄重。

Bu Gai Wang Que Mei You Deng De Sui Yue

不该忘却煤油灯的岁月

春节前回老家,在蒙上灰尘的老仓库里,一盏小煤油灯引起我长时间的凝视,小煤油灯是用一个高脚墨水瓶子做成的,朴素、简洁,甚至还有点丑陋。我拿在手上,抚摸了一遍又一遍,不忍心扔掉。

这是珍藏在心中的一份记忆,一份挥之不去的伤痛记忆。

准确地说,我的老家是2001年一期农网改造才通电的,在此之前,我老家是有过几天电的,那是1976年的时候,用木电杆从润松水库水电站架去的,两年后,木电杆上的电线被偷光了,没人去管,老家的父老乡亲重又回到煤油灯松枝照明的年代,一直到1992年,我父亲饱受没电之苦,与两户村民合伙集资买了台小小的水轮发电机,整个村子也就局限我们三户人家有电,而且那发电机出力不足,父亲戏称是"尿泡电站",意思说,一泡尿都可以发电,可那几年,家乡那条圭河,说是河,那是村人自我夸大了,事实上是条小溪沟,形象的比喻,水流小得还不及泡尿大了,电灯比蜡烛强不到哪里去。后来拦的一个小坝,被一场小小的山洪冲垮了,那台水轮发电机光荣地退休了,老家再一次重新点上松枝和煤油灯。

在我的记忆里，五天一轮回的乡场是母亲必须去的，母亲挑些山货去赶集，赶集的主要目的是把挂在扁担上的玻璃瓶子灌满煤油，然后走十多华里的山路回家。那时，煤油贵，但母亲每场必买，母亲比别的农村妇女伟大之处在于她对我们在煤油灯下做作业所耗费的煤油一点不吝啬，并且表现出前所未有的慷慨。母亲说，只要我们兄妹几个在煤油灯下做作业，再贵的煤油她都买得起。那样的夜晚，我们兄妹几个伏在小小的条桌上，在一盏如豆的油灯下，完成了小小少年式的异想天开，当然我承认这异想天开也有着伟大的理想和激情，我当时伟大的理想就是能在明亮的电灯下写作业、看书。在偏远的农村，熄灯后，我还多占点煤油，躲在自己小小的房间里偷偷看小说，每到第二天，自己的鼻孔被弄得黢黑，用食指一掏鼻孔，黑去半截手指，其实母亲也发现了我的小小伎俩，只是说我要注意防火，别把房子弄着火了，殃及邻居。记得，那段时间我潦草地阅读了《水浒传》《三国演义》，接受古典文学最初的熏陶。当然，这是很肤浅的，很多地方读不懂，但足可以打发我苦涩而寂寞的童年时光。

多年以后，当我拿起手中的笔抒发自己人生快意时，不得不感谢母亲当年对我广泛阅读书籍的理解和支持。

后来，我到乡中学读书了，似乎理想实现了，能在明亮的电灯下看书写字了，可电很不稳定，这种幸福感没持续多久，失落感大面积袭击而来。有一年，我们所在的中学停了整个夏天的电，马上就要中考了，老师比我们还急，买了一批马灯，四人共一盏，四人围在一张桌子上静静看书复习的那种感觉至今还记忆犹新。一天晚上，刘三黑吃多了生红薯，晚自习时不停放屁，搞得周围臭烘烘的，我的同桌脾气暴躁，实在受不了，发火一巴掌把煤油灯扇落在地，碎了。

　　当然,刘三黑吓哭了,我的同桌也被班主任罚站讲台直到下自习,说放屁是人生理正常反应,能怪他吗?同桌的父亲卖了两筐红薯,跑到学校来赔了只马灯。

　　想来都忍俊不禁。没电之苦时常让我想得更多,老家有一水库,还能发电的,就是没人管理,发电机像块废铁。我躺在老家的田坝上想,遥望悠悠白云,心里展开无限遐想,如果能当上一名电工,把那发电机整得轰轰响,让更多的人用上电,是我这辈子最幸福的事。

　　那小油灯的情结,在我的身上烙上了印痕,它伴我度过懵懂的少年时期。1995年,我走进一所电力类学校,真的与电结上了难解的缘分,毕业分配到凯里供电局工作后,在这个不大不小的城市里,油灯更是派不上用场了,但我目睹它总能唤起我儿时的回忆,成为我的一件心爱之物,尤其是走上电力岗位,每每劳作之余,倍感电的来之不易,目睹它会唤起我对电力事业的执着。

　　2005年,因工作需要,我从基层分局调到机关从事新闻工作,使我的感悟更加深刻,用手中的笔去舞蹈电之韵,见证电力改革与发展,特别是国家实施"两网"改造,这项民心工程、德政工程惠及千千万万偏远的老百姓,我的老家用上了可靠的电能。

　　看到万家灯火,总会想起儿时的小油灯,总会激发我写作的激情,从某种意义上来讲它成为激励我不断奋进的一盏"心灯"。这些年来,我在苗岭深处,田间地头,目睹同事们的风采,感触颇深。也正因为有了电网人的这种甘于奉献的精神,才使苗乡侗寨深处的人们彻底告别了小油灯。我曾见老百姓杀猪宰羊,燃放鞭炮载歌载舞庆典通电;也曾见老百姓在通电之际,高呼中国共产党万岁。

　　2008年春节,当一场历史罕见的冰雪灾害突然降临中国大地的时候,这场持续的大范围冰冻天气让少见冰雪的南方人真切地体验了刺骨的寒冷,这场历史罕见的冰雪灾害给电网以重创,致使不少地方陷入黑暗,尘封的油灯又派上了用场。危难之际,电网员工浴"雪"奋战,用忠诚守卫着光明事业,打下了一场漂亮的抗冰抢险保电战役。一直坚守在一线采访的我,被我的同事"众志成城、顽强拼搏、不胜不休"的抗灾精神所感动,我只有用镜头和手中的笔将他们的瞬间定格。

严冬已经过去,冰雪已经消融,春天已经来临,温暖已经来临,苗乡侗寨在冰封雪冻中"全黑"的城镇乡村已经恢复了光明,恢复了生机。苗乡侗寨曾经遭受冰雪摧残的树木,已经在春天的气息中开始新一轮生长,那些曾经被重冰压塌的电力杆塔已经重新耸立在山巅,参加此次战役的电网员工们,来不及休息就转入了新的一轮挑战。

我相信小油灯不会再派上用场,而那段煤油灯的岁月却让我难以忘却。想起小油灯,温馨再一次袭上心头,它见证了电网事业的飞速发展。

Yuan Yu Jing De Ji Yi

缘于井的记忆

春节时回到故乡,唯一的那一口青石板井被封了,心中难免怅然。村人说要在那里建一座庙,村人总是期待庙里的菩萨能够保佑他们及牲口的平安,这种遥不可及的渴盼总是使他们那么的执着。我不知道是我对井的情缘太深还是井水于我们有着至深的哲理,我对井有着挥之不去的情缘。我不得而知。

我不能忘记一滴水,同样不能忘记母亲的一滴奶和大地血性的五谷。现在家里都安装了自来水,倒是方便了不少,只是我在想,现在及以后的孩子在记忆深处再也找不到井这个概念了,在他们的字典里再也没有关于那个"井"字的解释了,潜意识里丧失了井对于人的启迪与磨炼,一口井是有着深刻的哲学道理的。

缘于井的记忆,是在课本上学到"井底之蛙"那个成语的时候,井限制了狭隘空间,使我悟出了"天外有天,山外有山"的道理,这也是我自始至终狂妄不起来的理由,还有什么值得狂妄的?个体生命的我于茫茫宇宙只不过是沧海一粟。

滴水之恩,当以涌泉相报。是一口井以感恩的姿势,站在我人生的坐标上这样说的。井水，源源的井水养活了一代又一代淳朴的乡民，记得我母亲第一次喝矿泉水的时候说：矿泉水不及井水甜。是啊！故乡那井水，时常甜在我心底。

我从小就习惯接受井对我勇气和信心的磨炼。当我还是一个懵懂少年的时候，就开始担水了，那是我的工作。当第一次把水桶扔进黑得发蓝的井中时是胆怯的，桶击在水面发出的声音，让我的心都快跳出了喉咙，就势弯着腰费力把水拉上来，颤悠悠往家里担……

冬天的井冒着温气，而井台上的青石板被冰冻成蘑菇样，光滑鉴人，穿得臃肿的身子战战兢兢，随时都有滑倒的危险，但担水是必须的。担水，信心和勇气是必须有的，很有可能你刚费很大劲才拉上来的水一下子就弄翻了，得又一次重复这个艰难的动作。

井在我幼小的心里蒙上了生活艰难的阴影。可是，一代又一代的乡亲得靠这小小的井生存。担水，是每户人家的必修课。早晨，井台显得格外热闹，全村的男女老少都来担，井水同样取之不尽用之不竭。井，成了村民聚会的场所，也同样为青年男女提供了爱情之水。

在井台边，村东小慧子的眼睛像水一样清澈着我。我们往往会在井台边不期而至，她那水一样的眼睛是我那个时期的某种希望和期待，见不到那眼睛，我担水显得格外的沉重，水桶磕磕碰碰，到家只剩下半桶，总一副心不在焉的样子。我想我朦胧的感情是从那口井以及那清澈的井水开始的。多年以后，小慧子成了一个孩子的妈妈，我童年的那份情感，永远地蕴藏在心底，是不敢有丝毫的非分之想了。

可现在，优越的条件使人丧失了生存的磨炼和智慧的启迪。到有一天，当井全部消失后，我可以理直气壮地问：井为何物？还有多少人保持着对一口井的记忆。人们成了享乐的一代，生活中少了不少艰难，再也体会不到生活的艰辛和生命的宝贵。难道人类的发展一定要牺牲一口井吗？井，应该留存在我们记忆深处，时刻记住：生命之水要靠每个人亲自体会其中的艰辛才能取得。

诚然，一口井的消失也许证明了某个时代的进步，但消失的井却使人的生命韧度迟钝了不少、麻木了不少，像生活赐予我们的，是理所当然的，像任何事物的存在与消失都有它的一定理由。换而言之，体会生命的艰辛与困惑，对人生来说未必不是一件好事。

忆起麻雀

Yi Qi Ma Que

在我的生活空间里,麻雀算得上是最熟悉不过的鸟儿了。许是因了它的普通和平易,其身份便不免有些低贱。也正是这低贱的生灵,在我如白开水般透明和单调的孩童岁月里却带来了许多令人难以忘怀的激动和欢乐。至今,我的眼前,还常常掠过家乡夏收后那空旷寂寥的田野上,一群群自由穿梭的麻雀翘尾啄吃麦粒的情景。那场面活跃非常,又生机无限,使人不能不顿生联想……

早年,故乡是有很多麻雀的。那时,故乡有成片的森林,植被保持完好,而现在那种花香鸟语的情调早消逝匿尽了,再也感觉不出麻雀带来的生机,村人也隐匿在没有麻雀歌声的日子里年复一年,过着复印机般的生活。

麻雀,属鸟纲文鸟科,它们大都在屋顶的瓦檐下或低矮的窗棂附近的砖缝中搭巢,也有的干脆在古树的老枝干上垒窝。麻雀造房子是从不讲究什么的,只要有一个能遮风避雨,繁衍生息,又便于飞进飞出的隐蔽的洞既可。建筑的材料也非常的简单,废纸破布杂草全都能用,堆在一块,松软暖和,照样能孵出黄嘴小鸟来。麻雀天性活泼，对周围的其他事物根本就不放在眼里，或者说，它们不知道该怎样来保护自己，缺乏自我保护能力，依然是想飞就飞，愿蹦就蹦，一副满不在乎的样子，也许，这真是它豁达大度之处？！因此，它们遭受着人们的欺凌。

更令人可气的是，每年的金秋时节，广袤辽阔的田野到处是沉甸甸的灿灿稻谷，那快乐至极的麻雀便会成群结队地扑向其中，迫不及待且又肆无忌惮地拼命啄食正待收割的稻米。因其肚量太小，尽管粮食受损不是很大，但做出的事情却实在可以用"缺德"二字来形容了。村人在万般无奈的情况下，在田野里做了许多稻草人，可以达到以假乱真的程度，麻雀还真的害怕了一阵子，可到后来，没事一般，照样糟蹋粮食，还在稻草人身上拉屎，弄得稻草人斑斑驳驳，更加丑陋。

在我童年无限孤独、单调、无聊的日子里，麻雀的确给我们带来了无限的愉悦和乐趣！

到现在，村人再也用不着做稻草人，我童年的那种愉悦也消失了。当普通、寻常的生灵已被列为国家二级保护动物，我知道，又一些人类熟悉的朋友即将永远地离开我们！山花烂漫的季节，我真的好想聆听那叽叽喳喳的雀鸣……

很久以来就想写下这篇文章的，每每提笔，都感觉到无比的沉重，那种沉重的感觉并不是几只麻雀消失的问题。

写下这个题目，倒让我吃了一惊，麻雀有什么好怀念的？是不是觉得很可笑和极端，我自己就为我的动机为之一震，可在那个百无聊赖的深夜，我就坐在电脑前，不知是什么景象使我想起了麻雀，想起遥远故乡麻雀中最为讨厌的乌鸦等等。

是不是黑能激发我的想象，或是黑更能使我对故乡那片树林有持久的记忆？关于麻雀，是有着许多故事的。

在我上一辈人中，"乌鸦"二字，是不吉利和不光彩的。或许乌鸦现象偶然的概率印证了某些的巧合，使得他们的思想根深蒂固不容改变。祖父在弥留之际，村头那棵大枫树黑压压一片乌鸦，"呱呱"地叫个不停，它们是在招魂吗？在我幼小的心灵中，我不得而知。我只记得舅舅当时提着鸟枪朝枫树上放了一枪，惊飞满树的麻雀及那几只招魂的黑色乌鸦。麻雀以及乌鸦，有着悲惨的命运。

可在某一天，那些讨厌的鸟类消失在故乡的视线了，如今想看看麻雀还真不容易。这种世代在村人眼中讨厌的生灵哪里去了？记得20世纪80年代，我在小学读书的时候，学校周围是几棵大而壮的枫树，树上有成群的麻雀，它们在快乐地嬉闹，旁若无人地飞到教室的窗台上，欢乐地唱着歌朝教室里打望，有时还调皮地在课桌上洒一泡屎。刚开始，确实令人讨厌，后来看惯了听惯了，也就无所谓了。渐渐地和我们混熟了，它们不生人了，我们悄悄伏在窗台，把它们的一些同类捧在手中，它不仅不逃着飞开去，还啄着你的手心，痒丝丝的。伙伴当中不乏调皮的，爬上树去掏鸟蛋，抓鸟娃。一旦麻雀发现，它们会痛苦地叫喊几天，从那声音里我听出了它们对人类的憎恨。它们只好失魂落魄地逃到另一棵树去，重新造窝重新下蛋。人类与麻雀的斗争就从那一刻开始了。

每当春耕，麻雀就会成群接队地跑到田里觅食；夕阳西下的圭河畔，你会看到这样的景象，麻雀们悠闲地在水边，时飞时落，自由自在唱着歌，极其自然，旁若无人。

为什么村人容不下麻雀，甚至于憎恨它们，我清楚记得，村人想尽许多缺德的办法来对付麻雀，在地里安装鸟套，用装满铁沙的鸟枪射击，是不是麻雀偷吃地里的庄稼，在不该的场合唱了几首鸟歌？麻雀当然不知道。

"劝君莫打三更鸟，子在巢中盼母归。"除植物外，都是父母所生，都是血性和感情的啊！

20世纪80年代中期，村人大肆砍伐森林，原先学校旁的那几棵枫树也劫数难逃，我想现在学校的学生们再也没有当年我的那些感觉了，再也不能体会到人与麻雀之间的和谐了。是的，我在想，我们只有一个地球，在这个地球上，任何生灵都有他们生存的权利，就像某些事物的存在都有着充分的理由一样。

麻雀没有了栖身之所，当然要迁徙，到另外一个地方去寻找它们的家园，它们有先见之明，不会在这里等死。似乎在一夜之间，它们全部都消失了，容不得丝毫的眷恋，我想，它们离去的表情一定是悲愤的。

它们有一天还会回来吗？村人还能不能敞开胸怀迎接它们，村人又何尝不希望它们再一次回来，没有鸟语花香的生活是何等的单调！

我的怀念，也只仅仅局限于怀念罢了，只是对曾经出现在我生活中的麻雀经久的怀念而已。

第一辑 磨朽的乡愁与旧时光

Mo Xiu De Xiang Chou Yu Jiu Shi Guang

磨朽的乡愁与旧时光

老家的堂屋有一台石磨,像某些历史一样久远的事情蛰伏在那里,像一段磨朽的旧时光。

在我的印象中,石磨和母亲是密切联系的。那沉重的磨盘,多半由母亲柔弱的手去推动。石磨很沉重,推起来当然吃力。母亲弓着腰像虾子一样,两只手握紧磨杆,一圈一圈地磨,磨那些艰辛的、无奈的、沉重的日子。

我生命中金子一般的童年就是在这种石磨声中度过的。

童年,拮据的生活使我后怕,可那石磨时不时给我带来些意外的惊喜,母亲在那有限的口粮里,抽出部分,比如黄豆或是小麦,拿到石磨经过加工,做出花样繁多的食品,记忆深刻的算是"驴打滚",这种叫"驴打滚"的糯米粑,香得恨不得把自己的舌头也一起吞到肚里去。母亲能干,她可以从石磨里推出生活全部质量。所以,童年的磨声,是我无与伦比的音乐旋律,离开故乡多年,可直到今天我还经久地期待那温馨的磨声,并对石磨投以赤子般的感情。

离开温暖的火炕、抛弃童年永远长不大的梦,我在一个露水湿裤脚的早晨，离开了故乡，离开故乡温馨的事物，去实现所谓的人生理想和飞扬的梦。然而，我的梦与故乡的石磨、与故乡的一些山一处水、与粪桶与那些畜生还有一些坟地又是那么的息息相关啊！始终走不出故乡十里之外的道路。我是为了不当农民不犁田种地才离开故乡的，故乡祖祖辈辈面朝黄土背朝天，披星戴月的劳作都不能填饱肚皮，过上一天好日子。离开故乡，很快就遗忘故乡的物事。遗忘从某种程度说，是缘于对遗忘对象的背叛。我把金子般的童年遗忘在故乡，我不想再在遗忘童年的细枝末节里遗忘更多的物事，就比如那石磨。在不多不少的十年里，我把父母和童年的石磨置放在故乡遥远的记忆中，我那贫瘠如初的故乡，我那回想起来就掉眼泪的故乡。夜里只能感觉一些有关遥远故乡的意象了，是啊！那些记忆也相去甚远了。

在我离开故乡后，故乡也确实发生了一些故事。

首先，我家的那台石磨不用了，原因不是现在的条件比以前好，而是母亲再也不能推磨了，二弟及他媳妇是不会去推磨的，实在要磨些东西，花上几毛钱，拿到隔壁二毛家电磨。其次的故事还颇为生动，我那靠烧炭度日的表哥再也不"两鬓苍苍十指黑"了，驾驶一辆农用车跑生意，每年还小有节余，最终娶了婆娘，生了三个崽，被计划生育队的狠狠罚了几千块钱；村子里独姓家的幺女在广州做小姐（她曾在乡人面前很阔气地数着大把大把的钞票），给她家里寄来村人一辈子都没见过的那么多钱，盖起了两间大房子，后来得了一身性病回来，村人看都怕去看了；我的亲弟弟，书是硬读不下去了，回家不久，父母给他娶了个婆娘，现在皮带上牛皮哄哄吊着只波导手机，像他那只手机一样忙碌着带一帮人到处找事情干，找些小钱养家糊口；我小学鼻涕口水流得一塌糊涂的腾海同学，现在居然当了一所小学的校长，或多或少带着些官僚气息……

离开故乡，这些故事虽然很遥远，但清晰地在我每一个梦中。

石磨以及石磨之外的故乡，只能成为我生活具体的而又迷茫的点了，怎么说呢？故乡我有些不敢回去了，20世纪80年代初，接近疯狂的开山破石毁坏了圭河，森林的大肆砍伐，圭河的水接近干涸，森林植被严重遭到破坏，使我记忆中的故乡面目全非，再也不能产生一丝丝的诗情画意。

从理论上来说，回家的路应是漫长而温馨的，可在那个路口，我却又开始了所谓新的旅途，那些温馨的温热的只能存留在我的心胸了，甜蜜而痛苦着。在某一个晚霞映红西边的时候，我的心也如晚霞般浓郁。

是不是母亲也在夕阳路口，等待那久久不归的游子？是不是黄沙遮住了母亲的眼睛，让那回家的路在遥远中再次延伸再次遥远？

在有限的回家次数中，会想起那台曾给我无数幻想、磨朽无数旧时光的石磨。只是，我心里所经历的波澜，不是石磨所能理解的，不是生我那片土地所能理解的，对那片土地，我是抱着宽容的态度，这些也许是我所惆怅和困惑的。

第一辑 磨朽的乡愁与旧时光

Yi Tiao Zhi Dao Hui Jia De Gou
一条知道回家的狗

一

夜，寂静。孤独一人穿行在乡野僻静、冷清、人烟稀少的荒地，猝不及防在两米开外一转弯处，有一个声音如撕裂帛布，穿过旷漠的荒野抵达你的脚边——狗叫声突起。

你一颗本来就悬乎着的心，被突然袭来的声音完全破坏，并处于极度恐慌之中，领略村野的那份雅兴，已被抛至九霄云外。

狗叫声撩破夜沉静的幕帘，清晰而遥远。

人是怕狗咬的，特别是疯狗！

这无疑是在夜的心脏边上，狠狠地投掷了一枚炸弹，很快有无数的声音随之炸响，并准确无误地告之世界：这荒野并不完全空无一物，在狗的声音不远处就有一座座低矮的吊脚楼和袅袅炊烟构筑的村庄，以及坟墓。

这总是一件温暖的事，总让人想起一个遥远村庄的民俗风情和人文掌故，狗叫声把这种温暖毫无拒绝地传递到每个夜行人身上。

狗总让人想起温暖的村庄和火塘。

狗是恋家的。我曾经写过一组诗歌，歌颂一条知道回家的狗。

"那条走失的狗，父亲担心了很长时间／生怕饿死路边，或者被杀了吃肉／这条狗，走得一点信息都没有／像我不辞而别的兄弟，是不是在广东打工／不回家也该来个信息。"狗，让我温馨。

"我离开老家的时候，那条狗还送我到村口／耷拉着脑袋，舔着我的裤脚，恋恋不舍／仿佛我一去就不回了。可它却把自己丢失了／我一直在城市里寻找它的身影，很多年／真不知道它的音信，它是不是迷失了回家的路。"

这条狗，很适合我那时的心境。一直以来，我认为我是生活的弱者，受到委屈的时候，我都会想到这条狗，是不是迷失了回家的路？

"春节回到老家去，一条老狗迎接了我／我们像走散多年的兄弟，热泪盈眶／狗日的它没有告诉我，这些年去了哪里／受到什么委屈，它选择沉默／最终，还是一声不吭回到了家。"在我诸多的文字中，我多次提到家，具体一点是我的胞衣之地——圭研，我一直这么认为，侗寨圭研是我最好的归宿。

那条狗，给了我无穷的启示，给了我尖锐的力量。

二

关于狗，我想说些遥远乡村的故事。

狗叫声是村庄沟通外界的工具，从狗的叫声你可以略略知晓一个村庄的大小和底细。

这些年，年轻人都到沿海一带混钱打工去了，走得最近也跑到县城去拉板车或是去挑砖背水泥，一直到春节才回来。村子里剩下些豁牙歪嘴的老人和黑不溜秋的小孩,村子显得异常寂寞。狗也养得少了。从狗的多少,可以窥见整个农村的兴衰程度。

人去村老。与村庄一同老去的还有父亲那一代的亲人,只有他们才永恒地留在故乡,每年到年关,老家那里总有几个老人熬不过去。很多时候,我都不愿意触及村庄繁荣与衰败的历史,村庄正逐渐走向寂寞。

当我读到宋殿儒先生的《人去村"老"年寂寞》,这样的故事让我心酸不止?

——"老村过年没有了人欢马叫,没有了爆竹四起的那个热闹,更没有了曾经连台热唱的乡戏锣鼓。他们吃完饺子,出门相互拜年,尔后就仨人到我家中打个小牌。可是三缺一了,一个曾经一百多口人的老村,咋就连打一个小牌都凑不够'腿'呢!仨老人就那样,坐在牌桌前一阵唏嘘后,无奈中就把父亲身边的一只小狗请来了。父亲的小狗好像比人听话多了,父亲命令它蹲到板凳上不许乱动,它就赶紧蹲到了'四缺一'的那只凳子上不敢离开。"

三个老人就这样和小狗凑成一桌,小狗当起了牌友,他们把牌码到小狗跟前,轮到小狗出牌的时候,他们就替小狗翻过来一张牌。这场景,说来让人流泪!

尽管如此,我们并没有意识到,一个村庄正逐渐走向寂寞。

村子的孩子想父母了,就哭,闹着不肯去上学,白发豁嘴的老人就骂:再不好好读书,考出这穷窝窝去,长大就像你家爹妈那样出去打工,没出息。

可我又能到哪里去呢?我倚在窗棂思索,生活中的许多,也许出于种种无奈,才由不得我们过多去选择。

我能像故乡的河那样远远地流去吗?就像生养我的那些泥土,

又能迁徙到哪里去？

　　它们都不可能离开。最多也只能是伴随着水声、山风声、虫鸣鸟叫声，重复了一遍，然后又回来了。

　　那些出去混钱的年轻人最终还是回来了，回来娶婆娘，回来养家糊口，城市的繁荣使他们有过多的自卑和恐惧，他们只能永远徘徊在城市的路口，看车水马龙商贾云集，他们最终不能融入城市。

　　庆幸我的堂兄还在乡下，有他们，还有一贫如洗的石头，你要知道石头是永远变不了金子的，尽管老人大部分认不出我了，可他们还是能在我母亲面前，清晰地说出我的乳名。

　　前年我回老家过春节，看到一副对联：年年难过年年过，岁岁无欢岁岁欢。

　　在这副对联面前，我流下了眼泪。故乡真的老了，早就离我而去。我在老家的后屋和村子里的老人喝着火辣辣的米酒，那一天，我醉得很惨，我不争气的眼泪流了下来，老人们看着我泪眼婆娑的窘样，开心地笑了。他们一年到头，难得几次这样开心的笑。

　　故乡的人老的老，走的走了，留下只是像一只只馒头般的坟茔，长满了野草。故乡的意义往往会让游子联想到离老宅不远的荒丘上那些祖先灵魂休憩的坟茔，这种景象赋予了故乡生死存亡的经典意义，生与死只是一纸之隔！使我缅怀于阡陌与往事之中难以自拔，满脑的恐惧和眷恋，冥冥中像有一只手在牵引着。只是他们的后人，或许是因为路途的遥远，而忘了回家的路。

　　而狗，是记得回家的路的。

　　早些年在圭研，村主任二毛养了一条大黄狗，大黄狗凶悍，伤及小孩和妇女，曾经一口逮掉隔壁猪蛋的小鸡鸡，猪蛋一生好端端的幸福被这畜生活生生地给断送了，至今还娶不到婆娘，谁家闺女会下嫁没有了生殖器官的猪蛋呢？没有生殖器官，就不能传宗接代，就不能养儿防老，像个小太监那样，多没意思，这个浅显道理村民是懂的。尽管猪蛋长得像牛一样健壮，干农活是块好料子，但是村子里那些丰满起来的姑娘们知道这个浅显的道理，还是不与他相好。

村主任二毛不痛不痒摸出200块钱，还替猪蛋交纳三年的公粮打发了事，用一条比食指还粗的铁链把那畜生给拴了。他这一举动无疑给我们透露一个致命的信息：狗日的狗断送了猪蛋的幸福，狗也别想自由了。

被拴的大黄狗吃喝拉撒就固定在由铁链组成的圆内，圆外就是它永远无法企及的地方了，有些画地为牢的感觉。有漂亮的母狗从它身边经过，舞蹈着醉人的姿势，在它面前撒一泡热尿，肆情地撩拨着它，甚至还引领一只狗情人在光天化日之下，做着见不得人的苟合之事。大黄狗起初是半眯着狗眼，一副拒情欲于千里之外的情状，可那对狗男女肆无忌惮的喘息和两颗狗头一南一北尽情地欢愉，实在让它受不住了，还有什么办法呢？它至多也只是狂叫几声，把比食指还粗的铁链绷得哗啦哗啦地响，终究不能逃离以铁链固定点围就的圆弧，它报以山洪般的怒吼，还不时换来主人二毛的棍棒加身，烈火一样的情欲在它阵阵狂叫声中熄灭，这是很残酷的事。

最后这条缺少情爱的大黄狗无疾而终，草草完成它这一生作为狗的使命。死了，村主任就着陈皮、花椒焖了一锅稻香狗肉，几碗米酒下肚划拳打马闹了一个晚上。

三

村人养狗，不是"咬人"这个角度来说的，或者单纯的看家护院，大黄狗把猪蛋给咬了，那只是一个事件一个点缀罢了，并不完全代表作为看家狗一直所具有的秉性。

另外我们可以从每一条看家狗的叫声发现一个非常趣味的问题，这个问题的发现，证明了狗是具有人性的一面。见穿得干净整洁的，狗们略发"汪汪"之声，以表恭维；见乡镇干部夹着个人造革公文包，尾巴下垂，摇头晃脑，一副一不小心怕遭煮了吃的姿态，尽力讨好；见气势汹涌的粗糙男人，放溜子跑开，像躲避日本鬼子的强暴一样；见小货郎摇着拨浪鼓走进村口，叫声则多了些鄙视，一字儿排开的狗均发出"哼，哼"声音；突然见漂亮女人挑着水桶从门前田坎经过，狗们就聚在一起，尾随其屁股后面，"汪、汪、汪"不绝于耳，像唱歌一样动听，以献媚想表示亲热；还有见黑不溜秋的小孩多不理睬，哼都懒得哼一声，耷拉着脑袋跑开，跑得稍慢就会被主人揪住命令吃小孩拉得满地的屎；见吃着只红薯的婆娘们绕前跑后，以悦主人，讨食半截红薯。

荒野小村，养狗多为看家守户，也兼养肥来杀吃，也有的养来捕猎。二叔家养有一只黑白相间的猎犬，彪悍勇猛，一副牛犊之躯，有射箭般的跑速，是村子狗们的首领，一呼百应，见贼盗入村，必将带领狗兄狗妹冲锋陷阵，一路追杀，把村子封锁在平安祥和之中。

这只狗从单纯意义的看家守户上升到追捕猎物的高度，在村子里有将军般的荣耀，见那些只会吃食只会看家的狗们都不屑一顾，从骨子里瞧不起，这势必曲高和寡，狗们只有在追杀贼盗的时候响应它之外，其余时间不与之来往，二叔家的狗空有一番激情，也找不到热乎的对象了，它不知道它所有的荣耀是狗们集体抬起来的，显得过于孤傲了。村子的母狗们被成群的公狗拥簇，进行花前月下卿卿我我，它基本上无法得逞，它纵有千般本事，也是无法近身的，显得异常的孤独，更可悲的事，直到它临死，村子里都没有留下它的遗种，难免伤心，英雄往往如此，在孤独中成长，然后在孤独中悲怆地死去。

有着这样的强势，具备世界名犬下司犬的秉性——猎犬。

下司犬产于贵州东南部的麻江县，产区居民居住于深山峻岭之间，过去林深茂密，山高路险，野生动物较多，自古以来少数民族均有打猎和养狗看家守院的习俗。

早在嘉庆十三年（1808年），下司镇就辟为商埠，形成盛市和重要码头。在古代，贵州与省外陆上交通闭塞，云贵两省的土特产品多集中于下司，赖清水江运到湖南洪江、常德、过洞庭湖直达武汉。湘、鄂、赣的棉花、土布、药材、瓷器等货物亦用船载逆水而上到下司起崖，再运到贵阳、安顺等地。在当年的下司镇商贾云集、市场繁荣、商户林立、住户密集，官富养犬护院，一时养犬兴盛。国民党陆军通校于1938年冬迁至麻江，军犬所设在下司玉皇阁，更带动了下司养犬的发展。

"犬"，多形象的字，有"犬子"一说，是对自己的儿子的谦辞。更多的是"人"字加上"一"多一点，作为人类的我们，在某种的程度上，我们和一条狗没多大的区别。有着坚强的秉性，也有媚态十足的奴性，"桀犬吠尧"给我们人类诸多的解释。

有科学家认为狗由早期人类从灰狼驯化而来，驯养时间在4万年前~1.5万年前，发展至今日，狗大体上可分工作犬、宠物犬、军用犬、格斗犬、肉狗。狗，具有狼的性格，同时狗也具备奴性，也就是经常听到、有时自己还会说的"狗奴才"。

当然，狗的主人与狗之间，也并不是一成不变的关系的。俗话还说：狗急了还要咬人呢。当一只狗对主人不满的时候，狗的主人还可以把它拴起来赶走，或者杀了吃肉；但如果狗一齐咬人的时候，人便无可奈何，还得给它吃给它喝。

中国数千年来受孔孟思想的教育，君君臣臣的关系已经根深蒂固。人们已经完全接受了等级观念，习惯了现在的这种社会秩序。狗作为人类的朋友，当然可以看清这一点。

四

作为人类饲养的动物，当然，狗难免于杀戮。在冬至吃狗肉，有着源远流长的历史。

冬至作为节气源于汉代，盛于唐宋，相沿至今。《清嘉录》甚至有"冬至大如年"之说。人们认为冬至是阴阳二气的自然转化，是上天赐予的福气。汉朝以冬至为"冬节"，官府要举行祝贺仪式称为"贺冬"，例行放假。在《后汉书》中有这样的记载："冬至前后，君子安身静体，百官绝事，不听政，择吉辰而后省事。"所以这天朝廷上下要放假休息，军队待命，边塞闭关，商旅停业，亲朋各以美食相赠，相互拜访，欢乐地过一个"安身静体"的节日。唐、宋时期，冬至是祭天祭祀祖的日子，皇帝在这天要到郊外举行祭天大典，百姓在这一天要向父母尊长祭拜。

冬至吃狗肉的习俗据说是从汉代开始的。相传，汉高祖刘邦在冬至这一天吃了樊哙煮的狗肉，觉得味道特别鲜美，赞不绝口。从此在民间形成了冬至吃狗肉的习俗。在黔东南，冬至这一天，狗肉的价格飙升，人们图的是吃狗肉以求来年有一个好兆头。在这一天，我不知道，有多少狗走在祭祀的路上。

我在诗歌《冬至》里这样写道："父亲要杀一条跟随他四年的

狗/父亲躲在门后面，等那条狗回来/在猝不及防中，把狗击毙/也许这样会少些造孽与仇恨。"

冬至那天，等待一碗熬好的狗肉汤，仿佛等待一场即将开启的电影。然后，在苍茫的狗叫声中，从村东走到村西，散发浑身挥之不去的热量。狗肉大补，有壮阳之说。

有外地客人来，要求一定要吃盘江的花江狗肉，每有这样的要求，我的胃就有一次难受的绞痛。

盘江狗肉号称"中国狗肉一条街"，街道两旁的40多家狗肉馆蔚为可观，临街而立的狗肉店大都在店门边建一个贴满瓷砖的台灶，上面摆满了特制的狗肉，令行人叹为观止。街道两旁狗肉馆一家连着一家，无论你把视线投向任何一面，都会看到煮着狗肉的大锅冒着腾腾的热气。每次路过盘江，我都想象着有无数条狗正在疲惫的奔跑，它们在逃命。

"父亲默默无闻地完成了这个动作/坐在寒冷的门口，让寒风吹干他的双手/透过父亲的眼睛，我看见/那些忙碌的狗，正在交配/并没有因为这个节日，逃离村庄。" 忠实的狗，怎样看待人类呢？

狗，肯定哭了！

这时我想到，前些年的一个新闻，说的是志愿者拦车救狗，却因为一纸检验检疫证明，成为志愿者此次解救行动的尴尬关键，引发"为什么杀狗不违法拯救生命却违法？"的讨论。

生命无奈，因为没有一个法律来为这些无辜的小狗做一个辩护，同样没有人去维护它们应该有的权益。

五

　　历史上关于狗的文章很多，感动我的是"黄耳传书"，晋初大诗人陆机养了一只叫"黄耳"的狗，陆机久寓京师洛阳，一直没通家书，怀疑遭遇不测。有一天便对黄耳开玩笑说：我很久不能和家里通信，你能帮忙传递消息吗？不想这只狗竟摇着尾巴，连连发出声音，似乎表示答应。陆机大为惊诧，立即写了一封信，装入竹筒，绑在黄耳的颈上，放它出门。黄耳不仅把信送到了陆机的家里，还把家人的回信带了回来。家乡和洛阳相隔千里，人往返需50天，而黄耳只用了20天。后来，黄耳就经常在南北两地奔跑，为陆机传递书信，成了狗信使。为了感谢"黄耳"传书之功，它死后，陆机把它埋葬在家乡，村人呼之为"黄耳冢"。

　　元代王实甫在《西厢记》中为张生填写了这样一段唱词："不闻黄犬音，难传红叶诗，驿长不遇梅花使，孤身去国三千里，一日归必十二时。凭栏视，听江声浩荡，看山色参差。"张生口中的"黄犬"，指的就是陆机的"黄耳"。张生离别莺莺后，因无人捎信而感叹身边没有黄耳这样的信使。

　　狗，永远忠实于人类。文献记载，我国周代就开始驯养狗，人类与狗的关系密切。日本电影《柴犬奇迹物语》中，主人所在的地方发生了地震，主人养的狗冒着地震危险最终救了主人。

　　自古言：寡妇门前是非多。寡妇家必养一条狗，狗的职能除了看家防贼盗外，还有一个重要的功能是预防心怀鬼胎的男人，有些男人把自己老婆安置在家里，有事无事喜欢往寡妇家跑。

　　寡妇家养狗，但非常忌讳狗叫声在夜深人静突然像鞭炮般爆发，这是一个信号，这个信号很暧昧地传递给村人，让村人在茶余饭后多出几许谈资,经过口头加工的谣言多无中生有,但听者依然津津有味,想从谈话者中探出个究竟,在狗叫时偷偷跑到寡妇家屋后暗暗窥视,踩坏寡妇家屋后的菜地,甚至过分地爬在寡妇家窗台贼一般窥听屋子里的动静,这是很让寡妇伤心的。真有暧昧关系的女人,狗是感觉得到的,狗是通人性的。狗都有情爱,何况人乎?狗吃主人辛苦生产的粮食,总不能破坏主人的好事,古今如此,狗在这个时候,或许吃饱了跑到村西寻找爱情去了……

城市人也养狗,但不是为看家守户,不是为了捕猎,更不是养肥来吃肉,多为主人寂寞所为,也是一种身份的象征。"打狗得看主人脸"有力地证明了狗的身价是主人地位的标志,居住在我们单元楼的,是个款爷,养一条京叭狗,听说价值近万元。城市树立的钢筋水泥,层层加固的防盗门,狗本来的职能没起到丝毫的作用,而且狗的身份也发生了质的变化,主富狗肥,城市里的狗再也不是什么彪悍的土著狗了,各种五花八门的进口名字的时髦狗走进了寂寞女人的怀抱,成了倾诉,安慰寂寞灵魂的一剂汤药。她们怀抱宠物狗的姿势,比怀抱自己的爱人还要亲热。

在感情枯竭、人情淡漠和自我封闭的现代人群里,宠物替代了爱人。爱人在外面打拼,养起了小情人,寂寞的女人只有拥着宠物一同看泪水涟涟的感情电视,或是往狗嘴里猛灌红酒,发牢骚骂男人,找到发泄的地方。宠物还陪伴老人走过孤寂的晚年,孩子忙得陪老人的时间都没有了,在守着夕阳西下的日子里,老人抱着阿猫阿狗打盹,把思念孩子的话说给阿猫阿狗听。

在城市摸爬滚打了好几年,我真的搞不懂城里人了,忘记了狗的模样。有时朋友邀去吃狗肉汤锅,香喷喷的狗肉使我倒胃口,总想起群狗一路狂吠奔跑过村子的情形。壮观、温驯的狗也逃不过人类的杀戮，这显得很可悲了。我敢这么说，圭研的狗才是真正的狗，它们才具有作为狗的真实生活。城市早就把我打磨得认不出一条狗的模样了，很多时候，感觉到自己人模狗样地活着，我很难过。在这个时候，我的心都会回到孤寂的乡野去，与一条狗交流，与一条狗穿过山川越过田野，去追逐一只受伤的兔子，那将是生命洋溢的时刻。

狗，于一个村庄或村庄一个具体的事物，能勾起我温暖的回忆。

是那么回事。狗，作为一个符号，是村庄的喉咙，可就在我写这些文字的时候，我突然有一个预感：当有一天，村子里的狗都物化成城市里的狗时，那将失去了许多关于狗的故事，那么我一颗寒冷的心怎样靠近温暖的村庄啊？那条知道回家的狗，能否引着我，一同回到温暖的家？

第二辑

是风把记忆带走了

是风把记忆带走了
Shi Feng Ba Ji Yi Dai Zou Le

我一直纳闷。

纳闷干爹家门前的那棵"古树"哪里去了？它被大风刮倒了？还是被村子里的汉忠砍伐锯成成品木板销售到外地去了？多少年来，我一直在记忆中搜索那棵大枫树，执着得让我自己都难以置信。

但有一点，"古树"绝对不会是被大风刮倒的，侗寨圭研自从有历史以来，祖辈都生活在这宁静的小村庄，没出现能刮倒大树的风，连根拔起很是困难，老得牙齿全部脱光眼睛全瞎的蒲家婆说，风是常刮的，经常刮走村子的几只小鸡或是几条破烂的衣服而已，再大也刮不倒那棵"古树"，"古树"是圭研的风水，真的刮走了，村子要出事的。

蒲家婆会接生，农村的孩子没像城市那么有福气，出生时在医院有医生，圭研呢，就靠蒲家婆了，也没酒精消毒，一碗盐巴水足够了，连接母子的脐带她直接用牙齿咬断。她在村子里像村主任一样吃香，尽管她威望高，但我不相信蒲家婆说法，不就一棵树吗？树能昭示村子的未来？

然而那树哪去了？我在心里不情愿被大风刮倒，我倒是期望被汉忠砍伐锯成成品木板销售到外地，这样，"古树"也见识见识外面灯红酒绿声色犬马的世界，作为上好材质的"古树"更能发挥它的作用，比如给城市人做地板、衣柜和饭桌等等。

在我们的一生中，总在不断丢失些什么？包括爱情、金钱、地位、权力，甚至是一棵树。直到有一天，当那棵大枫树在我的记忆里凸现的时候，我开始惶恐。

我快把一棵树给遗忘了。

圭研，这个弹丸大小的侗族村寨，素来与贫瘠和宁静有关。祖辈们日出而作日落而息，虽说是穷了些，但也少了钩心斗角与蝇营狗苟，我为我有着这么一个祥和的村庄而兴奋、快乐，把童年的忧伤放飞在巴掌大的天空之外，我曾用大量的诗歌和散文赞美我的胞衣之地，特别是老家那条圭河，使我在城市疲惫的心灵得到及时的洗礼。然而，这种宁静只持续到农历2007年的年底，我关于老家的种种美好期待变成一种艰难的恐惧，甚至在我的记忆中，永远也不愿再提起它，它会使我更加伤心。

一件堪称得上圭研有历史以来最大的血腥案就在那个最寒冷的冬天发生了，足可以把整个圭研人从噩梦中震醒。

患有癫狂病的汉迟，没上过学的汉迟，平常冷屁都没一个的汉迟，在公元2007年年末的一天中午，用一把满是覆冰的锄头把他外公外婆给残忍杀害了，那次血案中还殃及他的一位堂妈。

这无疑给宁静的圭研投下一颗重磅炸弹，没见过血腥的村人一下子慌了神，感觉天空就要塌了。刚反应过来的汉槐带着几个年轻人费了很大劲才制服他，平常杀鸡都害怕多看一眼的圭研妇女们，哭喊着村子的年轻汉子赶快把汉迟捆起来烧死，以免以后祸害人间。

朴实、理智的圭研男子一向都听妇女们的话，他们不像其他寨子的人那么认为女人头发长见识短，女人往往在最关键时刻会给男人们提出一两个好的建议，而这次他们没有听从哭哭啼啼的妇女们，他们把汉迟像捆粽子一样严实捆绑后，派人连滚带爬赶到派出所报案，那些天祖国的南方遭遇特大冰雪灾害，生息我的圭研一样是断电停水封路，派去报案的人听说还摔伤骨折了，村子里的男人多是读过几天书的，他们相信法律，相信法律会给杀人凶手以裁决。

我在抗击特大的冰雪灾害的关键时刻接到这个消息，当时我痴呆了，怎么会呢？我那宁静如水一样的村庄，我那慈祥得像老人一样的村庄，怎么会与血腥画上等号？我完全有理由静下心来回忆村子里的物事了。比如蒲家婆说过的话，比如汉迟，比如那棵古老的枫树。

回忆会让一个人变得无可奈何，更多时候是痛苦不堪。

蒲家婆的话成了谶语！说过这话的蒲家婆早死了几年，就埋在村子南端，骨头都可以打鼓了。

汉迟有个混账的父亲，他穷得没一条像样裤子的父亲竟然当着他的母亲玩一个死了丈夫的女人，在我们县城租了间小房子，干些给人看风水、占卦算命的小营生，过着他"神仙"生活，从不顾及家里，汉迟患病时，他回了一趟家，烧了半刀纸钱，在家搞了场法事，算是治疗他儿子的病，他的作为在圭研引起极大不满，说他丧失天德。我一直这么认为，汉迟是个善良的孩子，一个善良的孩子却在一瞬间变成了杀人狂，让我感到迷惑，这与他父亲有关。

汉迟没有读过书，村前的小学校，他连门槛都没踏进一步。用他父亲的话说，读书了还不是回家干农活，顶个屁用？二十多岁没有读过书的汉迟已经长得牛高马大，加上疯癫病，时不时口吐白沫，怪吓人的，他父亲怎么也没能给他娶上媳妇，本村的自然是不会嫁给他的，隔壁村寨年轻的姑娘都跑广东、浙江一带打工，自然是没有资源，就是老寡妇们都没有看上他的，汉迟娶媳妇的事就泡汤了。封闭、狭隘、焦虑和缺失女人的温情关爱，汉迟变得更加让人可怕。事发之前，村人都没有想到会发生到杀人的如此地步，顶多他发病时大声尖叫几声而已。

　　说到这里，我不得不说那棵大枫树了，在村子里，谁也不知道这棵树的年龄，它宁静地、不动声色地与村子同在，一起慢慢苍老。村子里的人相信迷信，把树当着"古树"供了起来，每到节日，树株周围会挂满红绸布和烧满无数炷香火，神圣不可侵犯。我也被母亲逼着跑到"古树"下烧香跪拜，多年后，当我离开圭研，来到一个色声犬马的城市，在一个单位里领取不多不少的薪水时，母亲还向邻居炫耀说是我当年在"古树"下烧了几柱香的，"古树"庇佑了我，我对母亲的言辞不以为然，甚至是嘲笑，但在当时，那是母亲的全部寄托。

　　这些年，村子里大多数年轻人都跑广东、浙江一带混钱去了，留下的是老人和孩子，老人灰头土脸，孩子黑得像泥鳅。我的心情也随之变得灰不溜秋，曾经幻起我无数激情的圭研，怎么一下子变得面目全非？我把我的记忆梳理了一遍又一遍，突然我发现我快把那棵"古树"遗忘了，突然记忆起"古树"，使我为之一惊。怎么就不见了？好好的一棵"古树"怎么说不见了就不见了？

　　小时候，我闲着没事常向那"古树"眺望。我的眼睛都酸痛了，树依然在那里，一到夏天，满树的喜鹊把整个村庄从早晨欢乐地叫醒。我想它也一定像我一样无聊地打望着村庄，打望着村庄里每一个人，甚至数着村庄的历史、旧事，静静看着春去秋来。我不知道我是什么时候开始注视"古树"的。也许是我在无所事事的某一个傍晚或是我刚出生那一瞬间，世界这么大，能在我眼睛里的难道就是这棵树？

早年的圭研，对门山的树木葱葱郁郁，还经常有山鸡、野兔、山羊、野猪出没，这多么能勾起美好童年的记忆啊！然而都没有进入我的视线，唯独那"古树"，占据了我童年的全部。

可是，那"古树"却在某一天从我记忆中消失了。那时，心比天高命比纸薄，我时常在眺望的时候想着不着边际的事情。每当我看累了的时候，我都会想，我不会成为一棵树的，成为树了多没意思，一站就是一辈子，不能挪动半步。那时，我没有想到它会被砍伐或是被大风刮倒。只是想着站在那里一辈子的树就莫名的焦虑。人这一辈子总得挪动挪动，不然这辈子将会是灰色暗淡的，一点意思也没有。"古树"的叶子一到秋天就飘满整个村庄，短暂金黄了一段时间，进入冬季，满地灰得不成样子了。

刚毕业那两年，心里烦躁，没有理想，不想干事，整天惶惶不可终日。从村子里传来消息，我的童年伙伴，他们已经"正儿八经"干着自己觉得正确的事。小时候见到女生都脸红的老堂很快娶了婆娘，很快生了两个孩子，然后走广东打工混钱去了，混得一笔钱回家修起了砖房子。小学成绩顶尖的豆妹，初中上完就走福建，在一家小小的鞋厂当小工，当小工没钱，后来上了小老板的床，钱是多了不少，但没过多久，厂子倒闭了，豆妹也下岗了。混得油嘴滑舌的豆妹再也不像村里出去打工的那样任劳任怨，而是与一帮混混贩毒，贩毒很赚钱，但这的确不是人干的，我一直认为，贩毒的都是人才，可豆妹不是人才，才沾手就被公安抓了，关了五年，五年后垮皮垮脸回家，嫁给外村残废的老黑，老黑虽黑，但生出来的娃娃一点不黑。汉忠是圭研的木材生意人，削尖脑袋打圭研山上木材的主意，他早出晚归，只要三天不见他，他定会走到哪家山上去了，然后是游说、砍伐、出售，脑子灵活加上吃得苦，几年下来，赚了一笔钱，他可以称得上圭研的富人。老文有点痴呆，但他是最能在土地上狠命下功夫的人，他总是在他年迈父亲的指导下低着头不停地在倒腾土地，春天刚来，他抵御着寒冷就耕二道田了，全村数他下地最早，仲秋人们还躲在家里纳凉的时候，他的秋种已经完毕了。大伯穿行在阡陌的田坎，给乡亲治病，跟在大伯屁股后面的大哥多少也学到了不少，正当壮年的他在圭研开了家小小的药店。

留在圭研的村人循规蹈矩。他们每一个人都"正儿八经"干自己的事。跟他们相比，我是最没用的，没有离开老家那阵，我除了一蛇皮口袋的书籍和一双水桶一样的皮鞋外，什么也没有了，偶尔的几块稿费让我激动短短的几分钟外，失落到了极点。和我年龄相当的伙伴，他们都比我牛，大多结婚嫁人了，而且很快生了孩子，小学时坐我前排的刘妹，听说已经是三个孩子的妈妈了。而我呢，在村子是被嘲笑的对象，父亲也常垮着脸对我没好气。村子不需要作家，村子不需要诗歌，村子需要的是果腹的玉米和稻谷。那几年，我相当于一个另类存活在村庄的角落里，存活在那棵大"古树"苍茫的眼里，多余而无奈，但我不这么认为，那些是他们的生活，不是我想要的。我想有一天我会逃一般的离开圭研。

我为我这个大胆的想法激动了好长时间，那段时间我还偷偷喝了几口父亲的米酒，头枕在刚刚收获过的田坝上，在旷野的蓝天下，规划自己美好的未来，一个人一旦有了"未来"这两个可怕的字眼，浑身就洋溢着尖锐的激情。

在一个闷热的夏天，我与大哥喝了几碗米酒，斜挎着行李，真的逃一般离开了生我养我的村庄。也就是在那一刻，我背叛了村庄。

我没有解释的理由。

直到那棵"古树"消失，我为我当时的所作所为内疚不已，为什么不在离开的时候，好好看上一眼呢？还有一个疑问，是不是在我离开之前，"古树"就不在了？

后来我跑到"古树"生长的地方，那里连一个坑都没有了，一开始，我以为"古树"被汉忠砍掉了。我就跑去问干爹，汉忠是他侄子，汉忠曾经对干爹说过，他有好几次想砍那棵树，斧头都磨好了，但提着斧子比试了半天，才叹口气说，这树空心了，没一点用了。关于汉忠的嫌疑撤开了。我就问干爹是谁弄掉了那棵树，干爹说不知道。我说，多大的一棵树，怎么说不见就不见了呢。

我在村子里走了一圈又一圈，村子里的老人都"走"了，村子里的人说老人去世都说"走"，这几年，村子里"走"了不少老人，我找不到询问的人了。最后村东边的老瞎告诉我，老实本分的本华老爷子，不就被他外甥汉迟一锄头，说没就没了，何况一棵树呢？

哪里去了？我一直在问自己。实在没办法了，我就相信是风把它带走了。这个借口很充分很直接。

风！把时间和历史都带走了。带走的，还有我的记忆。

知道"古树"在我记忆中消失了，也就是从那刻起我变得焦躁不安。多年来，我都这么认为，我的血液里打上了"古树"的烙印，现在它被一场风悄悄地刮跑了，我贫血的身躯怎么抵挡得住来自身体之外的诸多诱惑？

准确地说，就是那段时间或是后来的一段时间，我逃离了村庄。我义无反顾地离开了，甚至还想，一旦离开，就不回来了。还能回去吗？回去不了。像那棵树一样。

人生也许就如一棵树。一个走出去又回来的人将会是怎样的呢？

顶多使回乡者缅怀于阡陌与往事之中难以自拔,满脑的恐惧和眷恋,冥冥中像有一只手在牵引着。可以说衣锦还乡荣归故里是对童年生活的逃避,是一种最为恶劣、最为轻浮的表达方式。其中的狂妄,故乡是不接纳的。来的只是为了离去,走马观花。或许是走投无路蛰回故里,躲在故乡深处的某一匹山坡、某一丘稻田里偷偷哭泣。回去的路遥远,使我不敢有太多的想法。

　　树是不能重新回到原来的位置了。

　　也许多年后,我再次回到圭研,我仍记着那棵树。我坚信是风把它带走了。也许多年后,我也一样从村庄的记忆里消失,只是想知道,会不会有人记起我了?

侗箫与笙歌——一个侗族人的诗意生活

Ben Zou

奔走

一

我是在一个燥热的黄昏奔走在这座城市边缘的。

我长久奔走在城市之间，直到有一天，我的心境陷入极度的苍凉，我遥望故土的灯火，在那不可企及的灯火旁是否有一张熟悉的笑脸在等待着我，我的内心还充盈着异常的温暖吗？有的，在思念愈来愈强烈的晚上，那亲人的温暖一直在慰藉着我，使我在长久的奔走中，有了源源不断的精神力量。我曾在文字中这样写道：这座城市，我触手可及的城市，太宽广了，有如一口倒扣的罩锅，可我又摸不着锅的边缘，我再也找不着生一堆篝火温暖身子的理由。这些，也许还不是最为糟糕的地方。长久以来，我在城市奔走的时候，我时刻在忍受着一种彻底的崩溃和寒冷。

几乎每个黄昏，我都会在这座城市的中心或边缘奔走。城市多像我老家的稻田，父亲常年奔忙在阡陌的稻田之间，乐此不疲。父亲赶着他那头老黄牛，抽着叶子烟，耕耘着板结厚实的土地，秋天，往往会有不多的收获。我像父亲一样奔忙，期待秋天也有所收获。

每次，当我穿越在城市的每个角落，累了休息片刻的时候，我就这么胡乱地想着,我知道是异想天开,但一旦有这种膨胀的想法,我浑身充盈着无可估摸的力量,这力量是尖锐的、雄浑的,这些亦是我找到了乐此不疲奔走的理由。

就在这个黄昏里奔走,我没有找到我倾诉的对象,没有我想象的收获。深夜,我和波波选择了喝醉,酒是好东西。酒、诗和女人一样会让我们心动,两个大男人在车水马龙的大十字路口,任凭河山肩上过,任凭岁月掌中走。我们真的在大十字路口破口大骂了,两个男人像骂街的泼妇,酒醒后,我们想回忆骂了什么东西都不知道。波波常常是揉着像一坨西红柿般红肿的眼睛,哭丧着脸说,与其这样在街上奔走一生,倒不如躺在寡妇怀中笑一夜。

我知道波波在有感于舒婷的《望夫岩》"与其在山顶伫立千年/不如靠在情人的肩头痛苦一夜"。

说完,波波像小孩子一样,赖在地上,说他想回家。想回到生养他的胞衣之地,那里有温暖。

那个黄昏的奔走没有带给我快感。我的父亲也许正担着一担玉米走在回家的路上,父亲常是这样默默走在阡陌的田野上,多少还是收获了,他和母亲用并不伟岸的肩膀,托起我们兄妹四人的天空,把我们喂养得像屋后的松树一样挺拔。我知道,父亲沉默地在土地上年复一年的犁铧,脚下的泥土像历史一样翻过,再细心往土地撒上种子,父亲的天空就是春意盎然了。可是,在这座城市,我上班,我写作,我思考,像我那年迈的父亲一样辛勤劳作,犁铧田地,播撒种子,直至在城市的每个角落奔走得心力交瘁,依然颗粒无收时,我的奔走、我的所有努力换来的却是无穷的沮丧和彻底的失望。那一刻,我深刻理解了波波,我想回家,回到母亲的怀抱,那里才是我们温馨的避风港。

当然，我很快调整了我的心态，我一直比较骄傲的事情是我会把自己糟糕的心情迅速调整。我用全新的思维重新看待了这个没有收获的黄昏。上前年，家乡旱灾，虫害严重，父亲收获了少许的粮食，这让他痛苦了好长时间。在这座城市，谁都有可能像我一样，都在奔走，到头来，一样的没有收获，尽管我有些阿Q了，但无疑是暂时解脱的最好方式。

　　有了这个安慰的借口后，傍晚就要来临了。城市的傍晚和我老家的傍晚是有区别的，城市的傍晚是夜生活的开始，在五颜六色的灯光下会游走着五颜六色的人群，男的、女的、老的、少的、奸商、小人无一巨细；而我老家的傍晚没有这些，有的是温暖，有的是牛羊的叫声，草虫的叫声。同是傍晚，向我昭示的，有一个朴素的想法：我想回家。

　　我为这个朴素的想法倒吸了口冷气，多年的奋斗，我才走出我那贫瘠如初的故土，到今天，我可以在城市里领取不多不少的薪水，可以用眼睛强奸城市的美丽，可以过着声色犬马的生活了，为什么还要回去？百思不解。黄永玉给沈从文陵园墓碑这样刻着："一个士兵，要不战死沙场，便回到了故乡。"莫非我有了沈从文的境界了，我为我有这个平庸的想法脸红。

　　在这个城市奔走了好些年头，我竟然直到现在才思考这个问题，回家的路在哪里？我还能回去吗？

　　猛一回头，冬去春来，十多年了，那山，那水，鱼儿成群的故乡，曾经用奶水滋养我的故乡，还是充满情趣、炊烟袅袅的故乡吗？

　　居然找不着回家的路了。这个发现让我悲哀和失落。

二

在城市奔走了几个年头，把几年用臭汗换成的一沓沓钞票，购置了一套可以容纳躯体的房子。房子是自己小小的空间，在城市里奔走，你必须有一个自己的空间，也许这样没有家的概念和温暖，但你得把灵魂和躯体寄放在那里，你疲惫不堪的时候，你可以蛰回房子，关闭房门，自我疗伤。

从房产商拿到房子钥匙的那一刻，我像小孩一样在宽广的客厅里跑了三圈，太大了，140平方米，可以遛马一圈了。

出于安全和握住隐私，我把钥匙用一根红线拴严实，吊在脖子上。在这座城市里奔走，你必须要有一把开启房门的钥匙。

大多数人和我一样都有一把钥匙，就像每个人心中都有着一个不可告人的秘密。对于复杂的城市来说，钥匙给人们提供了自我相处的空间，而我总想，一个秘密的世界和一个公开的世界都是不可思议的。比如许多事情我们必须在关起门来才能完成，比如你内心的秘密。人的一生，赤条条而来到白发苍苍死去，人的一生要经过多少形状和规则不同的门，需要的钥匙也形状各异，我无法统计，钥匙的全部意义和价值就在这些形状各异、规则不同的门中得以体现。在城市奔走的过程其实也就是钥匙的制造、丢失、不断复制的过程。

在八层单元楼上，我住七层，倒是有些登高望远的感觉了，但我一放眼望去，就看穿了城市的蝇营狗苟，眼睛再放远一点，进入视线内的是一家四星级酒店，霓虹闪烁，用高倍的望远镜隐隐约约中可以看见豪华套间的一些龌龊事。在这栋单元楼的七层里，我堆放着近万册的图书和我的思想，我在这座城市奔走累了，我就把我的身体寄放在屋子里，把思想放飞到一个不可企及的高度，我在那里品读到这样的语言碎片："我永久地记忆那些在大地上谦卑行走的圣徒，他们一无所有，却踏出那些漫漫文明。"我还清楚在这里，我写下"谁在竹林里溅起墨浪/谁就是我血液的爹娘"一样铿锵的诗句，在这里还有我老死不相往来的邻居，我们都行色匆匆，穿越于城市的各个角落，见面都没时间打个招呼，这不是世道炎凉，这是城市的特殊之处，我们都理解了家乡那脉脉温情只是遥远的期待。

　　一天早上，我出去买早餐，我和一位女人挤出楼道门，风韵十足的女人，我像看到了春天的绿意，在这栋单元楼里我一直没发现过这样漂亮的女人，但又好像在哪里见过，面熟，我一时想不起来，我在买早餐回来的路上，还在想着哪里见到过她。回到屋子，我翻看一本摆在茶几上的杂志，是一本这小城出版的商业DM杂志，有一个栏目《美女在线》，那个女人的照片就刊登在上面。这时，我才知道，就在我的身边，在我居住的这栋单元楼，有这么一位美女。我的心情很豁朗。

　　这座城市因为女人而美丽，我不止一次这样写道。

　　其实，在好长一段时间，我很是讨厌这钢筋混凝土的房子，自己像被囚禁在里面的囚犯，得靠加固的防盗门才使我这个囚犯得到充分的安全。记得多年前，我第一次谈恋爱，我对一个漂亮的女孩这样抒情："你的眼睛是一座美丽的监狱，我被深深囚禁在里面，一辈子不愿意离开。"可这是房子，是存放我躯体的屋子，不是让我情窦初开女孩的眼睛。

　　我一位写作的朋友在和我探讨这个问题的时候。他说，城市的房子用来承载情感的概念渐渐淡去了，被奢华一点点剥离，支离破碎了。

我不敢肯定朋友的感觉是否正确，但他的话，让我一下子想到老家迷蒙的景象。

　　我老家是典型的侗族村寨，那里的木房，显得凌乱不堪，父亲常把木柴堆放在门口，把苞谷堆得找不到地方落脚，鸡鸭肆无忌惮地在院子里觅食、拉屎，还有，父亲用米汤熬成的糨糊把我从小学到中学的各类百多张的奖状贴满黝黑的板壁，这是父亲在乡下一直抬得起头的重要原因，他的大儿子没有让他丢脸，满脸皱纹的父亲常在喝得满脸赤红的时候向外人炫耀他的儿子，说他儿子在城市里是个作家。我清楚父亲不知道作家是什么概念，是干什么行当的，在他的潜意识里，他无限骄傲，作家应该比村子里每到过年帮村民写春联的要强得多。

　　至少，我在父亲眼里，是他全部精神的需要，我是他一块不错的土地，他可以在秋天收获或多或少的粮食，延续着他梦幻一样的精神世界。

　　阳光明媚的日子，我喜欢慢慢地行走在城市边缘地带，也许是我在老家走惯了阡陌的田坎，有一种久违的情感。

　　我为什么一路奔走，一直在路上，是因为我一直还没有找到回家的路。

　　回忆老家的房子，是温馨的，那里有我的真实和可爱，有粪桶和牛屎。我觉得我没有任何理由去否定我那曾经存在而又遥远的一种渴望和激情。

三

　　以前，我曾写过《回不去了，故乡》，那个散文曾让我感动，我边写边哭，自己的心情被那篇不足三千字的散文弄得一塌糊涂。

对这座城市的反感，是早些年的事了。

这座城市就像一座原始森林，永远拒绝我的唐突和冒失，我毕业刚到这座城市时，韶山南路，破朽不堪。一次上街，一个冒失鬼踩着一块松动的水泥砖，污水溅了我半身，他居然没说声道歉，就扮个鬼脸走了，我想上去扇那冒失鬼两耳光，可我真的不敢，他比我高大威武多了。直到现在，小十字的夜市摊，我是不敢涉足半步的。我曾在那目睹一个小杂毛提着把菜刀把一个比他高大得多的红头发男人活活砍死，我相信，和我一样怕死的大有人在，这座城市在充满繁荣的同时也充满着恐惧。我说火车站是个庞大的垃圾场一点不为过，一次我从贵阳下来，在拥挤的站台上，一个妖艳的女人用她那硕大的乳房在我背上揉来搓去，搞得我心猿意马，可出得站台，我准备打的，我身上仅有的二百块钱却没有了，想是被那女人窃去了，只好步行回去了。刚到广场，一个骑着自行车的小青年从我脚背上辗了过去，我捂着脚痛得流泪，我没来得及抬头，那小青年到是下了车，想是向我道歉来了，可他露出满嘴的黄牙，对着我吼，你狗日的瞎了眼。在我上班的路上，得经过一排规模大小不一的发廊和按摩室，每次经过那，心里极不自然，还有些生怕熟人看见，真的做了见不得人的事。入夜，灯光昏暗得让这座城市蠢蠢欲动，一次单位加班，我回去很晚了，经过那里时，一个肥硕的女人拦住我，她伸出五个指头在我眼前晃动，意思清楚不过了，五十块钱她就属于你一夜了，我拍开那只肥短的手，逃跑开了，身后传来她失望而讥讽的浪笑：你以为你是正人君子呀！

这座城市给我的印象大致如此，弄得我异常尴尬。这是个没有诗情画意的城市。

后来，我很荒诞地想，这座城市多像一个矫情的女子，她们穿着华丽的衣物，佩带昂贵的饰品，抹着浓艳的口红，她们的眼圈五光十色。她们有着霸气、美丽和娇气，她们美丽着这座城市，令人想入非非，春心欲动。也许她们身上永远缺乏着我老家女子那份温情和慈善。

可是，和我一样多的人，从心底里没有谁愿意去守候那样的女子，我们选择远离她，来到梦寐以求的城市，跟城市的女子眉来眼去打情骂俏，极力想靠近她，巴结她，可她们远远望着，欣赏着我们的真诚与勤劳，她们的精神和身体永远是拒绝我们的。多少次了，我在她们不屑一顾的眼神下自作多情，写诗作文，自陶其乐，惶恐地奔走。只是在深夜，才会想起老家的她来，她总是悄无声息来到我的身边，来到我的梦里，甜甜地笑着，安慰我躁动的心灵，回去看看她吧！可往往给自己强加了许多理由没有回去。然后，我只好把回家的路写在思念她的文字里。

Ya Gao

牙膏

我是在被烫伤之后认识牙膏的。

那一年，我6岁，快过春节前，父亲杀了年猪，把肥肉和板油用来熬油保存下来，以备在下一个少油缺盐的季节再倒腾出来把漫长的日子再次滋润。喷香的猪油在腊月里格外的香，新鲜猪肉的清香飘出村口，把一群小屁孩香得口水涎成线。

父亲在灶台上忙碌着，那些被炸得焦黄的猪肉皮子在油锅里翻滚，引诱着我，我的口水滴到猪油里，只冒了一小股烟，我趁父亲不注意，两根手指直条条地伸了进去。哧的一声，我的右手食指和拇指被火热的油烫得裂了皮，剧烈的辣痛。父亲咬着牙过来，并没有看上我的手指一眼，就在我的嘴巴上连连甩了几个巴掌，我的哭声传出屋外，当然，被外面的鞭炮声淹没了。

父亲熄灭了火，才火急火燎从母亲那只破了的漱口缸里找了只牙膏，那只牙膏被用得只剩下牙膏皮，要想挤出滴牙膏，是相当的困难。父亲把牙膏的锡箔撕开，刮了一些牙膏，把我被烫伤的手按在桌子上，食指抹着牙膏往我烫伤的手指上擦，牙膏具有清凉的作用，凉丝丝的感觉使我恢复了神志。我那只被抹上牙膏的手指像两根白嫩的藕，那藕样的手指痛到我的心底。

这是留给我对故乡持久的记忆，也是我持续怀念童年的一个伤痛的接口。

一直以来，我以为我真的离开了故乡，离开了诸如牙膏式的记忆，可现实告诉我，我一直没有离开。

可以说，我一次次为故乡牵肠挂肚，为老家的植物们、动物们、老家的人和事牵肠挂肚，为一支牙膏牵肠挂肚。

童年是脆弱的，柔软的，像牙膏一样，不经意就被挤完了。牙膏常常以它的柔软与清香切割着我的童年，我童年的软肋就会疼痛。

在脆弱的乡村生活中，这些记忆时常让我想得生疼。我在6岁之前，基本不刷牙，没得牙膏刷，村人想个简单的方法，湿手指舔上"母猪灰"（也就是农村烧柴余留的炭火灰）往嘴里刷，然后用水嗽几下，就完成了漱口的全部过程，简单了事。此举更主要是没钱来购买近乎奢侈的牙膏，没有牙膏也不影响村人的爱美之心，村人除了用"母猪灰"漱口外，有的用老茶叶，也能除去满嘴的口臭。

牙膏以它的柔软插入农村最脆弱的躯体中，我不止一次目睹乡村在牙膏事件中无声啜泣。刘三妹爱美，忍受不住"母猪灰"漱口的痛苦，偷偷翻进村主任家，因偷了半支牙膏被打得半死。杨二采取强硬的态度亲吻了小学校长的四姑娘，舌头被咬破，四姑娘丢下一句话，生下来都没刷过牙齿，满嘴口臭还想谈恋爱，门都没有。杨二后来"杀广"（去广东打工）混了钱，给四姑娘寄了一箱牙膏也挽不回那桩爱情，四姑娘早已经是一个满脸鼻涕口水孩子的妈妈了。现在说起这些乡村旧事，大多是苦笑而过。

但在那个时候，我经过乡场百货商店门口时，那抹着黑油漆的柜子，里面摆放着还没开封的牙膏，我的心里凉飕飕的，摆在柜子里的牙膏满是沉闷和怪异。那一刻,我像被挤干的牙膏皮,全身乏力。

更多的时候,我会感觉一个脆弱的乡村躺在一支牙膏里哭泣,刘三妹和杨二仅仅是一个个案。他们美好的生活愿望熄灭在一支牙膏中。他们的梦想在牙膏的事件中挣扎,那些如泥一样软的牙膏割断了他们梦想的翅膀,他们未来的生活应该像花一样,可却沉入了一片无声的疼痛之中。

就因为一支牙膏而已。

我是在我的那两根手指痊愈后,坚决要求用牙膏刷牙,牙膏使我对美好生活产生强烈的向往,那白色的泡沫在嘴巴迂回的感觉,快把我的童年爽歪了,这多多少少让父母有些为难,无疑多了一项开支。

我的坚持,父亲还是满足了我,下一个乡场的时候,父亲从那个叫润松的乡场真的给我带来了支中华牙膏。我的天,这支牙膏的到来,无疑给我的天空抹上了一道彩阳,有了彩阳的天空可以让我的异想天开驰骋遥远。

我兴奋得把满嘴都抹满了牙膏泡沫,基本上是飞一样跨越门槛,跑去向童年的伙伴炫耀,搂着他们朝他们嘴上哈气,猛烈地亲吻我的童年伙伴,我一厢情愿要他们和我分享那清香的感觉,分享我童年的所有快乐,跑得那双凉拖鞋都裂开了鞋帮。

小二裂开着嘴巴,哧着小虎牙赖着硬要我抹上一点,我小心翼翼用食指扣出一小滴,抹在他的小虎牙上。小二晚上回家连晚饭都舍不得吃,生怕那一小滴的清香吞进肚子里,很快变成一泡屎拉到茅厕。

第二天,小二撕了五张作业纸给我,以表达他隆重的谢意。

那支牙膏小心翼翼放在书包里。我在教室里大肆炫耀,大狗的二叔在县城一家印刷厂当技术员，从车间偷了只订书机回来，大狗拿到那只订书机很让他风光了一阵，大狗装模作样给同学们装订玩四角板得来的作业纸，猪蛋没有作业纸可装订，硬是把伸出拇指按在桌子上，让大狗往上面订，狗日的大狗真的闭着眼睛把订书针按了进去。猪蛋左手捏着右手拇指，还是挤出了血，像支升起来的旗杆，好多同学吓哭了，猪蛋强忍着不让眼泪流出来。第二天，猪蛋的拇指肿得像胡萝卜，无法握笔写字了。

　　我把那支牙膏从书包拿出来，在教室里走了一圈后，大狗的订书机很快就暗淡失色了。我把同学们的眼睛吸引在我小小的书包里，我只等待放学。放学后，一伙小屁孩围着我，排着队等待着我往他们的小虎牙上抹一小滴清香的牙膏。然而，猪蛋并没有买账，我舔着一小滴牙膏的食指还没伸到猪蛋牙齿上的时候，就被他一口逮住了。猪蛋咬得眼睛都圆了，就是不松口，我哭得喊爹叫娘。伙伴们都慌了，跑过来抱着我和猪蛋，好不容易分开，享受着我牙膏清香的伙伴把猪蛋狠狠修理了一顿，猪蛋真不经打，第二天就不来学校了。我的食指肿得和猪蛋的拇指一样，像根胡萝卜，一样的也无法握笔写字了。

　　猪蛋不来学校，事情就麻烦了。猪蛋的父亲像牵着只小狗一样牵着猪蛋来到了学校，找到老师评理，昨天享受着我牙膏清香的一伙小屁孩作鸟兽散。我成了罪魁祸首，大狗站出来说话，说是那只牙膏惹的祸，他这么一说，所有的事情都针对牙膏的主人。当然，一支牙膏会惹什么祸呢？老师了解事情原委后，从我书包里掏出那支牙膏，送给猪蛋。猪蛋当着我们大家的面，把清香的牙膏抹在黢黑的牙齿上，一连抹了三次，基本上是满嘴白沫了，他一点不觉得心疼，还露出一脸坏笑。

我望着那支牙膏快被猪蛋那浑小子挤完，泪水不争气淌了出来。

没有了牙膏，我很失落，我是不敢跟父亲再要一支牙膏了。刷牙时，偷偷用食指沾了"母猪灰"拼命往嘴巴里掏鼓，最后把牙龈弄出了血，血腥的味道让我痛苦不堪。

那股牙膏的清香像失落的童年一样，没有了味道。

那支牙膏在我手上旅行了一圈，寿命何其短暂，一个星期不到就走完了它的生命历程。此时我才想到，与之配套的牙刷还没得呢。

真正意义上拥有牙膏牙刷是在第二年，父亲在那时候，显得格外的大度，他知道上了二年级的我该收拾打扮了。

这一次，我再也不敢那么张狂了，不敢在伙伴中显摆了，像个守财奴一样小心翼翼地用着牙膏牙刷。

总还是有显摆的时候，一天到晚露着小虎牙，嬉皮笑脸的从班上的男生女生面前经过，还放肆地哈着气。

牙膏皮还是玩具，现在的孩子真的想不到了。童年时正是比较贫困的时期，那时我们基本上没玩具，要有的话，就自己做。等牙膏用完之后，还要用一根筷子把牙膏再擀一擀，擀得很薄很平，几乎一丝也挤不出来了，那支牙膏皮然后成了自己的宝贝。

我会用牙膏皮把我那支自制的手枪包装得亮晃晃，我的小学同学潘大也模仿用铜管做了一支火药枪，也用牙膏皮把枪身包装得亮晃晃，那支火药枪可以打死野猪。潘大因为有那支火药枪，在我们童年伙伴中，显得牛皮哄哄。

可在一次比试中，由于反作用力，他的脑袋被那支拇指粗的铜管穿透而过，脑浆溅满一地，呈牙膏状。那一刻，我对牙膏有着前所未有的恐惧。之后，我的手枪被父亲没收了，这种危险的玩具再也不敢玩了，至此，我的童年在那一声沉闷的枪声中宣告结束。

面对牙膏温柔的切割,我感觉那些挤牙膏的声音像从我的心脏里发出来,挤牙膏的过程似乎是挤一种时光、挤一种生命的过程,一点一点的有切肤之痛,肉体的灵魂的,在无声无息中有着尖锐的疼痛。很长的一段时间里,我固执地认为那些柔软的牙膏在被挤出牙膏口时是一种反抗,像我的童年,也在无声息地反抗着什么。在那些失重的、贫困的岁月里,牙膏是那样悄无声息地袭击着我的内心,来得悄无声息。

颜色
Yan Se

以写总结的方式开始吧！我们去感悟颜色。

首先，我得引用前人的观点，阐明颜色的概念。颜色是通过眼、脑和我们的生活经验所产生的一种对光的视觉效应。人对颜色的感觉不仅仅由光的物理性质所决定，比如人类对颜色的感觉往往受到周围颜色的影响。有时人们也将物质产生不同颜色的物理特性直接称为颜色。

说得有些绕口，颜色不就是红、蓝、绿、白、黄、橙、黑、紫。这有什么好说的？当你阅尽人间世态后，你感觉到我们身边不仅仅是颜色而已，更多的是思考颜色之外的东西。

我们从母体里出来，第一感觉是：我们被庞大的颜色所笼罩，白色的产房、穿白色大褂的医生、穿白色大褂的护士以及红色的吉祥。这是上帝给我们的颜色，给我们生命的第一缕颜色，我们在这种颜色中成长，成长着躯体和思想。

当然，我出生在圭研，农村生孩子是没有这么好的条件可以看到穿白色大褂的医生和护士的，我想我所看到的是穿着黑色粗布衣的接生婆，接生婆所用的消毒水是盐巴水，我还可以肯定，我的脐带是接生婆用嘴直接咬断的。甚至还可以想象，接生婆在咬断脐带时费了多大的劲。

接生婆所做的一切，是医院万万不允许的。但她做了，她做得很完美，接生婆成了村里神圣的象征，哪家要生娃娃，接生婆必到，她是村子里听到婴儿啼哭最多的人。

也许从那一刻起，我对城市出生的孩子有着天大的意见。我们同样都是从母亲身体里出来的，为什么他们享受着优厚的待遇，一双小贼眼守看着穿白色大褂的医生和护士为他们服务，而我不能。我的这些牢骚仅仅是我出生的那一刹那，我所感觉到的颜色不同而已，也就认命了。

我的牢骚也仅仅是牢骚。从某种程度上说，我和我的母亲是相当的幸运——顺产。在中国的农村，特别是在我出生的圭研，没有剖腹产概念，产不下来的，母子都难保住，落得个死不吉利，一把火烧了，安葬在祖上的坟山是万万不行的。幸好我顺产，我和母亲都把命保住了。从这一点上看，我的牢骚也就有些轻描淡写了，不就是第一眼没看到白色的产房、穿白色大褂的医生和穿白色大褂的护士吗？

有资料介绍：电磁波的波长和强度可以有很大的区别，在人可以感受的波长范围内，被称为可见光，有时也被简称为光。假如我们将一个光源各个波长的强度列在一起，我们就可以获得这个光源的光谱。一个物体的光谱决定这个物体的光学特性，包括它的颜色。不同的光谱可以被人接收为同一个颜色。虽然我们可以将一个颜色定义为所有这些光谱的总和，不同的人所感受到的颜色也是不同的，因此这个定义是相当主观的。

这使我想到色盲。十多年前，我们正在报考学校，竞争激烈，但专业要求严格，第一关是要测试眼力。我的一个同学，成绩在班上顶呱呱，可就是眼睛有点小问题，把黄色的硬看成红色的，把紫色的看成是青色的。测试医生用几个不同颜色的画板测试他后，最后大为光火，破口大骂，你他妈怎的黄红紫青不分？就这样，医生的一句不合格就把他美好的前程断送了，要不，他现在起码牛皮哄哄是我的上司了。之后我这同学学是上不成了，到广东打工混钱，没知识没技能，背砖扛石块打蛮工是赚不到钱的，最后贩毒，倒是赚了不少钱，也在老家修起了三层砖房，砖房还贴上晃眼的瓷砖，惹得整寨人羡慕得掉小眼珠子，事发后被枪毙了，脑袋都打开了花。当然喽，他也许看不清白粉是什么颜色，假设他看清白粉是白色的、是害人的毒品，他打死也不会干这行当了。

一个弥散地反射所有波长的光表面是白色的，白色的白粉把我那同学的明晃晃的光明前程给断送了。

一个吸收所有波长的光则是黑色的，也是白色的白粉把我那同学送进了黑黝黝的天堂。

这就是命吧！他生命中带着的颜色就是白色和黑色，是人力不可抗拒的，人是不能左右自己命运的。多年后，我只能这样安慰我那同学了。

生命的颜色是法国著名心理及灵术家 Ganaesia 所研究出来的。我觉得 Ganaesia 非常有趣，他为我们设计了一个数学题。而这个数学题是我们都想去窥视的，我尽管对数字不敏感，但我依然乐此不疲地探究这问题，探究这些神秘的数字。

他给出了参考答案。生命的颜色可以用八个阿拉伯数字代替：1是红；2是蓝；3是绿；4是白；5是黄；6是橙；7是黑；8是紫。

红色代表热情冲动鲁莽；蓝色代表理性助人；绿色代表大而化之；白色代表单纯天真；黄色代表乐观开朗；橙色代表依赖成性；黑色

代表人格分裂；紫色代表深谋远虑，不可告人。

这道数学题很有趣：把你的出生年月日用的数字写出来，然后将数字一个一个相加，直到结果变成单一数字为止。这个数字就是你的生命颜色。

不妨举一个例子：1979 年 7 月 23 日出生的人。列式：1 + 9 + 7 + 9 + 7 + 2 + 3 = 38；那么：3 + 8 = 11；再进行 1 + 1 = 2。2 就是生命颜色了。

2 是蓝色。也有不准的，概率很小。我一个朋友把他的出生年月一叠加，得出数字是 9，那么 9 代表什么颜色？没有。

你可以对照测试一下自己的生命颜色，当然，许多人对此嗤之以鼻，说这多像老街算命先生对照老皇历——的荒唐破解，也像小青年找女朋友的性格分析。

科学的说法：颜色是人对光的感知，那么黑色就是人对无光的感知，可以说黑色不算是一种真正的颜色。

众所周知，颜色对人的心理和生理影响很大，就好像我们装修房子不能全部选择红色一样，假设你的房子装修全部选择红色，只要一住进去，你的心情将会极端的烦躁，也许你会和你的爱人离婚，甚至做出出格的事。颜色对精神和生命活力将起到非常重要的作用，同时也会刺激人的心理。

譬如你选择橙色，橙色作为活跃的催化剂，很可能对你的性生活产生负面的影响。只要利用适度，橙色给人柔和、温暖的感觉，但它同红色一样不宜使用过长。

朋友给我说了一个故事。他一位中规中矩的数学老师，只是因为在课堂上说了个黄色笑话，被校长在教职工大会上狠狠批了一顿，第二天这位才 30 岁的数学老师就跳楼了，殷红的血溅了一地，像玫瑰一样鲜艳，鲜艳得嵌进人们的记忆中无法自拔。那血红色的颜色笼罩在老师的脸上,之后再也没有老师敢说稍微出格的语言,特别是黄色笑话,搞得校园死气沉沉。

我不知道黄色笑话为什么是黄色的,然而黄色笑话在某些场合得到大肆地传播,甚至蔓延。颜色让我很头痛,那么其他的颜色也就不再做分析。当然,我也在不断选择属于自己生命的颜色。

原本以为生命的颜色是红色的,但当我经过30个年头的观察和思考后,我感到并不是这样的。我们的生命中不仅需要激情,更需要健康,那么生命的颜色应该是绿色的。大自然创造出这种令人神往的颜色,编织着我们丰富多彩的世界,生命也因此变得美丽,生命的颜色应该是五颜六色的,但更重要的颜色应该是黑色。

那种科学的说法黑色不算是一种真正的颜色应该是错误的。在我们的生活中,黑色总是和不幸与死亡连在一起的,黑色是生活磨难的代名词,说我的童年是黑色的一点不夸张,那时家穷,住在黢黑的房子里,我童年的全部记忆都与黑色有关,先是大奶奶、二奶奶相继去世,最疼我的爷爷也在一个漆黑的夜晚撒手西去,那时没有电灯,整个天空黑得伸手不见五指。然而黑给了我无穷的力量,这力量是尖锐的,使我努力地寻找着光明。可以说,如果我们的生命不经历黑色,又怎么会有五彩缤纷的生活呢?如果我们的生命不经历黑色,我们又怎么会走向成熟呢?黑色象征着刚毅和坚强,黑色象征着我们的生命有着无比的活力和巨大的能量。

我们都知道海伦·凯勒,一位很不平凡的人。她很小的时候就受到疾病的折磨,遭受着双目失明之苦,就是这样的她,凭借惊人的毅力、耐心、友爱,在黑暗中学习26个字母,在黑暗中通过用她那双敏锐的手触摸的方式来认识物体,并奇迹般地学会了英语、法语、拉丁语等多种语言,考进了哈佛大学,最终成为伟大的作家、教育家。

第二辑 是风把记忆带走了

这多么不可思议！我想，人类的世界对海伦来说是黑色的，看不到火热的红色、清纯的绿色以及大自然的五颜六色，然而，她得到的却是无比精彩的人生。

给你颜色看看。这几个短短的中文字经过一组合，所有的科学说法都被一棍子打死了。

还在读小学的时候，我们皮实而且捣蛋，老师曾给同学大刘颜色看看。一个夏天的傍晚，大刘把前排女生的裤子恶作剧般扯了下来，十岁的我们看到了那个叫梅妹的女孩竟然与我们不同，使我在那个夏天的傍晚完全晕眩了。之后好长一段时间，一想到她与我们不同，我们都颤抖不止。当然，那个夏天的傍晚，大刘被老师请出了教室，老师把大刘请出教室后，老师边推边说要给大刘颜色看看，我们不知道老师会给大刘什么颜色，大刘更不知道，他只感觉到一出教室门，就被老师一脚踹进小学校前的小池塘，呛了一肚子浑水，差点被淹死。一身污泥的大刘回到家，头上又被他父亲顶了一满盆水，跪在神龛前，水只要一溢出，大刘的身上就会遭受到竹篾条的袭击。现在默默回想起来，我的身上仿佛有着竹篾条留下红色的痕迹，经久不衰。

好长一段时间，我感到我所居住城市的三种颜色是惊悚的，让我每每从噩梦中惊醒，我不知道是我的眼睛有问题还是这座城市夜晚的灯火在闪烁，三种颜色像三条蛇样游走在我的左右，恐惧、后怕。2000年9月的一个夜晚，我从大十字往我单位单身楼走去，我漫步在北京西路。这个季节，燥热得让人有些喘不过气来，袭人的热浪可以使一个人的心情坏到极点。一个小女孩跑过来拉着我，神秘地问，要不要把她带走，给她一张钱就行，她比画着左手的五个指头，五个指头极有意思地一张一合，意思是50元。她大约不到20岁的样子，甚至还单纯得有些傻乎乎的，我当然不干那种和女孩过夜的事，但我还是翻出我的口袋，15元，我身上只有仅仅的15元，那时我刚参加工作，工资少得可怜。我对她说我身上只有这15元钱你就拿去吧，但用不着把你带走，我那地方没有多余的床位可以供你睡觉，旁边就有一个四星级的宾馆，但我没钱开房。她天真地看着我，脸上灿烂了不少，但还有些失落。她说，我到你家去坐坐总行的吧！我伸手阻止了她的说话，告诉她我住的那地方除了一张床和几蛇皮口袋书外再也没有任何东西了，不要说是一只板凳了。她伸手抽走了那张10块的，说太谢谢你了，那我们聊聊天好吗？聊天当然可以。与一个素昧平生的女生聊天极富意思。她告诉我她从老家来凯里找点事情干，我们在街上漫无目的走着，她像我女朋友一样，很有些暧昧的感觉，事实上我没有女朋友，汽车从我们身边穿过，打扮时髦的女人鱼一样从我们身边游过，那时我感觉到这座城市是粉红色的，后来我才知道这里是一家连一家的按摩院和洗头屋，那里的灯光通常是粉红色的，暧昧得让人蠢蠢欲动，里面是一些时髦女孩，她们做些什么事，我们不得而知。我只是担心，在我眼前的这个女孩，一个涉世未深的女孩，会不会有一天也陷进那种粉红色里去呢？

　　我在担心着。也许我的担心是多余的。

　　有一种蓝色使我有兄弟般的感情。城市人干不了的许多事情面前，那种蓝色就会出现。这些蓝色从遥远的乡村来，融入城市的建设之中，他们清扫街道、他们拉着板车、他们送煤气，他们在别人的城市讨生活，有混得好的，也有混得不好的，他们有的打着领带穿着劣质的西装，但他们都没有想到回去，他们多半把孩子也接来了，他们的孩子在和城市的孩子一起读书，一起打架，这难免自卑，但自卑使他们更加坚强地成长。

　　他们从乡村来，乡村就更加寂寞了，留在老家里的是几个白了头发豁掉了牙的老头老太。城市的繁荣必须牺牲着乡村,这是规律。我理解乡村日渐消失的青青麦苗和不断荒芜的田地。

一座城市的繁荣离不开他们的辛勤劳作,无法想象这座城市没有他们会是什么样子。譬如有一天,你我居住在32层的屋子里没有了煤气,恰恰电梯又停了电,你又想马上做饭吃,那么这罐煤气不会长着翅膀飞到你32层房子的厨房里。你宁可饿死也不会扛着煤气从一楼爬着楼梯上到32楼,没有办法了,你只好把眼睛投到楼下的街道,看人世间的灯红酒绿。

前不久,我加班晚上乘公共汽车回家,汽车经过韶山南路的时候,猛地刹住了。司机把头伸出窗外,大叫"哇哇哇哇哇……"我也把头伸出窗外,见是一个拉煤球的中年人,板车上坐着两个黑不溜秋的孩子,正不知所措地站在那里。他想让公共汽车走,却又怕撞着,见车停了,才匆忙穿过马路。我吃惊的不是见到了一个城市最下层的漂泊人,而是吃惊公共汽车的司机用极粗鲁的像呼唤畜生的声音呼唤着他们。同样是人,但他们习惯了没有尊严。一个司机,就可以把他们喊成畜生,我们还有什么好说的!我想那中年汉子是不会用一块砖头拍在那个司机的头上的,甚至连一句话都不敢说。他只是匆忙地走开了,保持沉默,他们总是那么默默无闻地从我们眼皮底下走过。那一刻我是气愤和恐惧的,恐惧的是我害怕面对那蓝色人群的眼睛,他们无助地望着我们,他们的尊严正在陷入黑暗,陷得无法自拔。

这城市在各种颜色的交织中,我愈来无法分辨了。我基本上接近色盲。

这城市的黑遮掩了他们浑浊的眼睛。科学曾这么说过:颜色是人对光的感知,那么黑色就是人对无光的感知,可以说黑色不算是一种真正的颜色。

而在我所居住的城市里，黑色无处不在。

还有一次，我乘车到大十字，刚下车就看见几个穿着黑色制服的人把一个卖烤红薯的人的摊子掀了，红薯撒了一地，还有一个用脚使劲踩断他的秤杆，那个卖红薯的男人老实巴交地站那里，不知所措。周围有好多人在围观。我本着良心说了句话："摊也掀了，秤也踩了，怎么还没完没了？算了吧，生活多不容易！"那伙黑色制服狠狠地瞪了我一眼，骂骂咧咧地上车："都碰上五次了，还不滚。"我知道，在这个城市，有许多无证摊贩，穿黑色制服的都是这样粗暴对付的。他们沉默着。穿黑色制服的有许多人，没有任何人为他们说话，他们面对穿黑色制服的，通常是沉默的。黑色不算是一种真正的颜色，却象征死亡，我不敢直视黑色。

城市中穿黑色制服的，在许多时候，我们的人身和财产安全得靠他们去保障啊！难道这也是在保障我们的财产和生命？

然而，我开始恐惧，也许是我的心理承受不了来自多种颜色的恐惧。上帝在创造这个世界之前，宇宙是黑漆的一团，而世界的末日也一定是归于原始的黑暗，所以整个人世只不过是两个黑暗中间的一点星火。但不可排除这个世界依然充满着黑暗，人生的态度可以说就是怎样去处理和缓解这个黑暗。然而，世界上许多的人根本不认识黑暗以及黑暗之外的许多颜色，他们的活着，或多或少有些人云亦云。

就像我刚才与诸位谈论颜色一样，尽管说得轻松，但事实上我们都沉重。

也许人们过惯了灯红酒绿的颜色，而淡忘了其他颜色的存在。也许其他的颜色更能触及生命中脆弱的情感之弦。

打住吧！生活，总有一天，我会给你颜色看看的。

侗箫与笙歌——一个侗族人的诗意生活

第二辑 是风把记忆带走了

Qian Hu Kou
迁户口

弟弟上大学，到老家派出所办理户口迁移手续，我想弟弟都二十几的人了，自己会去找人办理的，有什么困难可以自己处理，用不着我们操心了。却没想到迁移手续办得出奇的快，半小时不到就全部办理完毕，快得倒让我有一丝丝失落。

为什么失落？我在心里一遍遍叩问自己，唤起我多年前办理迁移户口的往事，那是一辈子无法忘却的痛。

1995年，我离开故乡到外地求学，根据国家现行规定，考起大中专院校的学生，都得把户口迁走，这让一辈子生活在偏僻乡下的父亲，既激动又伤感，激动的是父亲的大儿子终于可以走出穷得拉泡屎都不会生蛆的故土了，至少不会干着日出而作日落而息繁重的农活了，伤感的是我捏着一纸户口迁移证远离父亲远离家乡，到一个不熟悉的地方开始新的生活，多多少少让父亲担心。

总的来说，父亲还是非常高兴的，我当时的表现足可让父亲一直低垂的头颅抬起来了。长久以来，像父亲那样执着花钱花米供孩子读书的，在村子里着实不多，当时的我的确不是块做农活的料，一米五的个子还不及牛屁股高，父亲很着急，心想这孩子还比较机灵，很可能是块读书的料，父亲杀猪卖牛要供我读书，父亲这种近乎急功近利的做法，遭受到村人普遍的嘲笑，读了几年书不是还得回到村子里去干农活？还不如早些回家存钱娶个媳妇生几个孩子过日子。村人都这么说，父亲并没有这样认为，父亲还说了句颇为经典的话，养儿不读书，不如养头猪。当然，我并不是父亲所说的一头猪，得给自己争气。当我领到录取通知书那天，父亲比谁都高兴，张罗杀了头架子猪招呼亲戚朋友海吃海喝一顿，有些曾经嘲笑父亲的乡亲也来了，低着头喝闷酒。

　　招呼完亲戚朋友，接下来最重要的一点是户口迁移，这对面朝黄土背朝天的父亲来说，是件重大的事情，我们都不认识派出所的人，那门难进脸色难看，对一天到晚与泥巴打交道的庄稼汉来说，托他们办个事特难。父亲为此困惑很长时间，焦急得很，最后还是母亲出了点子，要送礼，不送礼谁给你办？送礼，怎么送？家里没件像样的东西，母亲说，弄只土鸭去。第二天，父亲和我抓了只鸭子，步行三个多小时赶到镇派出所，当转弯抹角打听到办理户口迁移的同志时，让我们高兴了几分钟，负责办理迁移手续的是我姨妈家的二儿子，说起来我得叫他声表哥呢，那表哥年长我十来岁，中专毕业后在当地派出所干临时民警，也就是说不是正儿八经的编制。我那表哥躺在一把竹椅子上抽烟，我和父亲提着只嘎嘎叫的鸭子站在门外，他没有招呼一声，说是可以办理但得推迟到明天。这无疑给父亲一个致命的打击，这意味着父亲和我得在县城住上一晚，这一晚怎么打发，宾馆肯定是住不起的，住一晚得卖上一担谷子呢。父亲涎着脸把鸭子交给表哥，表哥带着鄙视的眼光让我害怕。父亲说我们回家吧。那只鸭子放在表哥的办公桌下，依然嘎嘎叫得欢实。

父亲我俩为了节约在县城的住宿费，硬是在半夜时分走回了老家。

户口的确也办理了，是在第二天的傍晚。办理过程中，才发现我的录取通知书还忘记在家里，父亲叫我在派出所等，他基本上跑步回家，来回得五六个小时。我无所事事，在楼道上无聊地走着，被一个民警赶了出来，说是妨碍他们办公，我便低着头走到派出所对面空地草坪上，基本上是仰望那座只有三层楼高的砖房，心里无限的失落。后来，我竟然在草地上睡着了。父亲从老家再次赶到县城把迁移证办完，天已经黢黑了，父亲找到我的时候，焦急得满头大汗，责怪我不守规矩乱跑。

父亲拿着巴掌大的迁移证，眼眶盈满泪水，长久地嘘了口气。直到今天，我只要一听到鸭子嘎嘎的叫声，就会勾起我办户口的回忆，都会引起我的心一阵阵抽搐。

办完户口回家，村里面的领导也到我家了，说是我的户口转出去了，我的那亩地该归集体来重新分配，倔强的父亲视土地如生命，不肯归集体要自己耕种，还说，我花钱花米供孩子读书，谁帮我出过一分钱？我也劝父亲，把我那亩地划归集体算了，离家远不说，还年年缺水，种那亩地下来，除去上缴国库的公粮和农药化肥外，还得赔上一季的辛苦。父亲最终没有把我那亩地划归集体，自己辛辛苦苦耕种到至今。

这是一个农民的孩子办理户口的小小经历，这些经历可以让人铭记一辈子，但从迁户口的过程中，我得到更多的思考。

父亲的泪水其实包括更深的一层意思，我不想轻易撕开父亲的回忆，我怕父亲难过。早年，父亲是赤脚医生，很有希望改变自己的命运，只要把户口迁移出去，就成了城镇居民户口，那样父亲就可以吃上旱涝保收的"皇粮"，当时父亲每月领取28元的工资，但每月还得从家里带一蛇皮口袋大米去上班，这或多或少对母亲是个打击，家里的农活父亲自然是帮不上，繁重的体力活落到母亲身上，母亲生气地说，这偷鸡不成反蚀把米的工作不要也罢了，后来母亲生下我后，家里的活路更多了，硬是把父亲给拉了回来。父亲离开了他心爱的医护工作，回家务农，那曾经让他心动一时的城镇居民户口也随之泡汤，多年后，与父亲一道的其他几位赤脚医生都转了户口，并且领取不多不少的工资，在县城搞起了像只鸟笼子一样的商品房，这些父亲尽管不说，但我从父亲多年来的表现可以看得出来，父亲在失落中不计后果拼命地供我们兄妹读书，仅从这一点，我看得出父亲的决心和勇气，他是要把他没实现的转移到他辛苦养拉扯的儿女身上。可以这么说，从一纸户口迁移证，我读懂了父亲全部的良苦用心。

　　大姐举家来到这个不大不小的城市，姐夫搞装修，大姐开了家规模不大的五金店聊以糊口，从老家出来，能带的都带来了，大有不在这城市落下脚誓不回老家的意思，唯一没带来的是户口，这多多少少让姐夫吃了不少苦头。刚开始，姐夫没有暂住证，被派出所罚了一笔又一笔的款，二弟和妹妹都在外打工，经常被警察逮，就为暂住证的事，每次都是罚钱了事。一直以来，我想以《暂住证》写篇牢骚的文章，可我一直没胆量去完成，我只是想不通，我们是祖国的子民，生活在中国的地理版图上，为什么我们还要暂住在自己的国土呢？一纸暂住证，让多少人伤心。

　　姐夫非常的窝火，事情的缘起是从他儿子的户口。来这城市十年多了，由于户口还在老家，每年上学的时候，都得交纳一笔借读费。按学校的说法，如果孩子的户口还转不进来，就得多交钱。姐夫有什么能耐可以把自己农村的户口转到城市，把自己农民的身份转变成城市居民呢？凭他的能力，目前是很难办到的，他只好像头牛一样默默承受着一年又一年的借读费。

这是一种公然的歧视，但制度让你无可奈何，这造成在事实上的不平等。在这种情况下，户口簿不仅是一种身份的体现，而且是一种资源享有权的确认。和姐夫一样的许多进城打工仔，他们的子女没有所在城市的户口，不得不交纳一定的借读费，平等受教育的权利由于"户籍制度"而失去。

我所在的城市，商品房价格一路飙升，国家也出台相应政策限制商品房价格，但起到的作用微乎其微，依然在涨，政府强调的是"鸡的屁"（GDP）增长，不可能放弃土地这块可以生财的肥肉，但民生也得顾及，推出一定数量的经济适用房，对于解决当地下岗职工和低保人群的住房问题的确是件感恩戴德的好事，然而这里面的猫腻反而把矛盾激化。我圈内一个朋友，是个自由撰稿人，户口放在老家农村，他认识派出所的头头，硬是把户口给办理了，因为争取一套经济适用房的指标，必须得当地户口。就为那一套价格依然不菲的经济适用房，我那朋友破费请客无数，还送了礼。朋友无不感慨，这个社会被某些人弄得已经达到公然强奸你的地步。

《公民权利和政治权利公约》第12条第1款规定："合法处在一国领土内的每一个人在该领土内有权享受迁徙自由和选择住所的自由。"我们当中的许多人，是不是在玩弄着这些公约呢？

毕业后，我的户口成了单位的集体户，只用了两次，一次是买房、一次是结婚。办证需要复印件，集体户口在单位一放就是九年，直到女儿出生，要独立立户，才从单位迁出来，在这次迁户口中，还是一样颇为艰难。

女儿出生后，社区打来电话，说是要在三个月内上户口，否则要罚款的，那段时间我们忙于工作，根本没有时间跑户口的事，后来抽了一个下午专门跑，上户口要房产证，我的房产证因是按揭贷款，还抵押在房管局，我先是打的到市房管局去找我房产证的复印件，接待我的是一个二十来岁的小姑娘，她很热情地查找我的资料，忙乎了半天，最后这个脸上还长着青春痘的小女孩告诉我，你得到大十字某局某局去找，你房子所在区域不属于市房管局管，我火急火燎打的前往，我跑步上到五楼，在一间不算宽的办公室找到了我要找的办公室，办公室有两个人，一个不算怎么老的女人在玩三个QQ，滴答滴答的QQ提示音不绝于耳，从那些忙碌的嘀嗒声中可以看得出来，业务太繁忙了！那女人埋头击打着键盘，额头都冒出了汗水，另外一个男的叼着烟躺在椅子上打电话，我很唐突地走进他们的办公室，女的没抬头看上一眼，男的夹杂着骂娘的粗话在继续打电话，我甚至有些不知所措，我想我是打扰他们了，最终我没有退出他们的办公室，就这么傻傻地站在门边，希望他打完电话后为我办我的事情。十多分钟过去了，另外一个前来办事的人走进了办公室，那打电话的男人终于放下了电话，抽着刚进来的那位男人递过去的中华烟，斜着眼睛对我说，你干什么的？语气非常不友好，我把我的目的给他说了，他翻着眼皮对我说，进来半天了怎么冷屁不放一个。我忙说，你们都在忙嘛，你在打电话，那女同志聊天都忙出汗了。他拿起了支笔在纸上胡乱画着，说，哪单位的？他这么一问，什么意思？讯问还是想告之我单位领导？我生气了，说我是民工，没得单位，他站了起来，声音也大了不少。那女的估计的确是看不下去了，就告诉我说该去建筑公司商品房交易中心办理。真的，当时我打架的想法都有了。

我逃一样离开了他的办公室，很长时间以来，我到一些部门去办事，小心翼翼去了，事情办完的时候自己也生了一肚子气，那些往往不是领导的、说话趾高气扬的，是最难缠的。多少次我去办事，外人就用一种异样的目光看着我，生怕有一天我也沦落到同流合污的地步，我常问我一位在政府部门上班的朋友，为什么人民政府的门难进脸难看呢？他无奈地说，这也是个别现象，不能概而论之。

多多少少，难让我平静。

在城市，好多事情都得要户口簿，这是一纸证明，的的确确证明你居住在这个城市。更多的时候，户口簿像捏在手上的通行证，你可以在城市肆无忌惮里行走，走累了，你还可以大模大样摸出户口簿，弹去上面的尘土，藐视地看着城市，狠狠地说老子也是这座城市的一个合格的公民，不是什么盲流。牢骚发完后，你会蛰回家中，把户口簿压在箱子底，生怕长翅膀飞走了，给你生活带来无尽的麻烦。

有一天傍晚，我回望故乡的来路，突然有一个想法，回农村老家去！然而我们能回去吗？不能了，只能在心里一遍遍走在回家的路上。我们辛辛苦苦走出去，正如海子的诗句："亚洲铜，亚洲铜／祖父死在这里，父亲死在这里／我也会死在这里／你是唯一的一块埋人的地方。"那一瞬间，有一种情感从我心底升起，我突然觉得从来没有像现在这样理解这首诗歌。

这之后连续很多天，一种形而下的感觉始终纠结在我的内心。我觉得我从来也没有像现在这样理解这首诗歌，也从来没有像现在这样，无比热爱我的老家，虽然我们因一纸户口离开了她，但在心里，我永远生活在乡下。

Fu Du Sui Yue

复读岁月

1994年,我还在润松中学复习初三。

润松中学,这四个方块字,让我耿耿于怀了这么多年,现在用手抚摩胸口,还有丝丝疼痛。

说真的,复读的滋味很不好受,用我老家圭研的话说,像养一尾过冬的"老口鱼",养得肥不肥不知道,但时间总是熬过去了的。

在那段时间里,我的生活可以用一个"熬"字来全部诠释,孤独、无聊,甚至无所事事。

但有一点我得强调,前一年的中考我的成绩并不差,上了分数线,而我所谓的前途就这样轻轻被招生办的一招就断送了。在那个时候,没网上招生这一说法,说阳光招生显得很奢侈,学生的前途命运全部掌握在招生老师的手中,录不录取他们说了算。

下寨的罗二,进了一本分数线,而且还超出很多,从县城获悉这消息后,一家人激动得杀了头架子猪,宴请亲戚朋友,罗二出息了,亲戚朋友喝得面红耳赤都这么说,然而当分数比他的低的同学陆续领着通知书前往著名或不著名的学校报到了,他和一家人还在望眼欲穿的等待，然而命运开了一个不该开的玩笑，罗二没有被大学录取，个中原因没人知道，但乡里乡亲的却知道罗二疯了，而且疯得不轻，遇到人老是说着听不懂的英语，罗二英语的确好，他的远大理想是将来还要出国留学呢。

这些梦想现在说起来，对罗二而言，似乎遥不可及了，我们只是想当年，是谁？谁这么胆大把罗二逼疯了？

我是愤然的，愤然走进了复读教室，我不愤然也没有办法，更多的时候，我们对这个社会有时真的无话可说。

当多年以后，我再也不去思考那些没有意义的事情了，心态趋于平静。就在我伏在电脑前完成这篇小文章的时候，不得不由衷感叹那段岁月给我带来的所思所想。

由于挫折、贫困和对这个世道不满而衍生的自尊是特别强烈的，我的心像被鞭子抽了又抽，就是没有哭出来。

多年以后，当我学会用诗歌发泄自己的情感的时候，我在我的一个诗歌作品中无奈地这么写道：那是段挥之不去的黑暗史。

当我诗意完成对那段历史的叙述时，我推开窗子，有微风拂过，更远处，就是我复读的那所学校，以及那些逝去的青春。

1994年的夏夜，和今天一样的平凡如初，而我感觉比现在更热、更令人烦躁不安。多年来，我最害怕过夏天，那些炎热快让我窒息。在夏天里是没有诗意的。我寄宿在一位亲戚家，那亲戚待我比他亲儿子还亲，那段时间他们给我很多帮助，使我有信心走过复读的那一年。

那一年，我在孤独、无聊，甚至无所事事中感悟更多的亲情和爱。

我在书房待得太久，汗滴大颗大颗往外冒，然后被风吹干。我的窗子对面就是我就读的那间教室。夜已经很深了，我屋内的灯光

侗箫与笙歌——一个侗族人的诗意生活

依然亮着，这盏灯光温暖着我，我在读着沈从文的《边城》，显然与我当时的学识和任务是不相吻合的。放眼望去，整个校园空空如也，一间间教室冰冷、寂静，像个漆黑的监狱。

这所叫作润松中学的乡村中学，学校规模不大，200多名学生，教师10多人。学校右边是一条赶集的乡场，热闹、嘈杂，五天一轮回的赶集时间，显得异常的繁荣，人来人往、川流不息，从湖南那边来的生意客，垄断着服装、五金和农副产品，本地人的多是挑些山货来交换些油盐日常用品，临街的呢，就势经营着小小的饮食而已，我记忆深刻的二旺家的米粉，油水放得多，从偏远乡村来赶集的，都期望着到他家花上一块二毛钱要碗米粉，还特意吩咐多加点肉丝，二旺也厚道，笑嘻嘻的就按吩咐多加一两条肉丝，生意好，店内坐满了，就有乡民蹲在门口呼啦呼啦吃得满头大汗，有酒瘾的乡民，再加五毛钱要碗米酒，吃饱喝足响着饱嗝离去。

我经常路过二旺家的粉馆，每过一次，腮帮子就酸一次，放肆地吞着口水，喉结上下滚动的声音似乎能让人听见。

二旺尽管在临街几家中的生意最好，但钱没湖南的生意客赚得多，就称湖南的生意客为"偷油婆"，偷油婆是种讨厌的昆虫，学名叫蟑螂。

二旺的隔壁是家镭射厅，专门播放武打凶杀的片子，门票不贵，五毛一个。一到夜幕降临，砍杀声快传到教室，一部分同学就按捺不住了，眼睛老朝街上望，散自习后，就跑到镭射厅，过上武侠瘾，第二天口若悬河向同学们炫耀，我在复读期间，去了一趟之后再也不敢去了。镭射厅里，空气污浊，一大股霉味夹杂着臭屁味快让我窒息。

与我一同复读的武生，一个星期至少要去三四次，一身侠气积瘾过度，周末回家用木头自制把砍刀，携带到学校，一次与社会小青年发生摩擦，他扛着他的"砍刀"冲锋陷阵，把三个小青年打伤住院，为学生争得了面子，而他美好的前程就此画上句号。他被学校开除了。

中学的前面是一个牛马交易的空地，一到赶集时间，这块空地成了牛们马们的天堂。我的课桌临窗，与那块空地近在咫尺。纯朴的村人交易很简单，抽着叶子烟，踱着步走到牲口的边，冷不防朝牲口的腰上一拳，中意了才找到卖主，猫着头比画着手指谈价钱。更多的时候，看到的是发情的牲口，前脚架在另一头牲口的背上。坐在我前排的小慰就显得格外不自在。小慰长得很漂亮，真的，她的一头瀑布般的长发挡着我的视线，我的眼睛很难达到黑板的位置。多年以后，这个整天把自己收拾得干干净净的小慰，已是两个孩子的母亲，岁月的风霜把她进化成一个憔悴的少妇，那一袭飘逸的长发被岁月无情剪短，在一个小乡村里打磨生命，想起当时的情景，戏剧一般滑稽。

我当时的心情沮丧到了极点。

傍晚，我花大量的时间走在操场上，从学生宿舍到操场那一段距离，那段不算长的路程，却让我刻骨铭心。我的手触摸到红色砖墙，我硬是用手指朝那裂缝抠进去，流出了鲜血。可我的心没痛。

当我把手指从墙体取出来的时候，一些红色的粉末纷纷落下来，像洒落一地的心事。白天我基本上待在座位上，听老师在讲授那些无聊的复习题，那些题目类似地讲授了无数遍，我不知道我的同学是什么感受，我觉得我闭上眼睛都能背诵了，嚼蜡般无味。但作为学生，我还得坐在课堂上，我从书包里拿出沈从文的《边城》，那本破了封皮的《边城》，让我觉得生活还有另外一番景象，增添了无数的遐想。老师也发现了我的小伎俩，但老师并没有武断地抢过我的书，撕碎然后抛出窗外。

我躲在座位上，常常思考：翠翠呢？翠翠哪去了？那时，我常把小慰和翠翠联系在一起，这样我的心就多了份牵挂。

我们的中学建造在后街，乡场上少有的砖房，显得有点鹤立鸡群，遥远望去，像座碉堡。学校旁边有家私人冰棒厂，就从溪沟里抽水上来，没经过消毒就做成了冰棒，学生是最大的消费群体，不贵，一毛钱一根。机器轰鸣声把学生的腮帮子惹得酸疼，我也忍受着腮帮子酸疼的馋样，实在经受不了那天大的诱惑，我跑去花了一顿菜钱（当时在食堂一顿菜钱也就一毛）买了根绿豆冰棒，放在嘴巴里，像刷牙一样抽来抽去，样子狂妄，那凉丝丝的感觉，使我觉得冰棒这玩意应该是天底下最好的美味了。正当我得意忘形的时候，我感觉到嘴巴里有异样的感觉，忙用手去掏，一只食指长的蚂蟥被我展示在白花花的阳光下，那只蚂蟥舒展着身躯，向着我笑的样子，我的肠胃翻江倒海，我把中午才吃进去的饭菜全部吐了出来。

阳光真大，我扶着墙，眼睛刚好触及闪着耀眼的玻璃，我快眩晕过去，碎裂了我对冰棒的全部美好遐想。

我基本上是踩着满地肮脏的冰棍纸回到教室的，窗外还有几个同学得意扬扬吃着冰棒，还朝着我扮鬼脸。

好长一段时间，我再不敢去冰棒厂，那黑色的机器像要吞噬我。

我就这样郁郁寡欢地过了半年，我去了另外一所中学，继续我下半学期的复读。我没带去任何一本课本，也没带复习资料。我的心趋于平静，埋着脑袋听老师的讲解，自己认真得像个处子。

我住宿在我的一位长辈家中，他们全家对我很好，至今让我刻骨铭心。半个学期，不长不短，就告别了那段难忘的岁月。

Chuan Yue Cheng Shi De Tu Dou

穿越城市的土豆

离开菁菁的校园,我在凯里这座轰轰烈烈发展的城市栖息了七个年头,人的一生有多少七个年头?七年称不上诗意的栖居,但活得惬意、舒适,没有大起大落。多年来,我遵循生活的规律,上班,读书,写作,把自己人生的车辆置放在平稳的轨道上,日复一日,一直以来,我并没有把自己优越化,时时保持着对生活的严谨、拘束,总是以一个农民儿子的诚恳和辛勤迎接生命中的种种挑战,习惯了挑战也就习惯了生活。在每一个平静的日子里,艰难地收割属于自己的庄稼,从来没有奢望自己有一天能够把灵魂置于天堂的高度,只是慢慢地收获着艰难与微笑,泪水与欣喜,在刻骨铭心中体味尘世间的冷暖。

这是人间最真挚的生活,多年来,我一直思索着怎样做人,怎样做文,自己过得很拘谨,别人在见面介绍说我是作家,我会无地自容,这么些年来,我在《山花》《民族文学》等一些著名或不著名的刊物发表作品,也加入贵州省作家协会、中国电力作家协会、中国诗歌学会等一些有意义或无意义的组织,距离作家很是遥远。

这是一个比较难回答的问题，在物欲横流世风日下的年代里，与我居住在一个单元楼的邻居都老死不相往来，见面招呼都难得打一下，他们在心灵上安置了比防盗门还固实的心门，我却永远无法叩开，在那个被称之为家的房子里，在那麦田一样的书房里，我再也写不出"谁在竹林里溅起麦浪／谁就是我血液的爹娘"美妙的诗歌了，我同样抱着冷酷而寂寞的心面对圣洁和善良，真诚与欺骗，期待在某个大雪覆盖的冬夜，把我掩埋，灵魂佛光返照。

弟弟来凯里上学，在离家的前夜，母亲硬是在他的行李包里塞了两斤土豆，我完全理解母亲的良苦用心。弟弟背着两斤土豆穿过闹市，抵达我的家门，摆放在我洁净的厨房里。那一刻，我与两斤土豆长久的对视，我不知道两斤土豆为什么能够经久地引起我的注视。夜深了，我端详着用牛粪养大的土豆，犹如注视我困苦一生满面尘灰的母亲，心中多年来矜持的感情化着一行行清泪，还有，多年来无病呻吟的文字一下子都被激活。

任何人都无法固守的人生，这是一个变幻不定的数字，我们在某个不经意的瞬间，便置身重重陷阱，在那一刻，我们怀疑了人生。可是，那两斤土豆，让我在朴实中感觉到爱与真实，原来在这个世界里，我们还有这么多的东西值得怀念。多年来，我一直拒绝诱惑，固守在文字的清贫与热爱中，在心的深处，保留着故乡的一份挚爱，于每个深夜，在梦中聆听蝉鸣鸟叫，聆听亲切的乡音，每每想到父母艰辛的一生，一种叫作泪水的液体在我眼眶里打转，每个倦鸟回归的黄昏，置换为母亲一声声叮嘱或是父亲的一声咳嗽，更或是乡亲们的一声问候，久违了，在这个夜晚，我只能对两斤土豆这么幽暗地说。总是那么认为，只要时时记住了回家的方向，便能找到故乡，找到回家的路，可是我错了，我总是在回忆中把故乡的路模糊着，总是忽略一个土豆的成长历程，那些呀！都是供养我生活的营养。此刻，在厨房，与从闹市经过的两斤土豆对视，才知道，这朴实无华的土豆，它们为什么从故乡出发，穿过闹市，抵达我的家，抵达我的心灵深处。它们是否听清了城市的声音，看清了城市的灯红酒绿声色犬马，它们一定还保持着故乡的原汁原味和父老乡亲艰辛劳作的痕迹，它们是人世间最伟大的精魂，令我的灵魂一步三叩，鞠躬尽瘁。

  我是否理解了两斤土豆，是否理解了全部乡情？毋庸置疑，那土豆就像几双注视的眼睛，与我没有丝毫的含糊，与之对视，我忍不住泪落，在爱大面积沦陷的今天，有谁还会为土豆流泪，又有谁还会用土豆来喂养自己缺钙的灵魂，金钱与欲望弥盖了一切，土豆在我居住的这座城市只需三毛多钱一斤，毫不起眼，但放在我厨房的两斤土豆，胜过城市的山珍海味。在这个城市，我再也寻找不到一丝温情，高度发达的城市让我感觉不到灵魂的归宿，在人心越来越冷酷的今天，两斤土豆，还能打动多少坚如磐石的心？在爱情也变得古典的凯里山城，从遥远的家乡走出来的两斤土豆，是母亲的全部心血，是母亲的全部期待，在我缺钙的时刻，抵达了灵魂深处，与之深刻的交流，并让我在人情冷淡的街道感觉到脉脉母爱，令我在车水马龙中铭记父母面朝黄土背朝天的艰难，以及为了我辍学的二弟，他们在遥远的乡下日出而作日落而息，打磨生命。

  我永远知道，这世界上除了土豆能喂养一种精神外，还有母亲的奶水和脉脉的乡情。

第二辑 是风把记忆带走了

Yao Wang Xing Kong
遥望星空

　　乡下的晚上，在收割后留下一茬茬稻茬的田野里仰面躺下，遥望神秘深邃的星空是件诗意的事情，稻茬冒出一茬新绿，俨然不知道秋天即将接近尾声，还努力靠近春天。天空深邃遥远，星月璀璨。小时候躺在爷爷的大腿上，在爷爷说腻了野人的故事后，就指着天上的星星说，天上有多少星星地上就有多少人，天上的星星少了一颗，地上就要有一个人要死了。

　　我痴呆地遥望着夜空，想寻找属于自己的那一颗，可满天的繁星，太多了，多得让我根本无法找到自己的那一颗。心里总是在祈祷，希望属于自己的那颗星星别在不经意间就消逝了，小小年纪就感悟了生命的脆弱，多少次，在月朗星稀的时候，爷爷是不准我随便用手指着月亮的，用手指了月亮，晚上睡觉的时候，耳朵会被月亮割去的。我小小少年式的思想里时常会闪过这样的念头：当一颗流星逝去，死的那个人是不是我？或是第二天早上醒来，我的耳朵真的被割去了。想到这些，我难免会哭，对星空的敬畏继而转变为恐惧。

　　我少年时代是在遥远而脆弱的农村度过的。每天早上天还没大亮就被母亲叫醒去放牛。那时候，我的全部概念是青翠欲滴的田湾。我时常想，世界就是比巴掌大不了多少的世界，起伏的群山武断地把天空围就我所想象的极限。当有一天我爬上故乡最高的山峰，极目远眺，我的视线极度的开阔，就在那一瞬间，我泪流满面，我为故乡巴掌大的天空哭了。然后我基本上是逃出了故乡，看到更为广阔的天空时，我才真正理喻"天外有天，人外有人"的道理，所以我始终无法狂妄。童年让我酸痛腮帮子的是田坎边的枇杷，我常拉着弟妹奔忙于阡陌的田埂，为的是多寻找到几颗地枇杷解馋。然而夜深，极静的村庄连狗吠都没有的时候，我是多么的孤独，希望有一只狐狸精出现在我身边，陪我说说话，诉说童年郁闷的心事，这是饱含着某种浪漫的期待。这种单纯的孤独陪伴我走完了童年。

毋庸置疑，我对乡村是挚爱的，可以这么说，这么些年来，我一直没有走出老家乡村的背影。然而大多数时候，我羡慕着城市的艳华，在别人的城市里，我们同样可以放牧自己的思想，耕种自己的庄稼，收获自己的粮食。

十多年后的某一天，当我踏上回乡的道路，阳光金子般撒下来，像静静的瀑布砸向屋后的山坡，砸向木楼前的古树，溅起的光斑像雨点一样洒了我一身。那一刻，我周身的力量坚硬不朽。

这是我回忆乡村生活时，一种最能激发我创作激情的是乡村生活朴实的泥土。我苍白的灵魂只有无数次反省，才能唤回那份清贫的亲切感。事实上，赫尔博斯的诗歌，也是极其朴素平淡的，那种内省的亲切感，令我无数次感动。

有一天，我发觉我听不懂老人的语言了，但我读懂了他们的悲伤，村子里真寂静，那些荒芜的田地，那些寂寞的畜生，还有长年打工未归的年轻人，老人还在努力构筑着村庄的简单生活画卷。

而在那个时候,我开始意识到天空的种种神秘,我梦中的那只狐狸精就是从天空翩翩而降的,再也没有爷爷说的那份恐怕了。从此,我渴望天早些暗下来,我在田湾放牛的时候,常常是希望太阳瞬间就坠落,那么我就可以名正言顺地回家,回家的路把诱惑无限延伸。

每个人都有自己一个道德向善的地方。生命中的某个地方,让你在无数次要回去时而借以美丽借口而无法回去,心痛缠绕着你,使你长夜地失眠。那个地方不远不近,可以远在天涯,也可以近在自己的身边,在自己的灵魂深处,无时无刻不在感召着你。

在城市里,一切奢华的堆砌都无法满足我们心里的欲望,我们在城市里购置了房子,为躯体找到了家,却没有给灵魂安家。

这么些年来,我无数次写到我的乡村,写到我的胞衣之地,那是一扇我通往文学的大门。

只有文字,那些有着我血一样浓浓的文字,才能洗去我一身的尘埃,为我贫穷的岁月留下了些许温暖的记忆。

16年前那个假期,我就一个姿势守在寂寥的山坡上,除了那头跟了我父亲好多年的牛的反刍的声音外,四周静得可怕,几乎都被寒冷冻僵了。

可以想象,牛有多少寂寞,我就有多少寂寞。我只有拼命去想,不断地想,想天外之事,想自己的未来,才使自己的灵魂得以稍许片刻的休息。就在我脑袋想得快裂的时候,我想到用语言去表达,表达那瞬间而过的感觉。

天空对我有着神秘的诱惑,这并不是面对流星许个愿的简单问题了。人们都说面对流星许愿,愿望就会实现,我也曾浪漫地许过好多心愿,在这些心愿中就有一只翩翩而降的狐狸精。直到我离开故乡,我梦中那只狐狸精一次也没有出现过,这难免遗憾,可那美好的期盼依然在我梦里洋溢着。多年后的今天,当我开始写诗,遥望星空的情趣被沉重的生活打磨得支离破碎,偶尔,抬头见满天繁星,童年那种遗憾也只能永远漫无目的地继续下去了,因为我再也没有勇气去面对我梦中的狐狸精了。

第二辑 是风把记忆带走了

Zai Yi Yu Zhong Ben Pao
在呓语中奔跑

再深的夜,也有不眠的窗。不知是谁说的,也不知在哪本书刊上看到的,反正我觉得还有一点点诗意,就把它作为文章的开头了。

把时间往后拨,再往后拨。某个深秋的夜晚,我掀亮书房的台灯,那盏伴随我走过无数难眠夜晚的台灯,曾经是那么持久地温暖着我,每每夜深,我孤独地伴在文字中。我坚信,在这个四十多万人口的城市至少醒着的不止我一个,肯定有一干人在孤独、难眠、思考或是无聊着,窗外那些隐隐约约的灯火,它们的主人在干什么呢?我不得而知,但有一点,他们一定在灯火下和我一样,孤独、难眠、思考或是无聊着。

多年来,我一直试图把脑袋伸出窗外,寻找着那些与我息息相关的灵魂,期望这些灵魂与我不期而遇,在我失望、孤独、忧伤的时候,给我心灵一丝慰藉,可是,当我生命的车轮辗转到今天,这个人类历史纪元再也不会重复流逝年月所凸显的阿拉伯数字的时候,我的心无限苍茫。我当如何用手去把握那些易逝的时光,当激情和青春如潮水般逝去,窗外那些明明灭灭的灯火,哪一盏才是我最期待的呢?

　　生命本身是一张洁净的白纸，最好的表达是沉默，而不是华丽的语言。人在生命不断老去的时候，时常会这么感叹的。

　　多年来，我把大部分时间放牧在原生态黔东南的角落，这片欠开发欠挖掘的土地，人类历史发展到21世纪的今天依然还保持着苗侗原生态文化的神秘土壤，经济增长依然还保持着低态势，原生态的世界让我忘却30多年来的旅途劳顿，我所行走的，是我的思想，我思想放牧的每一块我亲近的土地。在阵阵的侗族大歌和苗族飞歌声中，生命中那些温柔多情的情愫油然而生，每一次看到苗族同胞的激情舞蹈和侗族青年男女在风雨桥上谈情说爱，我感觉到生命的自由、愉悦和豪放。

　　毕业后，我来到凯里，这块生养我的土地，并没有引起我心灵上的触动，我没有用美丽的语言去歌颂生息我的这块土壤，换句话说，我把自己所谓的事业看得太重了，重得有些呼吸困难，无所适从。直到有一天，我学会用思考的眼睛看待这块土地的时候，才知道我错了，我不该这样，鱼和熊掌在某个层面上是可以兼得的，我何尝不把心放得远些，在远得自己能够触摸的地方，为生息我们的土地做一点哪怕是微乎其微的事情。这无疑使我想到写作，用我的文字去表达我心中的喜悦、困惑，我觉得没有什么比写作之于我来得更加决绝。

　　对于黔东南这块原生态土地，可以说，我自一生下来就感觉到她的伟大和神秘，少年时代的老家，那是个缺衣少药甚至我的父老乡亲都还处在温饱线之下的地方，父亲是名赤脚医生，父亲有着比村主任还吃香的一份工作，但他依然兼顾着"看香"（当地的迷信活动），少年多病，母亲为保住我性命，烧香把我祭拜于干爹门前的大枫树，那些经久飘摇的红丝带，不知哪条是母亲为我祭祀而拴上去的。多年后，当我回到老家，母亲还是虔诚地向我讲述这些神秘以及由神秘联系在一起的种种物事。早年，我的确看过父亲为村人做法事，父亲燃烧着香烛，双目紧闭，嘴中念念有词，指挥着用竹竿制作的稻草人背负着百十来斤重的磨盘，行走自如。还有我的堂爷，拿一把竹筷放在盛满水的脸盆里，用手在脸盆里三翻两翻就成了一盆泥鳅，那盆泥鳅是堂爷用来招待客人的上好酒菜，堂爷早过世了，骨头都可以打鼓了，父亲健在时，每次问及父亲，为什么还存在如此神秘之事，父亲总是遮遮掩掩，硬是不向我们透露半言，把父亲逼急了，父亲就把头埋在两膝盖间，事后母亲告诉我，父亲无意中学得这门子手艺，心里很后悔，生怕自己的手艺给家人带来不测或是厄运。父亲是打死也不传授给我们的，只是在乡亲们在被病痛折磨得死去活来的时候，他才不得已用他的手艺和他熟知的中草药以求得心灵上的安慰。然而，大多数是奏效的，村人的病也的确好转起来，对于父亲深不可测的种种法事，比如七月半的"闹桃园"（迷信一种），父亲烧着香纸，村人在父亲的指引下，慢慢进入另外一个世界，我们所说的阴间，眼前的人说着某个已经去世多年老人的话，父亲发出来的声音与故去的老人一模一样，外人可以和他搭腔，叙旧一番，神秘之极。我害怕得脚底抽筋，除了涎着脸看个热闹外，到底怎么回事，说不清楚。这些都无法用科学来破译。我在感叹我们生命中的某些冥冥之间，究竟这里面有着什么样的联系呢？这些联系中是不是昭示着我们人生中的某些借口？不得而知。

那时，我多想父亲也让我走进一次桃园，那么我可以跟我过世多年的爷爷奶奶对话，看看另外一个世界的绚烂、美丽和神秘，而我的这种想法也只是瞬间而已。

父亲在这档子事上，没对我透露半句。因为这些，父亲在我幼年的心里显得神秘莫测，在那小小的侗寨里，父亲有着比村主任还高的威望。

可是，父亲去世了，我能不能与父亲再叙旧一番？哪怕是在七月半"闹桃园"的迷幻梦境里，也可以安慰我脆弱的内心。

不能了，父亲带着他的魔法一道消失在圭研。

更多的则是在百无聊赖的深夜翻开父亲发白的照片，倾听江美琪《父亲你是安静的》，"云是无声的风是沉默的／路是不语的你是安静的／手是粗糙的脚是疲惫的／头发是零乱的你还是安静的／外面纷扰的梦是延续的……我走向远方了你还是安静的／歌还在唱着世界已变了／我走向远方了你还是安静的。"淤积在眼眶的泪水涌了出来。

我曾做过多次的设想，另外一个世界是不是一样存在着种种神秘呢？我们在关照未来和缅怀过往的时候，是不是在感觉到生活的沉重和美丽，以至在我们身边发生的诸多事物，是不是原汁原味的生活在进行着另一番的演绎和注释呢？那一刻，我想到用诗歌去表达着自己心中那种充实而深刻的美丽。

一位诗人说过：如果生活不是美的，不如把生命拿走。我想到老家后山的坟茔，那些早已经去了的先祖，他们的生活是不是美的呢？

我想，那个世界一定不美，后山的坟茔长满了野草，父亲刚垒起的新坟也开始长草，村里的大多数年轻人都到广东沿海一带混钱去了，家里的事没人料理。六十多岁的杨三爷告诉我：泥土都快埋在脖子了，哪还有时间去经管这些祖坟事情，过不了多久，我也要和他们一样，躺在泥土里，和他们一起孤独。听了杨三爷的话，我的心一阵阵苍凉。

我思考得越来越多的疑问，会给我带来什么样的后果？我习惯那些近乎隐秘的生活，隐秘的气息。每一次遭遇的情景，如同把我置身于一场旷日持久的梦境,在梦醒后,生活的痕迹也寸寸清晰,换来的是对我激灵般的寒战,我必须把我的心灵放牧在这块土地上,让心去感知去体味生命最初的激情或是梦想。

不经意间,三十多年的光景就像沙子一样从指间滑落,岁月是如此不经打磨?为什么在稍纵即逝间就从身体里溜走?两年前一个夏天,我在祖国南方一座叫作广州的城市和朋友喝酒,物欲的城市是留不住诗歌留不住激情的。那天晚上我们拍摄了很多照片,当有一天我不小心把照片翻出来后,心里陡然生出莫名的忧伤,为什么在短短两年间,仿佛老去了10年,人生又有多少个十年可以用来挥霍?

也许把这些朴素的光阴一层层挥霍掉之后,我们个体的生命就这样消失了。在这个浩渺的宇宙间,没有人认识你,或许,从一开始就没有人认识你。我们在这个浩渺的宇宙中,抵不上一粒尘埃。

多少个夜里,我无法停止我思考的速度,这速度如光一样划过我的心脏,抵达遥远处。我在哪里,又要去哪里,这问题哲学般折磨着我。

2008年年初,我初为人父,学会理性思考生活。那一年,一场特大的冰灾冷去大半个中国,我在这种寒冷中不停地游走在黔东南多个县与县之间。这种经历是刻骨铭心的,我所在单位的电网遭受前所未有的摧毁,老百姓期待光明的眼睛一次次把我敏感的心灼伤,那一刻,我知道我们的奉献是伟大的。

严冬已经过去,冰雪已经消融,春天已经来临,温暖已经来临,苗乡侗寨在冰封雪冻中"全黑"的城镇乡村已经恢复了光明,恢复了生机。苗乡侗寨曾经遭受冰雪摧残的树木,已经在春天的气息中开始新一轮勃勃生机。

我该用怎样的语言去叙述呢？我也一直把我的写作看成是我的呓语。用呓语总结一年的得失，差不多是每个文人想做的事。

近年来，随着黔东南原生态旅游的发展，游客多了起来，这无疑是件好事，同时也是一件难为情的事，我们朴实如初的苗族侗族同胞将受到怎样的干扰，他们的生活还会平静如初吗？这让我困惑了好久。凯里两家可以称得上四星级的酒店，天天客满为患，的确使小城热闹了一番。那些从远道而来的游客，也许像我一样，把心放牧在自己觊觎很久的地方，以寻求心灵的安慰吧！？

我将用文字去描述我奔跑的经历。一个跑字，说出了我全部的激情。这些年来种种经历，我何尝不是在奔跑，奔跑在这块原生态的土地上，在这块土地上炼狱我的思想、自由、浪漫、激情。

奔跑在这块原生、孤独的土地，我像父亲田土里的一株庄稼，肆无忌惮地生长着。父亲过世了，再也没有机会去料理，同样也没有人关注我奔跑的姿势。说是奔跑，我那基本上是跪在地上的姿势，可以证明我满身心的疲惫，可以照见我凡身俗体的姿态，我低得几乎贴着土地，也许这样更虔诚，而心是飞扬的。

我带着呓语，就这样奔跑，这姿势是如此契合我的生活。经过了这些年的是是非非、酸甜苦辣，直到现在才发现自己从未有过这样的生活。这种生活是没有羁绊、自由的，不需要大起大落的激情，甚至不需要任何意义。可以说是种逃避，逃避城市生活的倦怠，逃避世俗的蝇营狗苟，以期获得一种陌生的境遇、新鲜体验的惊奇、艳遇的刺激和闲得无聊的发呆。

"为什么我的眼里常含泪水？因为我对这土地爱得深沉。"艾青如此深爱着他的土地，这让我们多多少少有些汗颜。有一天，我的一个朋友打电话给我，获知我在黔东南大地漫无目的地奔跑时，很愤然地说："这块天无三日晴，地无三寸平，人无三分银的土地会让你这样着迷？难道城市的悠闲留不住你？"

当这些牢骚过后，剩下的是淡淡的忧愁，刚开始说过，这是块欠开发的土地，看着老百姓还在为温饱苦苦挣扎，我心里有种说不出的苦楚，一股突如其来的苍凉涌上来，我没有解释的余地。

城市人以前也不完全是城市人，来自四面八方，基本上是削尖脑袋来到城市的。商贾、白领、诗人、作家、艺人及流浪汉，男女老幼，各自怀揣着满腔心事，目的也许只有一个，那就是在骚动的城市寻找自己的落脚点，打造自己的天空、事业。之后，要么回到生养的老家去，要么把根留在城市，为自己的子孙后代换取一张进入城市的户口，永远逃避着老家那方水土和贫穷。

然而，来到城市的如意算盘并不是那么好打。城市首先给你一记响亮的耳光，拒绝你的唐突进入，还美其名曰这是你进入城市的学费。我身边最典型的例子，我弟弟前两年丢下老家的田土，卖掉耕牛跑到我居住的城市，闹着开了一家餐馆，想在这座城市留住阵脚。理论上说，餐馆还是可以运作下去的，但这个城市的管理者，永无休止的纠缠，三天两头来查暂住证，还有一些人吃饭从来是签个名走人，账是要不到的，况且弟弟也不知去找谁要，弟弟在这城市也就认识我而已。为此，弟弟落荒而逃，钱没赚一分又蛰回老家，面朝黄土背朝天，加上国家免除了几千年的粮税，日子倒也过得自在。

这种情况不是弟弟一个人遇到，全中国多得很，我都懒得去看那些新闻或是旧闻了。

一座城市，当它所有的门窗都向我们关闭的时候，我们去哪里寻找最初的温暖？城市的高楼挡不住人情冷漠的寒流，城市的楼房一栋栋像雨后春笋，过高的楼房遮掩着我的视线，就在一个小区一个单元里,邻居老死不相往来,自己的狭隘也期待着别人也一样狭隘,依靠一扇坚实的防盗门的猫眼窥视这个城市。多年前,我读过一位煽情的三流诗人写的诗作:"城市的家是一座监狱／我们永远囚禁在里面。"当时让我感慨吁吁。

让我们的内心继续隔膜吧!有一天深夜,我憋得实在慌了,愤然写下这样的文字,心开始向遥远处飘逸而去。我得继续在这块土地上漫无目的地行走,否则我会疯掉。

朋友打来电话,我美好的心境被这个电话扰乱,好像被人俘虏一般,我莫名其妙对电话发火,为什么我们的生活被一只电话遥控着?我们的自由被一个电话活生生地剥离了?在黔东南东部,一个叫肇兴的侗寨,我抛弃了我用了三年的手机,所有的烦恼也随之抛弃,把外界生生地切断。我要朋友忘记我的行踪,这样他们就无法进入我当下的生活。那一刻,我从来没有感觉过如此的轻松和惬意,无指挥无伴奏的多声部侗族大歌像泉水一样流淌在我的心底,一切有生命和无生命的东西都在浪漫地抒写着属于自己的诗歌和生活。在一家时兴的酒吧,肇兴有很多这样的酒吧,我与一个外国友人喝着啤酒,我们语言不通,靠着手势,大口大口往自己肚子里灌啤酒,忘却一切烦恼。

让啤酒麻醉着我,我所有的怀想、忧伤在那一刻倾泻而出,到后来,当我再一次回归现实,我没有任何理由去为一座鼓楼、一座风雨桥感伤,没有任何理由为一个个女人或男人感伤,也没有任何理由对生活的过往说三道四。

我似乎极不可耐地奔跑在黔东南的每个角落,这种奔跑是诗意的。黔东南连接着广西、湖南,一年四季,常有两省的摄影家、作家、诗人、游客跑来采风,或是真正的寻找文化的根,或是暴殄天物的

第二辑 是风把记忆带走了

旅游。

来了又走了，走了又来了。就像生命中不断有人进入，然后又悄然离去。

厦榕高速公路和贵广高速铁路建设如火如荼，途经黔东南的从江、榕江等地，这块称为广东人后花园的贵州大地，随着产业的转移、游人蜂拥而至，必将繁荣昌盛。那么，到那个时候，我们祖祖辈辈固守的原生态文化，还能保持多久？外来的文化会不会在一夜之间把这些吞噬掉，只有等历史来告诉我们吧！

刚来到这个城市的时候，除了几蛇皮口袋的书籍外，什么都没有，单位给我们单身汉准备了一个通间，十一个人住，你可以想象，在那种空间和环境下，能创造出诗意的东西？刚和我建立恋爱关系的女朋友，实在受不了，摞摞屁股走了，远离我而去。可以这么说，我还是没有学会感伤。然而那句可以同甘不能共苦却是让我失落了好长一阵子。

那段时间我像一只城市的羊，漫无目的，浑浑噩噩。每天晚上和一帮同是单身汉的哥们儿喝着五十多度的白酒，不喝醉誓不甘心，日子机械地重复着，写诗已经是很遥远的事了。

回忆在学校那单纯的学生岁月，心比天高命比纸薄，我不安分的灵魂在跳动着，燃烧着激情，也燃烧着梦幻一样的青春。从20世纪90年代中期起，我在中国著名或不著名的刊物发表些诗歌、散文、小说作品，慢慢有了些鸡毛蒜皮的虚名，以资混得小小的名气，在1998年，还组织过贵州省最大的校园文学笔会。

我一直不赞同别人叫我作家，这或多或少有点骂人的感觉，在这个物欲横流的年代，再傻的人也不会坚持去经营苦难的文学了，然而心底莫名的忧伤、怀念找谁去寄托？写作像吸毒一样，会上瘾的。

之后的几年，我没像学生时代那样疯狂地去写作，大部分时间是处于生活的最低处，静静思考。

　　然而，在这个有商贾、贫民、诗人、作家、屠户、妓女、二奶、白领、民工等等人混杂的城市，我的思想被囚禁在一个小小的房间，我之所以事无巨细的谈及这些，我只是想说，在城市，要想"诗意的栖息"是件多么奢侈的事情，要想保持自己心中那份清洁也是很难的，我在无数个夜里，大声地朗诵荷尔德林的诗歌，把自己的脑袋伸出窗外，寂寞地呼吸着城市浑浊的空气，写作艰难的文字。我们能诗意地栖居在大地上吗？有一天，总会有一天，我会逃着离开这座城市的，我曾对爱人说，我想到我老家那地方去工作，哪怕当当代课老师，或许会找到一些诗意。可是，换来的是老婆摸着我的脑袋，问我是不是疯了？我真的没疯，我知道她的惊诧是很有道理的，我离开现在这座城市、这个工作岗位，很多人会用另外的眼光看着我，肯定是真的混不下去了，才选择逃避，世俗让我喘不过气来。

　　当种种桎梏让我们无法选择的时候，我选择了奔跑，让思想自由的奔跑，只有这种方式才能让我的思想不会僵化或者死去。一直以来，我不可避免地感觉到生活的压力，不是生计上的压力，我每个月的工资加上稿费，足以过得很好，更大的压力袭上我，那就是我们拥有的说话声音越来越小，甚至失去说话的勇气和机会。我真的害怕有一天，不管这一天会在什么时候出现，我丧失所有说话的能力，嘴巴的功能就只剩下吃饭和接吻，那是无耻的悲哀。

　　幸好有一块可以放牧我思想的土地，奔跑的时候让我感觉到一丝丝激情在飞扬。那是那么真实、切肤，让我真实地生活着。

　　只有那些原生态的文化才能激发我的全部热情，多少个节假日，我带上相机、背上行囊，穿行在黔东南大地，才感觉到生活在物欲城市的我在慢慢地消失，像父亲那头老黄牛倔强地在行走，机械，默默无闻，全然不知疲惫。每一次奔跑，我要让自己速度慢下来，慢下来，慢到静止的时候，我开始思考，我思考着诗歌、春天、童话、梦想、爱情、成功或者仇恨……我把自己的心袒露在蓝天白云下。

我在中国最大的千户苗寨西江，躺在木质的房子里，闻着淡淡的杉木香味，我曾和朋友聊天到半夜，夜晚静得没一点声息，掉一根针都能清晰听见，俨然和白天的喧闹形成天壤之别，那个时刻，我想到诗歌。寂静的夜，寂静的灯火，谁不会把心放在这个优美的境况中。窗下，一对小恋人还坐在石凳上，卿卿我我，产生诗歌的时候也许就产生了爱情，我不打扰他们。那一刻，我想起一首歌《我在西江等你》！多浪漫的一句我在西江等你，让我的睡眠全部跑了。

西江是产生美女的地方，我想产生美女的地方一定产生英雄。苦难的苗族同胞何年、何月翻越十万大山，跋涉道道长河，历尽千辛万苦来到这块人杰地灵的地方栖息下来，我没研究过苗族的历史，没有发言权，但敢肯定，苗族的先人一定破荆而来，历经重重苦难，英雄的苗族兄弟笑着面对所经受的苦难，我们可以从他们欢快的舞蹈中感受到那种战胜历史的欢乐。历史毕竟过眼云烟，逝水东去，然而那部厚重的历史画卷，却让我们感叹不止。在千姿百态的民族文化领域内，西江人是最懂得珍藏自己文化历史的少数民族之一，从新建的一个硕大的牛头图腾来看，他们是在逝水流年中怀想他们的先祖蚩尤。

蚩尤是当之无愧的英雄。有兴趣的不妨去翻看厚重的历史吧！中国苗族的族属渊源，和远古时代的"九黎"、"三苗"、"南蛮"有着密切的一脉相承的关系。在原始社会末期，在我国长江中下游和黄河下游一带，远古的时候就生活着很多原始人类；他们经过世世世代代的生息繁衍，在距今五千多年前，逐渐形成了部落联盟。这个部落联盟叫作"九黎"，以蚩尤为首领。《国语·梦语》注中说："九黎，蚩尤之徒也。"《书吕刑释文》《吕氏春秋·荡兵》《战国策·秦》高诱注，都说蚩尤是九黎之君。

  我想，蚩尤也许来过西江，也许没停留，也许很匆忙打望一下，才让这块土地如此神秘。历史过于厚重，那么我们谈谈现在吧！美女见过很多，特别是西江开发后，涌入西江的人成千上万，在我去西江的头天晚上，我们在一个县城做了短暂的停留，那是个小县城，在温馨中洋溢着暧昧的味道，我在临窗的位置，看着一条河流从我眼前流淌而去，早些年我对河流没有太多的看法和思考，时间不就是流水吗？从指间滑过的时间和流水是没有两样的，没给我带来太多的感悟，然而在那个晚上，我特别的敏感，就在我把目光延至河流更远处，比如县城的某一个小小的角落，也会引起我的多情，这多像缅怀一个人的过去。

  我离开宾馆，看着从外地涌到这小县城的男人和女人，从某种意义上说，我把他们看成是一个个地道的游人，这多少与我有点相似，他们似乎没有一点疲惫，兴奋地把行李箱弄得山响，这一点也证明他们的确是远道而来的游人，跟我来时一模一样的有点嚣张，甚至暴敛，生怕别人不知道自己一样。我注意到，与我住一栋楼且是对门对户的是一个女人，20多岁的模样，这让我莫名有些感动。

  很快，黑夜大面积来临。我们无法拒绝黑夜来临，我在楼下的夜市摊上要了一瓶啤酒喝着混日子，打磨难耐的时光。电灯亮了起来，小县城开始静下来。在这里，我像写日记一样把一天的时光重新梳理一遍，不可拒绝地记忆下来。那个女人来到我的记忆中，挥之不去。

  的确，她也来到了夜市摊，这让我吃惊。一股强烈的香水味把我卷入其中。我们隔着两个座位。她穿的那件衣服似乎没有领口,乳房都露出半只。我的半只啤酒喝不下去了,我连连打了几个寒战,仿佛时间也被抽打,夜晚的县城,像一只我丢掉多年的塑料袋。

后来我才发现,那女的穿着条很短的牛仔裤,她坐的椅子很高,两条腿摇来晃去,白得晃眼,正对着我。我瞥眼一看,那洁净的牛仔裤被绷得太紧,很夸张地陷进去一条缝隙,我不知道我怎么突然会想到这个词语来形容。我甚至还想象,她不应该是红灯区的女孩。

仲秋的夜,很快就起风了。有点冷,一种荒凉的感觉向我袭来。风吹冷了面前的烧烤肉串,啤酒我喝不完了,耳边有那女孩脆脆的笑声。夜晚,一路的喧哗,一路的霓虹灯,水红暗绿,明灭闪耀。这样的夜,让我有一丝丝忧伤。

时间轻摇慢摆,但在人的一生中总有一些日子像枝叶繁茂的树木一样深扎于内心深处。记忆最好从夜晚开始,我把生活打扮得像启开的啤酒瓶,泡沫般的生活就这样汹涌袭击着我。

前不久,我回老家,被我老家还在继续代课的老师感动得泪流满面,花甲之人,清贫地坚守在偏远农村教育战线上。刚刚提起来的每月400元工资,别说养家,糊口都困难。我常在深夜想,400元钱也就仅够一顿不成样的便饭而已,甚至有时还不及半瓶子酒。是责任让我必须记录下来,记录那贫困的孩子和依然贫困的老师。

其实在2005年年底,媒体就开始关注代课教师问题。2006年,两会期间,代课教师成为代表委员关注的热点问题。然而我们的报道惹来了不必要的麻烦,虽然我们只是提及一个代课老师默默奉献的艰辛而已,难道一个花甲的老人把青春奉献给祖国的教育事业有错吗?

很多记者获知这一信息后,良知在感动着他们,他们跑去采访,写稿、呼吁关注和重视边远农村的教育。

直到今天，我依然要说，对代课老师的处置一旦措施不当，荒废了山区孩子的教育，悔则晚矣。

多年前，我在《检察日报》发表过一篇千余字的杂文，因说了几句真话，引来无数的骂声。前些年，因为一个老师，一个代课老师默默奉献的报道却招来没必要的麻烦，我常规的写作计划被打乱，心情也弄得一团糟糕。

"不为君王唱赞歌，只为苍生说人话。"柏杨曾经这样告诫后人。只为苍生说人话，这样的话语，有着春天般的温暖。

事情经历后，当所有的物事远离我们而去，才感觉到，我们在匆忙的一生中，失落了不少也收获了不少。

天气很冷了，这个冬天即将离我们远去，用一句很庸俗的话说："冬天来了，春天还远吗？"

于是，在一个深夜，我写得疲惫不堪的时候，我草草结束了这篇在不断奔走中呓语的文章，把许多遗憾留在下一篇文字中吧！

我努力把头探出窗外，窗外下着阴雨，我打了一个寒战，我相信在这个深夜，在那些明明灭灭的灯火中，一定有像我一样在失眠中思考的人，他们在思考什么呢？我想这不应是我考虑的，我只相信春天真的离我们不远了。

那个夜晚，我又在漫无目的地奔走。

第三辑

芦笙吹响的地方

Lu Sheng Cui Xiang De Di Fang

芦笙吹响的地方

一

一个遥远的民族，一个苦难的民族。

在苗乡侗寨的腹地，这个民族的骨架，在历史的风尘中，裸露出来。

蜿蜒东去的清水江，那是一个族群咆哮不息的血液。

巍巍的雷公山，是这个民族斩不断的腰板。

逝者如斯的都柳江，那是一个部落挥之不去的乡愁。

莽莽的月亮山，是这个民族压不弯的脊梁。

炊烟飘出了多少年，芦笙就吹奏了多少年。

三万平方公里的苗乡侗寨，在图腾的谕示下，我的祖先以芦笙的方式，诠释爱情、乡愁以及生命。

二

在太阳升起的地方，我们粗犷地敲响了木鼓。在这块净土上，演绎着原生态的美和质朴。

在芦笙吹响的地方，我们以舞蹈的方式庆祝丰收。在芦笙吹起的地方，我们繁衍子孙后代。

袅袅的炊烟，飘扬了几个世纪。一碗米酒两支牛角，从此在我的身上，便打通了生命的神秘通道。一根竹子，简单地造就了平民的乐器。一根竹子，祖先便剥开了生命的胞衣。一根竹子，便写下了这个民族神秘的暗喻：芦笙。

从此，这个民族，在贵州黔东南种下了生生息息的种子。

三

在芦笙场上，我像一个多情的诗人，心仪着每一个翩翩起舞的少女。

我总喜欢捡拾起一个又一个美丽的关于芦笙的故事。

也许，这与爱情有关。只有在情人的眼里，芦笙才能找到释怀的语言。

也许，只有在芦笙吹响的地方，才能找到人与神灵共奏的合音。那油画般的梯田，是孕育我们生命的母亲；那朴素如初的芦笙手，是我们血性相当的兄弟；那扑面而来的笙音，是唤醒我爱情的处女。

在黔东南，其实你不用是诗人，你一样的会写诗，你一样的愿意付出心坎上的痛。在黔东南，你触摸着人和神灵最原始的冲动与激情；在黔东南，你会毫不犹豫地把情感交付给这块土地。

四

历史，由来已久。黔东南州府凯里，由来已久。

"牂牁"、"且兰国"、"宾化县"、"合江州"、"清平"、"炉山"……追溯和触摸这长一串与凯里有关的历史符号。

你会发现，600年前凯里还沉睡在史前的梦里。

在人类没有来到之前，这里一片荒芜……

是谁？折断了第一根杉木，从此木楼飘起炊烟。

是谁？把一根竹子削成器乐，吹奏出回答苦难的答案。

一张木叶，一把芦笙，一曲笙歌，就延续了一个族群的梦。

月缺月圆，潮起潮落，沧海桑田成就了一片美丽土地。

翻开尘封的历史，走进梦一般的黔东南，走进凯里。我知道，你醉了。

五

血性的黔东南，一碗米酒燃烧着一个民族的精魂。

多情的黔东南，一路笙歌点缀着一个民族的情怀。

深沉与寂静沸腾的黔东南，岂能用简单的文字阐述由来已久的历史和传说？

在芦笙吹响的地方，黔东南的群山逶迤成千军万马。在芦笙吹响的地方，银饰舞动一路歌舞。

当一切都宁静下来，这里只剩下清水江流淌的声音，在我们的血管中千回百转。

走进黔东南，你得先品一碗黔东南的米酒。这碗用蛮荒的传说发酵和用刚烈的汗息勾兑的酒,会让你终生难忘。喝了这碗酒,你就有了大山的雄浑;喝了这碗酒,你就有了清水江的柔美。

六

在黔东南,纵然是神,也束缚不住歌唱的喉咙。就像那头斗牛,就像苗家汉子、侗族汉子,可以把他们的血液抽干,头颅却不能低下。

我被歌声陶醉的黔东南,我被舞蹈美醉的黔东南,我被生命滋养的黔东南。芦笙,它的每一个音符渗透在我的血液,渗透在我的骨髓,涌动着生命蓬勃的潮汐。

在黔东南,学会了走路,你就学会了舞蹈,就如春天撒下一把种子就会涌动生命的胎息。

在黔东南,学会了讲话,你就学会了唱歌,就如芦笙一路吹响让我的骨头充满坚硬的钙。

歌声,在深邃的大山尽情宣泄。舞蹈,在逶迤的大山肆意奔腾。在黔东南,只要你注目一路浩然的银饰,你那颗疲惫的心便找到了心灵的港湾。在黔东南,只要你注目一路盛装的美女,你游走天涯的浪子情怀便找到了丝丝慰藉。

七

在这片原生态土地上与岁月轮回厮守,我用情歌和米酒来发酵生命,在一个民族喜庆的日子里……

银饰的碎响,散落在天地间。

升起牛图腾,擂鸣震天木鼓,那宏大的阵势,随日出而舞。

你醉了。醉吧!

大山虎悍的肌肤呈现在我们面前,清江柔美的发髻撩痒我们的心尖。

原始而真挚的笙音,响彻苗乡侗寨……

逝水流年三门塘

Shi Shui Liu Nian San Men Tang

展开一张硕大的地理版图,细心的人会发现深藏于贵州苗岭腹地的三门塘,小得近乎尘世的一粒尘埃,可谁都不会想到,在这小得不能再小的一隅,竟然吸引着众多的游客。

三门塘坐落于沅江上游的清水江畔,具体地理位置在天柱县坌处镇。三门塘寂静、安详而透明,几千年的历史随着清水江悠悠的河水一路逝去,历史永远留下的也许只是遥远的记忆了。

地球上只要有水的地方都曾孕育了泽被后世的文明。一路逝去的清水江所能承载的东西,到底有多少?我不得而知。

多少年了,我从来没有像现在这样认真去注视一条河流,也许生命若河流一样,在稍不经意间就匆忙逝去了,来不及回顾?如今,关于这里的文化,这里的历史,这里声声相息的人们简朴的生活,都在我心里冲突着。那些上百年中西结合的建筑、泛黄的窗花、古老的石板路,那些醉人的民族风俗,还有那些存在着的和即将消逝的古老文化,都必将随历史而苍老。

它是个拥有丰富文化内涵的侗族村寨,以树文化、水文化、石文化最为迷人，堪称北部侗族方言区露天民俗博物馆。500多年前，先人从湖南溯水而上，迁入的严、谢、王三姓，各立门户，故称三门塘。又传是寨中东、西、南三面各立有寨门叫作三门塘。这个寨是当地著名的侗族四十八寨之一，历史上早有记载。现寨中有19姓，300多户，近2000人，是一个典型的民族村落。

三门塘不但历史悠久，文化积淀厚重，而且民族风淳朴。那里的村民团结互助，亲如一家。好客热情，那份待客的深深情谊，让你不忍心不接受。进得寨门的几道拦门酒，把侗家待客的热情，盛满在酒盅里，前脚刚踏进去就忍不住醉了，身着民族盛装的妇女们热情洋溢的劝酒歌，唱得客人如醉如痴；送别时，歌声响砌清水江两岸，客人走了好远，那袅袅江风和着水的气息，在歌声中渐行渐远。

三门塘一带，盛产林木。史称"苗河"的清水江由西南向东北流经三门塘，境内全长3.5千米，水运十分便利。清嘉庆二年（1797年）《修庵碑记》称："诸峰来朝，势若星拱，清河环下，碧浪排空，昼则舟楫上下，夜则渔火辉煌。"原来，以锦屏、天柱间的洋渡溪为界，将清水江分为内外江。上游的茅坪、王寨、卦治为内三江，下游的清浪、坌处、三门塘为外三江。因为这条江，使得盛产的木材外销湖广、西南一带。

历史上，三门塘一带曾是采购"皇木"、"苗木"的重要基地之一。木商中有所谓的镇江帮、临江帮、黄州帮、徽州帮、花老帮、五湘帮等等。为接待各路木商，三门塘建有20多家"木行"，除为其伐木、采购、扎排、放排外，还提供食宿方便。各帮制有特殊"斧记"，凭记经营木业。在曾开设"木行"的人家宅檐柱上，仍清晰可见"同兴"、"德大"等斧记，这些斧记不失为"树文化"的珍贵记录，成为历史流逝的见证。

第三辑 芦笙吹响的地方

三门塘，三面环水，溪壑纵横，村民自古与水结下不解之缘。关于"三门"的来历，有两说与水有关。其一为：寨内原有鱼塘多口（最多时达17口），且辟有东、南、西3座寨门，因名"三门塘"；其二为：人口最多的王氏先人祖籍湖南黔阳三门潭，溯江打鱼而上，定居于此，因"潭"、"塘"音近，称为"三门塘"。三门塘人确实"靠水吃水"，凭借清水江及附近支流三门溪、喇赖溪等若干小溪生息繁衍，创造出别具一格的"水文化"。

真正游过了三门塘后，想起了宁静和安详，有水的地方，是适合人类居住的家园，这为祖先一直溯水而上找到了充分的理由，他们在艰苦跋涉中不断寻找着生命的支点。由此我便想到梭罗，一个人到了生命的某个阶段，习惯于把每个地点视为可能安家落户的处所，瓦尔登湖给了梭罗一个尽可能的去处。

梭罗找到了瓦尔登湖，他在那里生活、阅读、倾听、种豆、生火、做饭、孤独。在《瓦尔登湖》中他写道："一个湖是风景中最美丽、最富于表情的姿容。它是大地的眼睛。观看着它的人同时也可衡量他自身天性的深度。湖边的河生树是这眼睛边上的睫毛，而四周树木郁郁葱葱的群山和悬崖，则是悬在眼睛上的眉毛。"

"观看着它（一个具体的湖）的人同时也可衡量着他自身天性的深度"。梭罗在一汪池水的湖边完成了他对自身深度的"衡量"和找到了生命的"支点"。

面对湖，生命是美好的，思想也会美好。梭罗面对着湖，眺望着湖，他更会思考，沉思。

我可以列举以下记载：三门塘有水码头5座，石拱桥6座，石板桥10座，莲花塘17口，古泉井20余眼，保爷桥100多座。这些与水有关的建筑物，这些都是水文化的具体物质载体。大小码头均以巨型石板垒砌，总共300余级。码头设有义渡，从前置有义田和义林。1947年统计，三门塘义渡田年收谷250担，义渡林总面积28亩。主要渡口除建有码头、备有渡船及船工外，还建有渡船屋。在刘家码头碑林上有副对联如此描绘当年的历史画面："碑镌善辙同江永，屋盖渡船免雨零。"

三门塘的石拱桥、石板桥以及桥头两端的石板路，全以青石铺墁，整齐划一，光可鉴人，记载了三门塘的历史沧桑，似水流年。某些建桥碑记以"修数百年崎岖山路，造千万人往来之桥"、"舆梁已成，行人常颂利济；迷津可渡，过客不患崎岖"等朴实的语言镌刻前人壮举。

架桥铺路，是通过全寨人商议，共同建造的。而修建水井则是妇女们的事，这体现了团结互爱，共同打造美好的家园。从前三门塘曾有传统妇女组织，称"观音会"。妇女们常常义务开展一些公益活动，如今留有实物遗存的便是水井。修建水井以及通往水井的石板路，概由已婚妇女捐资投劳。

三门塘的"石文化"，具有悠久的历史，突出表现在各式各样的古碑上。

进得寨门，首先映入眼帘的是一排排蔚然壮观的石碑。

"千秋常在万代不朽者莫如石也！"于是，记载历史，刻碑勒石，蔚然成风。在三门塘体现极致。

据寨上老人介绍，现遗留着的各种古碑300余通，主要为设渡碑、造船碑、架桥碑、铺路碑、建庙碑、掘井碑、办学碑、修墓碑等等。一个占地仅8平方千米的少数民族村寨竟拥有数量如此之多的古碑，这在贵州是绝无仅有的。

三门塘的古碑，全以青石刻成，体量普遍硕大。其中最大的一块高4.2米，宽1.53米，厚0.09米，人称"清江一绝"。大量碑石，用木排、竹排从锦屏卦治水运而来，然后人工搬运上岸，精雕细刻成碑。

众人对碑极为崇敬，逢年过节便以鱼肉祭祀。许多古碑被集中安置在寨前。若干古碑，与古树、古桥、古井、古道、古塘、古庙，紧密结合，相得益彰，构成一道道既庄严凝重又生机勃勃的侗寨风景线。

转过身来，面临一刻也没停留过的清水江，我们能解读到前人留给我们的哪些启示呢？王昌龄被贬龙标后，从黔阳溯清水江而上，来到锦屏隆里，并忧郁地写下："沅溪夏晚足凉风，春酒相携就竹丛；莫道弦歌愁远谪，青山明月不曾空。"今天，我们只有在这条江上以虔诚的心情缅怀这位伟大的诗人了。遥望沅江，沈从文《边城》笔下的"翠翠"，永远在沅水之侧，被岁月塑成一座洁白的神像。

子在川上曰：逝者如斯，不舍昼夜！消逝的是时间和人事，有如昼夜奔流的流水一样留不住。我们可以触及的文化内涵只能在历史的背面，慢慢去寻找吧！

Zhen Yuan : Xun Zhao Yao Yuan De Fan Hua

镇远：寻找遥远的繁华

　　若干亿万年前，一条河武断地把贵州的镇远古城一分为二，然后浩荡东去，留下久远，留下传说。清清河畔，垂柳拂风，渔歌唱晚，任风雨数千年，在那古老的河岸上衍息了一代代勤劳朴实的苗民。

　　有水的地方是适合人类居住的地方，所谓临水而居，古老的镇远人在殷周时期就明白了这一点。保尔·昆内特在写《钓鱼课》时已经钓了50年的鱼了。他说："生活在靠近亲人和有鱼之水的地方不是水对生活的苛求。"

　　在我的记忆和理解中，有水的地方一定诗情画意。

　　是清清流水涤洗了我的灵魂，还是黑夜的沉静勾起我的记忆。

　　2003年一个燥热夏天的午后，一个满脸络腮胡子的青年人，懵懵懂懂地走进了重新修缮的镇远古城。当他穿行于古城的街巷，回首夕阳，历史尘烟中的粉墙黛瓦，飞檐雕窗，和所有过往的历史碎片，在静静的夕阳下站成镇远悠久历史的一帧剪影。

　　最初获得镇远古城的印象，不免使我感到失望，也许，我的悲哀即在我的观念错位，忘了身处的时代，即非晚唐，也不是明清，不能把酒试问，亦不能红袖添香。毕竟，时代过去了，像舞阳河的流水一样匆忙地流去了。试想，假使今天的镇远古城，依旧是灯火楼台，笙歌院落；灯红酒绿，纸醉金迷；沿河的木楼茶肆，掩映在珠帘翠幕之中，满眼的纤腰狐步，沉醉于金屋画舫之内，全都一如既往，依然如故。那可就真的不知今夕何年，舞阳河水是不能告诉我的，舞阳河上空的一弯明月也不能告诉我。

  某个深夜，为写下这篇小文，我翻阅厚重的历史资料，才从历史深处了解了镇远，可以这样说，我是在发黄的纸张里面感觉到镇远遥远的气息的。早在殷周时期属鬼方，春秋时期属柯国，战国时期属夜郎国，秦属黔中郡。汉属荆州武陵郡无阳县。唐属奖州梓姜县。北宋大观元年（1107）始在今镇远置安夷县，隶思州。南宋绍兴元年（1131）置镇远州。元至元十二年（1275）置镇远沿边溪洞招讨使司，隶思州军民安抚司。元至元二十年（1283），改置镇远军民总管府，隶湖广行省。明洪武二年（1369）置镇远溪洞金容金达蛮夷长官司，属思南宣慰司。明洪武二十二年（1389）置镇远卫，隶湖广都司，并于舞阳河南岸五老山下筑卫城。明永乐十一年（1413），置镇远府，隶贵州布政使司。明弘治十一年（1498），置镇远县，始在舞阳河北岸建镇远府城，与卫城隔河相望，城市格局保存至今。清袭明制。民国3年（1914）废府设道，镇远道辖27个县，配备3个营兵力，后又为贵州第八、第七、第一行政督察署驻地。1949年后，曾是镇远专署、黔东南苗族侗族自治州府所在地。1958年，岑巩、三穗两县并入镇远县，1962年以后又分置。

  罗列历史史料，并不完全证明已经走进了镇远，一个古城，一个文化味浓郁的古城，靠感觉和手头的一小点史料是无法读懂的。

  镇远作为古代西南的大都会，是南方"丝绸之路"的重要驿站，东连湘楚中原，西通云南直到缅甸、印度等国的主要通道。这里繁华了多少个春秋，千百年来，这里商铺林立，酒楼茶肆鳞次栉比，南来北往的生意人，操着各种腔调的语言，云集此地，加上镇远山川雄峻，地势险要，自元代起即为军事重地，于此设军事城堡，屯兵人数多达数万。中原地区的大批商人沿长江入洞庭进沅江来到镇远，带来外地文化和生产技术，促进地方经济的空前发展，使之成为政治、军事、文化、经济同步繁荣的西南大都市，至明清时期达到鼎盛。多地域、多民族融为一体的民俗民居建筑颇具特色，南方穿斗歇山式四合院与本地少数民族吊脚楼住宅交相辉映，给镇远留下长达1000余米、宽300余米的明清建筑群，至今完好如初。建于明代的府、卫古城垣，卫城大码头、禹门码头等12处水码头，四方井巷、冲子口巷、仁寿巷等10余条古巷道和一大片古色古香的民居四合院，分布在3.1平方千米的县城里，形成一个庞大的文物库。其中最具特色的是全国重点文物保护单位青龙洞古建筑群，可谓集多地区、多民族建筑艺术之大成。穿城而过的舞阳河，把县城一分为二，南北相映。城东东峡电站建成以后，县城河段水位提高5米，形成城中有湖、湖中有城的奇观。县境内有清廷贡品天印茶，有名列扬州八大名菜的陈年道菜。镇远有国家级旅游风景区舞阳三峡、铁溪，有驰名中外的民族风情，再加上众多的文物古迹，融人文景观、自然风光和民族风情为一体，是旅游胜地。

遥想历史，镇远在那时繁荣过分了，如今，一间间百年老屋，虽已经暗淡了历史的恩宠，远去了荣华富贵，但城中古朴的街巷，倒影在水中寂静千年的古城，浓郁的历史气息，斜阳淡淡的浮烟，禁不住向人们诉说前尘往事……

历史记忆的这条街道，曾经繁荣、舒适过，后人只作记忆罢了！

我们都不能回去了。

在这样的街道上,爱情也随着历史变得苍老而古典,行走倦了,可以在河岸的青石上坐下休憩,或到茶肆去,茶肆是市井百姓最爱去的地方。一炮清廷贡品天印茶,伴随着流水淙淙声,倾听远去的喧闹声,什么都不要说了,什么都不要想了,在孤独中快乐着。

近年来,当地政府狠抓旅游,对镇远古城进行了全面的修整,镇远古城旧貌换新颜,但随处依然可看到年代久远的树,井,老去的石头,每一个细节,都能将人带入一种浓浓的亲切中,任何来过这里的人都会有这种感觉。

夕阳远去,年代远去,镇远古城开始了几秒钟的寂静,预示着夜晚到来的热闹,正在寻找着远去的繁华。

愿那一刻,随时光打住!

Yue Liang Shan Zhi Lian

月亮山之恋

月亮山,一个纯粹的词语,在流水和白云高处,远离现代和红尘的嚣噪。

高渺朗洁的蓝天下,黑压压莽苍苍的群山,辽阔地向遥远奔去。

月亮山,谁能用一个词代替蕴含几千年的忧伤,几千年的诱惑,几千年的神秘。月亮山,茫茫森林的月亮山;阳光如烈火般熊熊燃烧的月亮山。渺茫千里,迷茫千年……瓦蓝的天空,不挂一丝云彩,空旷的、贫瘠的山林,铺排着苍凉、壮丽与雄浑!

遮遮掩掩的月亮山哟,怪石林立,莽莽丛林,深沟涧水,连女人也敢裸露肌肤泛着阳光,在溪沟里沐浴!

沉默不语的月亮山哟,朔风劲吹,枝叶摇曳,梯田重叠,那垦凿的声音,袅绕着先民的苦难与艰辛!

亿万年又亿万年,在亘古不灭太阳的照耀下,经万物之神的谕示,那人间的第一声啼哭,才有人类的苦苦挣扎,才有年年盛开不败的期待。当月亮山人在这里衍生出人世间第一缕生生不息的炊烟,喷薄而出的是——

山体颤抖，人体的血液淌过秦时明月汉时雄关！大风起兮云飞扬，梦寐中斜目扫荡大山落日！

于是，充满豪情充满血性充满狂野充满苦难的月亮山啊！让所有到过这里的人，都想伏在地上痛哭，让泪水融化沉睡千年的土地。

一条崎岖坎坷的山路，牵着梦中的炊烟，缠住远山的夕阳。

1490米，纯净的海拔高度，抬升生命的阶梯。

岁月如斯，岁月沧桑！

月亮山啊！引领一个民族迁徙的那轮太阳呢？哪里去了？

在历史剖开的层面，一个久远的传说，早已深深嵌在岁月沧桑的脸上，留下诗一般深浅的感叹。

月亮山人的眼睛，永远都那么明亮、永远都那么纯洁，没有一丝杂念，没有一丝哀怨，有的是隐隐约约的期待和渴望。忧伤而美丽。

走近森林，走近原始，也就走近了春天。山风悠悠，鸟声阵阵。

……一路寻觅，一路思量，那些散落在深山密林的村村寨寨，那些散落在荒野的先祖的坟茔，贫瘠之路在月亮山蜿蜒，远古的泣声在大山中回响，经久不息！

熊熊的篝火永不熄灭，锋利如刀的米酒醉生梦死。天，辽远；地，也辽远吗？

千百年来，生命徘徊在月亮山的人，笑，在他乡！哭，在故乡！

1490米高处，我的生命更蓝，我的理想更宽吗？1490米高处，生命缺氧，谁依然把命运写在更高远的天空？我能吗？

是谁的双手，把天地间的距离缩短，让仰望的眼睛噙满感动的泪水？

苍鹰，箭一般射向天空。

整个横断山脉那一片黑压压的大山，便全都昂起了冷峻的头！

苗家汉子站在山之巅处，捧一坛被烟火熏黑的老米酒，对着寒铁一样的苍鹰祈祷，大山深处，就有了如鹰的苗家小伙，就有了鹰一样流淌的血液！

仰望辽阔的天空，展翅翱翔的雄鹰，狂草般挥洒一道又一道优美的弧线，所有月亮山人的胸膛，便鼓满了风帆，飞越过高山，飞越过溪畔，飞越过贫瘠的土地！

当鹰没入遥远的天际，万物的灵魂早已净化为神的光芒，世间一切生命都缓缓游弋于梦幻的天国。

此时，大地一片寂静，只有一种声音在天空回响———一种婴儿初啼的声音，在呼唤大地，呼唤黎明。

鹰啊，仙乐飘飘，鹰歌弥漫在天际，走向遥远……

古老神秘的月亮山，疲惫而宽厚，慈祥而贫苦！

攀山的猎人一声声野性的呼喊，红的杜鹃便会浪漫地开满山谷，野梧桐花盛开如苗家妹子的笑脸一般灿烂。

牛角号吹奏着山寨的寂寞，芦笙流淌着小溪的欢颜。

月亮山，苦难的月亮山，始终沉默无语的月亮山！

日夜沉静的月亮山。山风拂过大地，如同拍打在月亮山汉子坦荡的胸襟；山风跑过山冈，如同刮过月亮山人坚韧的脊梁。

于是，剽悍而又质朴的月亮山人手捧米酒向我们走来，赤足舞蹈吹着芦笙打着大鼓向我们走来。

莽莽大山深处，不知是谁，唱起一支歌谣，穿越山，飞逾水，在大山的沟沟壑壑，久久回旋……

依山而生的梯田，绵延不断经山不绝，大如晒场，小若片席，长则如绵延的飘带，短则若撮箕。一层连一层一片连一片，呈现在我们视线所触的山坡，这气势如山一样倔强、一样亘古，赋有长河的气魄大山的品质。是不是上帝在造物的时候留下的奇迹或是遗憾？

梯田的诞生与金字塔和长城的建设史有着同样的艰巨，这是一曲遥远的无法想象的生命与自然斗争的战歌。梯田，这两个简单的汉字，当我写下这些东西的时候，回望五百年、一千年或是更久远的年代前月亮山人垦凿的身影，再瑰丽的文字都显得那么的苍白无力了，孱弱的笔头似乎无法承受这梯田之重。

放眼望去，悠远的梯田中，似乎那些披着蓑衣扛着简单金具的月亮山人又在垦凿了，那是没有办法的事情，人们必须去征服自然和自然所带来的困苦。一簇簇的人，挥舞着原始的工具向山体撞去，山里的每一把黑土、每一块岩石吞噬着月亮山人的血汗。可是，上帝在他们的面前开了一个小小的玩笑：苛刻的自然环境、贫瘠的土地和坚硬的石头。唯有一千次一万次重复的垦凿，以模糊的躯体之血肉和单调执着的精神方式，征服自然，征服自己。

Qiu Qu Di Men

秋去地扪

由贵州省黎平县城出发，朝榕江方向走，到达茅贡再拐进五华里左右的乡间公路，就到了地扪。第一次到地扪，是八月底跟着全国经济电台台长年会与会代表一行去的，来去匆忙，只在地扪喝了几碗醇香的米酒，看了场震撼人心的侗戏，回来由于时间关系，未留下只言片语，心中颇为遗憾，这份遗憾终于在黎平机场建设与侗乡经济研讨会得以弥补，我再次到达地扪侗寨，静下心来细细品味了侗族极具风情的侗戏，心中感慨万千。

转过几个大弯，见一锅状的平地，才知道这山里还隐藏着一座村庄。

实在是想远远躲避都市的喧闹，去大山里透几口新鲜的空气，沐浴山风的清凉了。我与侗族的几位专家乘坐大会组的车子，一路就侗乡之都旅游开发的话题，又来造访地扪了。

地扪像孕育纯朴的乡民一样孕育了一条清纯深邃的河流，河流静悄悄的，清凉圣洁，亘古如斯地流去，与世无争，因为有水，有风雨桥，有湿漉漉的传说，我仿佛置身于江南的水乡，想到瓦尔登湖，想到香格里拉。

我不知道溪水要流到哪里去，但我知道，有水的地方就有鱼，桃园一样的地方适合人类居住，我们的祖先和鱼之间有着不可分割的联系，是鱼给了祖先们溯河而上的启示，是鱼吞咽了祖先在长长岁月之河跋涉流下的汗水，是鱼陪伴着祖先艰苦的开垦，给祖先以愉悦。

人类迄今所获得的内心体验，这些体验的高度、深度和距离，灵魂深处的全部历史及其尚未穷尽的可能性，对于一个思考的人来说，是命定的涉猎范畴。无论是谁深刻地了解了世界，都会发现人本身的浅薄无知是明智的，正是这些明智使人无穷地去追寻。

一个人到了生命的某个阶段，习惯于把每个地点视为可能安家落户的处所，瓦尔登湖给了梭罗一个尽可能的去处，那么佤人来到地扪，不也正是在寻找着安身立命的处所？

梭罗找到了瓦尔登湖，他在《瓦尔登湖》中写道："一个湖是风景中最美丽、最富于表情的姿容。它是大地的眼睛。观看着它的人同时也可衡量着他自身天性的深度。湖边的河生树是这眼睛边上的睫毛，而四周树木郁郁葱葱的群山和悬崖，则是悬在眼睛上的眉毛。"

"观看着它（一个具体的湖）的人同时也可衡量着他自身天性的深度。"梭罗在湖边完成了他对自身深度的"衡量"，而我此时正要面对的是一个具体的实在的溪流，地扪温情一样的流水。

面对着水，生命是美好的，思想也会美好。梭罗面对着湖，眺望着湖，他更会思考，沉思，我的思绪又要到哪里去呢？

时至仲秋，农人都在忙碌收割一季的收成，收割后的田野显得消瘦，但在阳光下依然光艳。那从收割的稻茬上又冒出新绿，这不适季节的返绿,是地扪的全部内涵,山野有太多叫不出名字的花草,或者更多的不称为花,只是悄悄地从地皮冒出一点绿色,这不认真看都不易发现的色彩,与丰硕的稻子、压断扁担的瓜果,永远根脉相连,努力打造地扪的一片蓝天,同时把不算肥沃的大地蓬勃在阳光下,它们的存在,与生活在地扪世世代代的乡民一样,朴实无初,它们拉扯着山里吹来的风,舞蹈着、歌唱着,把游人醉在阵阵的侗歌中。

地扪,就在这样纯净的世界里,构筑自己真实的面目,草木一春又一春,流水一年又一年,乡民生生不息圆圆满满地生活。

地扪之美,不是不食人间烟火的仙境之美,是潜藏在中国人血管中沸腾了几千年对世外桃源的渴望变成现实的真切之感悟,这种美真实、纯粹、温暖、平和,像在梦中,可又伸手可及。谁敢说,我们前生前世不是一个地扪人呢?

　我整个中午的时间都花在村寨的各个小巷,最后在村前的那条小溪前打住了,我长久地注视着这条小溪,养育着村人的小溪,一种美好的东西在唤醒我内心深处的诗意,她像一个遥远的意象。这种诗意给予我持久的思索与回忆。我走过许多的大山大河,我也曾忽略了许多壮美的河流,可在这条毫无起眼的溪畔面前,让我深深醉了下去,我知道有青山绿水是我们的衣食父母。那青山的倒影,那风雨桥上的倒影,那吊脚楼的倒影,还有那阵阵飘来的侗歌,已是仙境!

无论从地域文化边缘学还是经济学的角度去考察,僻静的地扪,还处在保守、封闭而导致经济滞后的现象已是不争的事实,而她同时又保持着源地文化的豪放、粗犷、自由和洒脱的天性,捍卫着人性的友善、纯朴很真实,这是个返朴归真的地方——这些人类向往的美好的东西，可在我心中竟有一丝丝困惑。

地扪称为"千三侗寨"，据传，地扪原有1300户人家，后分到茅贡700户，腊洞200户，罗大100户，这个寨子都是"千三"的后裔，因而称"千三侗寨"。在以后的每年正月十一到十五，"千三侗寨"都举行规模盛大的吊歌祭祖等活动，吊歌最为特色，一人领唱，众人合唱，这些古老的侗歌，有着丰富的想象力和优美的传说，它体现了侗族人民对人类起源的追思和祖先迁徙的艰辛。歌唱中，一人领唱，成百上千人的应和，其情状震撼人心，气吞山河。

来地扪之前，我早从相关资料知晓侗戏鼻祖吴文彩的故乡就在这里，我到来的目的，在心中已是默默祈祷，能否与一代宗师的灵魂不期而遇！

侗戏，是我国民族戏剧一个独立的戏种，具有浓郁的民族风格特色，音乐别致、技艺淳朴，侗戏的创始人吴文彩生于清嘉庆三年（公元1798年），死于道光二十五年（公元1845年），享年47岁。吴文彩的一生都付诸在侗戏的编写与传播中，编写出《李旦凤娇》和《梅良玉》等多出精美的戏曲作品，因他的成就，侗乡人民尊称他为"侗戏鼻祖"，只可惜他劳累过度，英年早逝。他去世后，侗乡人民为了缅怀他，以后无论是哪台戏班子上台之前，都要念词请师："阴师父，阳师父，阴阳师父，吴文彩鼻祖师父，弟子不请不到，有请即来。日请日到，夜请夜来。师父一到，马上开台。"这个习俗一直沿袭到现在。

可见，侗家人对文化的渴求和对文化人的尊重，已是由来已久的。

侗戏舞台设在小学小小的操场上，看完侗戏，就在教室里摆上了酒席，同桌的有侗族专家姜大谦教授、湖南籍侗族作家吴跃军，其实我们早在网络上认识了，见面则是第一次，那情状不像年轻网友的轻狂与羞涩，短短的几个小时，把我们之间的距离拉得很近了。在地扣,在这种场合的酒席上,不喝几碗米酒是讲不过去了,甚至是很没面子的。我们三个喝了两碗,真正把喝酒的情趣推向高潮是侗族漂亮姑娘的集体敬酒,在敬酒歌声中,许多客人经不住过分的热情,纷纷逃离酒桌,我们几个则稳坐在凳子上,姑娘们已经围拢过来,想不醉都难了,所有的语言都仿佛凝滞在醇酽的米酒中,不愿多说。

在水一样纯洁的目光中,我毫无含糊地喝了碗冒尖的米酒,我知道我对她们的热情和好客也只能做到这一点表示。第二轮敬酒的是刚从艺校毕业的学生小吴,18岁,门前溪水一样清澈的年龄,前几天,刚在黎平参加旅游形象大使决赛,可惜落选,我鼓励她下次努力一把就可以拿冠军了,她笑道:其实无所谓的,现在不是好好的嘛?她还告诉我,黎平很重视地扪侗文化的发展和保护,她就是地扪侗寨的人,近水楼台嘛,以后有发展的空间。

由她领唱,一群侗家姑娘为我们几个专场演绎的侗歌开始了,听众就我们几个,很难为她们了,吴跃军先生说,以后我们多为侗族大歌做些宣传,也不枉费那几碗酒啊!是啊!醉在浓浓的歌声中,我们也别无选择了,别无选择的幸福,别无选择的惬意。

阳光明媚,山风清凉,溪畔带着潮湿的新鲜,闪动着波光,可以听见清澈见底的流水的声音,溪水中的鱼儿悠闲地游着,同样与世无争。远处的群山突兀,在粗犷的表面上平添丝丝神秘的魅力,可我还在担忧着,期待发展是人们最原始的欲望,这一支强悍的民族,是否感受到物欲商潮催生的年代正给人类的智慧和清洁报以空前的摧毁?是否在未来的某一天,我们再也感觉不到那份原始的美了。

这个秋天,我从地扪归来,心中有太多感悟,地扪的神圣、洁净、超凡脱俗,好一方大自然留给人们的遗产。这就是大自然留给我们的无价之宝,我们同样期待着未来的一天!

第三辑 芦笙吹响的地方

Gan Jue Dong Zu Da Ge

感觉侗族大歌

我一直徘徊在音乐殿堂之外,像一个懵懂的孩童,对音乐一窍不通,而且拒绝接受时下满街巷流行的歌曲,一直把自己放牧在没有歌声的草原。

《论语·述而》有:"子在齐闻《韶》,三月不知肉味,曰:'不图为乐之至于斯也!'"孔子听一曲韶乐,惊叹天下竟有着如此美妙的音乐!以至于吃肉都没有味道。我想,那一定是音乐的魅力。

我的一位朋友是搞音像的,打电话给我,说是他弄了一盘制作精美的 VCD 送我,正宗的侗族大歌,在贵州黎平拍摄制作的。

黎平县位于贵州东南部,地处黔、桂、湘三省交界,是全国最大的侗乡,人口约48万,具有浓郁的侗族风情和独特的侗族历史文化,侗族大歌更是振聋发聩。1986年,黎平县6位侗族姑娘走出国门,参加法国"巴黎金秋艺术节"登上世界乐坛,举世闻名;2001年春节联欢晚会,中央电视台也特意安排了侗族大歌,让国人一睹了其风采。可见,侗族大歌已不再是待字闺中了。

2000年国庆前夕,黎平举办了规模宏大的首届鼓楼文化艺术节,其中侗族大歌比赛占了很大的比重。

黎平的几位朋友好客，特意安排了一顿风味极佳的牛瘪，盛情难却，他们用比脑袋还大的瓷碗盛酒，一不小心我被一碗碗的泡酒撂翻了。第二天爬起来已是日上竿头，当然，开幕式那热烈的场面错过了。

我浑身疲惫地走向黎平县民族师范学校主会场时，黎平古城那凸凹不平的街道已涌满人群，热闹非凡，洋溢着节日的气氛。

进入黎平县民族师范学校，就看见了一座刚修建完毕的鼓楼，鼓楼前台就是歌台了，偌大的操场上人头攒动。我们去得晚了，隔得较远，歌台的场面看得不太清楚，只隐隐约约地听到音箱里传来遥远模糊的歌声。

朋友扛着相机硬是拨开人群把我拉到歌台旁边，虽说是接近深秋，但还是热不可奈，我躲开朋友跑到学生宿舍三楼。位置高了三层，远离了熙攘的人群，歌台场景倒一目了然，颇有些俯视的感觉。

操场上不下千人，有不少扛着相机背着大包的外国友人，都在翘首等待侗族大歌的开始。演出前，整个会场显得安静、庄严，又不失神秘。

侗族大歌比赛开始，只见一群穿着富有民族特色盛装的青年男女陆续走上台来。青年男女一律裹着新的头帕，黑得贼亮的对襟衫，一束腰带匀称束在腰上，这种打扮使他们精神而又风流倜傥。姑娘们更是艳丽，银饰品烁烁生辉，那刺绣精致的裙裾把侗族姑娘映衬得花枝招展，统一是尖而软的布鞋。他们迤逦迈上歌台，分两列站齐，面容极其虔诚，有如教堂般的庄严，顿时台下鸦雀无声。我是第一次见这种场面的歌唱，被他们的感召力和气势威慑住。

雄浑的木琴声铮然响起，恍若深谷般传来，打破短暂的喘息，有如久远而旷古的召唤。恍然之间，这个民族筚路蓝缕、披风斩浪，那粗犷原始的赤脚而舞，从远古时代艰辛的跋涉而来了，我的思绪引入遥远深邃的记忆和遐思中。就在这木琴声的呼唤之下，起伏的群山苍渺的森林鼓起瑟瑟的涛声，由远而近，缥缈的低吟浅唱仿佛从天而降，由朦胧而清晰，在朦胧和清晰中又分明有虎啸狼嚎猿啼，又似百鸟鸣春。同时还有小桥流水江河怒啸，台上那十多位侗族汉子和少女演绎着神秘了千年的侗族大歌，侗族祖先的艺术得到再一次升华。整个场面没有专业的指挥，看似凌乱，但乱得有规律，纯粹的地道的民间合唱。这动人的旋律，深远的、无穷尽的诉说，是侗家人几千年的智慧和劳动的融合，使之达到和谐。这就是1986年，黎平的6位侗族姑娘在法国巴黎歌剧院让洋人拍案叫绝的侗族大歌？我震撼。

听过侗族大歌，方才感觉到其惊人的魅力，时不时会想起那妙不可言的韵律，耳边总萦绕着挥之不去的余音，真有些"余音绕梁，三日不绝于耳"的感叹了。

侗族大歌与纳西古乐各有千秋，纳西古乐属于典雅庄重的唐宋皇家宫廷音乐和古朴纯正的道家洞经音乐的融合，又经纳西族人民数百年的传承、再创造，融入本民族的民歌、民曲和演奏方式。而侗族大歌的发展历史同样具有传奇色彩，它成长在民间，是侗家人在艰苦的环境里解释艰苦的生活写照，尽管它没有纳西古乐在宫廷皇室拥有优厚的待遇，但同样放射着瑰丽的艺术芒光。

我是侗家人，但我一句侗语都不懂，我的悲哀是不是缘于汉文化的融合和辐射？我只知道，侗族是一个没有文字记载的民族，他们用歌声来代替文字，所以侗族是一个历史悠久具有深厚音乐文化传统的民族。在侗乡，无论在家里、田间劳动或傍晚走进侗寨，歌声连绵，此起彼伏。侗族歌唱多在鼓楼里、风雨桥上和月堂中，以集体形式，歌手宾主分坐在长长的凳子上轻轻唱，慢慢和，温文尔雅，内在含蓄，优美深情，格调平和。这种室内性的格调正如侗家人性格上的善良温厚，待人彬彬有礼，讲究团结友爱，殷勤好客等性格的写照，在侗寨，很难看到打架斗殴现象。侗族大歌，侗语称"嘎老"（al laox），有的称"嘎玛"（al mags），除了歌谣古老外，更因为这多声部的歌曲无论从结构上，从演唱方式上，还是演唱场合上均与其他歌不同。

歌声不绝于耳，尽管我不懂歌的含义，但我总觉得歌声在传达我内心深处的情感，是对这个民族膜拜的感情。原来啊！我对音乐也有着深刻的感想，是不是我闭塞的音乐之路就由此洞开？婉转的、悦耳的、悠扬的歌声撩拨着我，我已经被这壮阔的音域所涵盖，在歌声中起伏，如清泉徐徐而来，又如江河怒吼而去；像微风摇曳的小草，又像顶天立地的苍莽大树。个体的生命被这气势磅礴的侗族大歌引入无限，物我两忘。歌声在什么时候结束我忘了，那算结束吗？这侗族大歌已融入我血液，在我灵魂深处经久不息。

"此曲只应天上有，人间能有几回闻"。听过许多侗族大歌，居然使我这个不懂音乐不懂艺术的人受到深深的震撼，引发共鸣，为它所倾倒，这或许就是艺术的伟大吧！

深夜，坐在宽大的屋子里倾听朋友送我的那张 VCD，那是经艺术包装了的，尽管还呈现原汁原味的韵致，但已没有了那年在黎平鼓楼文化艺术节听到的侗族大歌那份飞扬的心情了，也无法升腾遐想，倒是感慨吁吁。我们祖先在刀耕火种岁月保留下来的文化，我们传承了，可散落民间的又何其多呢？如侗族大歌，在浩渺的音乐长河中，能否激起一抹浪花，在众多的歌迷中能否深刻地震撼？那是我们所期待的。

Zou Guo Qian Dong Nan

走过黔东南

斗牛节

斗牛节把九月的田野沸腾,把整个秋天斗得热火朝天,也把苗族汉子的心撩拨得热火朝天。

庄重的仪式把苗族汉子激动得满脸坨红,把苗族姑娘激动得灿如桃花。

先民,把酒、飞歌、斗牛毫不含糊继承下来,火辣辣的米酒、唱彻山谷的飞歌在斗牛场上把田野山风灌得酩酊大醉。

两头雄壮的牯牛,把全部的力气聚集在眼睛上,聚集在柴刀一样的尖尖角上。两军对阵,必有胜负,苗民自古遵循战争的规则。斗牛场上,芦笙悠扬、鼓瑟齐鸣,胜者王败者寇,赢家在牯牛身上挂满红通通的绸缎,敲锣打鼓,踩着夕阳沿崎岖山路回到村子,村人早备酒席,少不了猜拳打马几天。输家也不甘示弱,邀上亲朋好友,杀猪宰羊,给自己打气,以备来年再战。

鼓瑟阵阵,一个民族的精魂在鼓瑟中升腾,在火烧一样的米酒

第三辑 芦笙吹响的地方

中升腾。这里没有战争，所有的恩怨在斗牛场上化为阵阵呐喊，最后是一坛子米酒为代价的和平相处。

苗族飞歌

流水淙淙是过门吗？阵阵侵入耳膜。

松涛阵阵是韵律吗？声声穿窗而来。

旷野的一声犬吠，怎么让我感觉到乡情的温暖。

一片树叶，演绎着最美丽的爱情故事，承载着恩爱的全部内容。一轮弯月升起，爱情也将升起了。

一曲飞歌从对门河岸飘来，你知道心上人在约你了，等你踏着露水泡醒的音符，去赶赴生命中情爱的宴请。

世人都说有爱的人才有歌啊！它就在你18岁的青春播下了种，在你22岁的夏天开花，在你人生的秋天收获，而在寒冷的冬天，它则是你取暖的火炉。

爱情也是一样，不需要精雕细琢，不需要追肥薅草，只要把爱的种子放在心上，把爱的种子含在口中，所有的思念和激情都会开花结果。

一曲飞歌，你在彼岸，我在此岸，河只是隔纸距离。

人的一生中，又有多少流水和松涛般的音律在等待你呢？

赤脚而舞

谁在舞动着双双赤脚，在上升的图腾中叩问历史？

沉默的竹子，会发出磁一样的音乐。粗布的衣饰，舞蹈着苗族姑娘柔美的腰肢。松树皮的手，击打着劳动的号子，在原始的山坡上悠悠飘荡。

苗族汉子苗族姑娘在贫瘠的舞台上醉成演员，乐观的乡民在被米酒沉迷的舞台上欣赏着一出出精彩的表演。

脚踏实地，一步一个脚印，寸寸丈量着坚若磐石的大地，颤动着不息的感恩，一声声醉笑，是热爱生活的花朵。

苗家人，就靠这双双铁板般的大脚，从历史深处走了出来。他们就用这双脚表演着种种期待！

舞台已经设好，又是一年丰收景。在鼓声中，舞蹈即将开始。

侗家山寨

侗家山寨坐落在高原干净的山腰，几栋吊脚楼便构筑了西部独特的一帧油画。瓦房上撒满的阳光，把整个侗寨点缀得斑斑驳驳了然生气，一缕炊烟袅袅舞动，徐徐飘来的腊肉香，惹得细娃崽的腮帮子酸痛流下尺来长的口水，五十多度的玉米酒把夕阳灌醉在西原山腰，久久不落。

羊咩声不再疲倦，正踩着夕阳腆着肚子走在屋后山头；水牛的喘息早漫过寨前的小溪。几个小伙从广东打工回来，外面的海味总是不如家乡的苦盐菜。穿西装时，脚上也不忘套双老母亲一针一线织的布鞋，虽不协调，但很暖和。

赤着双泥腿跟在牛屁股后面，在田野耕耘，闻闻大地的味道，闻闻牛屎的味道，侗寨的内容就充实了，苞谷、稻子、瓜果和爱情，丰收一茬茬盛开得五彩缤纷。端起一碗酒，摘一片木叶，喊两声号子，就可以编一个优美的神话传说。

喊过号子,走过屋后山坡,羡慕得太阳落下西原坡。山歌清悠,泉水清悠,嘎佬(对老人的称呼)们端着长长的旱烟杆,眼睛笑眯快成一条线。

那一栋栋吊脚楼,在溪畔边支撑起整个侗寨的重量,侗家人的心,也被压得沉重。

走过山路

侗家的山路,像根牛皮带,两指宽但坚硬无比,沿路散发牛羊膻味,山路上弯着腰背一背木炭的农妇是生我养我的母亲,她走过了,我接着走,我的后辈也在走。一条山路,千般无奈千般沧桑。母亲背上的重量重如石头,她就这样背着沉甸甸的人生在山路上走到了60岁。

山路是母亲的课本,她翻来覆去地读它,母亲的课本使我过早成熟,懂得人生艰辛。日出而作,在山路上把太阳背上西原坡,日落而息,又把月亮背回家门口。母亲就这样喘着牛般的呼吸,走过羊踏过的崎岖山路,背所有的风来雨去,背生活的全部欢乐与艰辛,就这样走了六十年。

从山路走来,母亲教我犁田种地,收割放牧,长大做人。今天,我踩在柏油马路上,依然怀念山路的沉重和寄望,怀念母亲的牵挂和思念,我在某个深夜写下这个小文,我已经知道:任何一个从侗寨走出来的人,都会想起山路,都会想起被岁月磨得疲惫不堪的母亲。

悠悠且兰情

You You Qie Lan Qing

一

贵州的黄平我去过多次，都是来去匆匆，没有在那片土地上放牧我的思想，留下只言片语，我没有认真去想或去研究一个已经消逝的古国。在这之前，我的长辈们过多关注且兰国，并做了资料查询和记了大量的笔记，给我们留下重要的考证依据，当地政府适时进行旅游开发。直到有一天，我才意识到，如果有机会，我会重新走进历史的隧道，去会晤遥远的人和想着遥远的事。

在贵州的东南部，就在我生活的脚下，从来都不缺少神秘，缺少的是挖掘的眼睛。只是我认为，过多的关注历史，会使我们变得多情和无奈。

作为古代且兰国的古都，旧州是一部厚重的史书。据《华阳国志·南中志》记载："汉且兰国邑，在今贵州黄平县西之老黄平，系贵州东部最大之湖迹平原，农业发展在黔东地区为最早，故秦汉时已能建成且兰王国。"黄平旧州在春秋战国时已经有了文献记载："公元前279年，楚将庄蹻经黔中南下，过且兰、夜郎至滇"，《百越源流史》

也记载:"黄平旧州属且兰国,而且兰国在春秋时已存在,直到汉初。周代黄平属且兰,现广西宁明县黄山岩画,绘画了1300多个人、兽、器物,男女人像全部是裸体的,其中有许多男人粗大的生殖器,当时许多且兰人由贵州黄平一带南迁至此。"

且兰国是一个与夜郎国同时出现在三千多年前的西南古国。夜郎,一个被历史触痛了多少年的名字。人们只是通过"夜郎自大"这一成语认识了神秘夜郎的,可较乎滇之于云南,蜀之于四川,楚之于两湖,"夜郎自大"给贵州烙上了抹不去的印记,另一个"黔驴技穷"也让贵州抬不起头,好在柳宗元的《黔之驴》说:"黔无驴,有好事者,船载以入。"贵州是没驴的,是好事者迁徙来的,不是正宗的土著驴,这么一说,贵州人心里也就坦然了。

汉代西南邻国中,夜郎国(今在贵州西部)最大。公元前122年,西汉使者到滇国(今云南省),滇王问汉使"汉孰与我大"。后使者又到夜郎时,夜郎国王又用同样的话问使者"汉孰与我大"。关于夜郎,历史是这样记载的:

且兰国尽管纵横了三千多年,可它就在我们眼前的贵州省黄平县旧州镇,可今天它的国都被历史几千年的尘埃深深地埋没在旧州原美国军用机场下了,留下的只是后人长久的怀思和历史一去不复返的感慨。

黄平聚居着众多的苗族同胞,今天依然可以看到苗族文化在这里闪闪发光。苗族的巫文化与楚文化有着太深的渊源。在先楚时期,苗族被称为"三苗"。三苗被打败之后,新崛起的后裔又被称为荆蛮或楚蛮,意思为荆地之蛮或楚地之蛮。不论"如蛮如髦"、"如蛮如苗"、"蛮髦音变"、"变苗音转"等等在历史文献中出现,实际上所指的都是苗族。如果你对苗族同胞说他们是苗子蛮子,他们会很不高兴的。《楚文化志》指出:"所谓楚蛮,荆楚地的蛮族,其主体是三苗的遗裔。"早在商朝末年,髳人曾参加了周武王伐纣。之后周成王封髳人的后代熊绎于楚蛮地建立了楚国。在《史记·楚世家》里,楚国君也公然宣言:"我蛮夷也,不与中国之号谥。"《左传》里也说:"楚虽大,非吾族也。"史书可以见证,"荆楚"与华夏即不同族类亦不同国号,楚国虽人多地广,但不属华夏族,苗族曾是"荆楚"的主体民族,苗族文化曾是"荆楚"的主体文化。

今天,我们只有凭借历史方能了解消逝了三千多年的且兰国。在贵州的舞阳河上游,有一大片平坦而宽阔的土地,因土呈黄色,苗汉人民迁徙到这里后,便名曰黄平,这是黄平地名的由来;在公元1687年(清康熙二十六年)因曾是黄平州的州治,故得名旧州。同年,清王朝统治逐渐向苗疆腹地深入,把集权政策不断扩张,把黄平州治转移到"兴隆卫",也就是现在的黄平县城,渐次退出历史舞台的"旧州"并没有因为政治中心的转移而改变其政治权利,在相当长一段时间以"分县"的名义顽强地存在着。我想,这一切历史的因果,在隐隐约约中还遗留着且兰国古国巨大的潜因和魅力。

黄平地处黔中丘原向黔东低山丘陵过渡地带,地形由西向东降低。境内最高峰纸房桥顶山,海拔1367米,最低点为山凯镰刀湾,海拔519米。县境属亚热带湿润季风性气候,平均气温13~16℃,气候宜人,植被完好多样,各种野生动物和天然药源种类繁多,是当今回归自然、返璞归真的旅游胜地。

黄平春秋战国时期,属羊可国地和且兰国。公元前298年,楚将庄乔率军溯沅水(舞阳河)至黄平(今旧州)登陆灭且兰后伐夜郎。唐时旧州城东建有宝相寺,佛教鼎盛,寺内有一古钟"黄声响彻数里"。宋理宗宝祐六年(1258年)建旧州古城垣,元代改乐源县(古时设乐源县）为黄平府，后又改制为黄平州。黄平古城古时寺庙会馆祠堂众多，今尚存少数古迹，从尚存的古香古色的民居、街道，仍可窥视其舞阳河上游贸易集镇旧时的昌盛繁荣。郭沫若在《芭蕉花》《我的童年》中写道："我的母亲（杜邀贞）六十六年前是生在贵州黄平州的，我外祖父是黄平州的州官，名叫杜琢璋，听说是一位二甲进士，最初分发在云南做过两任县官，后来才升到黄平州的。"《贵州通志》曾有过州官杜琢璋因匪破黄平城死亡的记载。

　　1934年10月红军长征路过黄平，毛泽东、朱德、周恩来、彭德怀、贺龙等老一辈革命家曾留下光辉的足迹。尤其是肖克将军率先头部队进驻旧州古镇，在旧州天主教学俘获传教士勃沙特而得法文《贵州地图》一张，令勃沙特为其翻译，顺利指挥红军挺进遵义，勃沙特随之参加长征到云南后离开红军。勃沙特是在黄平参加红军长征的外国人，为中国的解放做出了一定的贡献。

　　历史上记载：在秦国大军压境时，楚国一方面部署军队守鄢，与秦决战；另一方面，于公元前279年前后，派庄乔将军通过黔中郡，经沅水，连续攻克且兰、夜郎（居今贵州西、北部），西攻至滇池（今云南昆明南）。

　　可见且兰国在当时已经是有着举足轻重的地位，楚国其实重视对长江上游的争夺，对且兰国用不着正眼相看的，只是企图以此来牵制秦国的攻楚行动，减轻楚国本土的压力，并开辟新的地域。

　　在贵州的诸多志书上都出现"牂柯"地名，在《史记》《汉书》《华阳国志》等都记载着：公元前298年左右，楚顷襄王派遣大将庄乔带兵伐夜郎国，"溯沅水，出且兰，以伐夜郎，植牂柯系船，因名且兰为牂柯。"在《西南夷列传》上也曾这样记载：汉武帝建元六年（公元前135年），大行王恢攻打东越，东越杀死东越王郢以回报汉朝。王恢凭借兵威派番阳乏唐蒙把汉朝出兵的意旨委婉地告诉了南越。南越拿蜀郡出产的杞酱给唐蒙吃，唐蒙询问杞酱何处得来，南越说："取道西北牂柯江而来，牂柯江宽度有几里，流过番禺城下。"唐蒙回到长安，询问蜀郡商人，商人说："只有蜀郡出产杞酱，当地人多半拿着它偷偷到夜郎去卖。夜郎紧靠牂柯江，江面宽数百步，完全可以行船。南越想用财物使夜郎归属自己，可是他的势力直达西边的同师，但也没能把夜郎像臣下那样加以役使。"唐蒙就上书皇上说："南越王乘坐黄屋之车，车上插着左纛之旗，他的土地东西一万多里，名义上是外臣，实际上是一州之主。如今从长沙和豫章郡前去，水路多半被阻绝，难以前行。我私下听说夜郎所拥有的精兵能有十多万，乘船沿牂柯江而下，乘其没注意而加以攻击，这是制服南越的一条奇计。"《黄平州志》说："且兰，湄、翁、黄、施之交，今舞水源于旧州都凹山，故且兰即黄平旧州，牂柯江即是舞水。"

二

来到黄平旧州，你可以感觉到远古的气息，苗族老人会告诉你这里掩埋着一个古国——且兰国，这是苗族祖先创造了人类的奇迹，我来不及细细的思索，就有一种声音仿佛要穿透历史，向我而来，有如久远而旷古的召唤，恍然之间，古老的苗族先民筚路蓝缕、披风斩浪，那粗犷原始的赤脚而舞，从远古时代艰辛地跋涉而来了，我的思绪引入遥远深邃的记忆和遐思中。苗族是中国最古老的民族之一，它的历史与汉族一样悠久。距今五千多年前，以蚩尤为首领的九黎部落联盟居住在长江中下游和黄河下游一带，后来在逐鹿被黄帝的部落打败，举世闻名的"逐鹿之战"造成了人类历史上振聋发聩华夏文明的苗族大迁徙，他们退到洞庭湖一带，逐步形成"三苗"部落联盟。商、周时期，称为"南蛮"，随后发展成为战国七雄之一的楚国。秦、汉时期，在战争的逼迫下，苗民不断向西、向南搬迁，到达贵州、湖南、四川等地区。到了唐代，云南的南诏国出兵四川和贵州，抢掠了大量的财物和人口，苗族因此而流入云南。元、明时期，苗民为逃避战乱，逐步迁移到文山、红河，有的越出国界，进入越南、老挝、泰国等东南亚国家。

距离且兰国遗址不远的天官寨，有着"苗族古都"之称，黄平苗人称之为"王且"，本意为"苗王城"。在这里可以俯瞰旧州千顷良田，称为"苗王城"可谓名不虚传，实在是王者的归宿，在"苗王城"还有许多人在居住，数千年来的不断改造，那些古迹极难保存下来了，这是人类发展的悲哀，当有一天，这些所能说明和表示的痕迹都被清除掉的话，那我们还凭借什么去了解历史？

放眼望去，历史沉默了，永远陷入深不可测的境地，而我们对历史的认识和了解又是多么的疲惫无力，历史还能证明什么呢？事物的消逝都有其充分的理由。就在现在，我站在蓝天白云下对着如海苍山有遍遍呼唤，那梳着高原发髻的身影和他们艰苦创造的古国文明，却在黄土下寂然无声了，历史永远不能原谅我的无知，不能原谅生活在这块土地上的人们的无知⋯⋯

三

消逝了的且兰国，我们是否还能透过三千年历史的尘烟去了解它的真实面目呢？中国的丝绸之路最早是在三千年前的商代开始的水上丝绸之路。其路线是四川的物资经长江还未到三峡前就转酉水经酉阳、秀山入沅陵（古黔中郡府地）的沅水通过洪江再换苗船进贵州黄平（古且兰国旧址）到达清水江的源头，再换马帮进云南入缅甸或越南，再从陆路或海上过印度洋到达西域。

那些遥远的繁华，哪里去了？

《西南夷列传》记载："及至南越反，上使驰义侯因犍为发南夷兵。且兰君恐远行，旁国虏其老弱，乃与其众反，杀使者及犍为太守。汉乃发巴蜀罪人尝击南越者八校尉击破之。会越已破，汉八校尉不下，即引兵还，行诛头兰。头兰，常隔滇道者也。已平头兰，遂平南夷为牂柯郡。夜郎侯始倚南越，南越已灭，会还诛反者，夜郎遂入朝。上以为夜郎王。"苗族是一个苦难和团结的民族，他们不会花过多的精力用于战事，而是不断随着历史的颠簸，不断寻找到生存之源，把全部精力用来组建家园，生儿育女，因为战争，他们随着多次大规模的搬迁，人口在锐减。"且"最初是生殖器的象形，可以猜测，且兰国是一个崇拜生育的古老国度，这与残酷的战争与艰难的迁徙有关。

大约在四千多年以前，我国黄河、长江流域一带住着许多氏族和部落，那里草肥土厚，是人类生存的好地方。人类从那时起就开创了农耕文化，开始发展畜牧业和农业，温馨地定居下来。随着"逐鹿之战"的暴发，苗民先祖退到洞庭湖一带，尧舜时期，苗族先祖就在洞庭湖一带把农耕文化进一步完善，并发扬光大。苗族人民靠自己聪慧的头脑和勤劳的汗水把且兰国建设成了鱼米之乡。

与夜郎国一样，且兰国已经成为一个国家，既然是一个国家，那么就有一套治理国家的制度。且兰国治理的制度是什么，历史没有记载，但我们可以从他们身上遗留下来的种种迹象可看到，在中

侗箫与笙歌——一个侗族人的诗意生活

原集权制还没有统治之前,他们已经有了一套比较完善的公约——议榔。贵州苗族中存在两种制度,既议榔和鼓社。鼓社是规范宗族有血缘关系内部行为的,而议榔则是一个地区和范围的组织公约。随着中原统治制度的不断扩张,这种议榔和鼓社制才逐渐消失,流传下来的只是些优美的传说和歌谣,诸如《议榔词》和《仰阿瑟》,就是对议榔和鼓社制存在的有力证明。

四

苗族先祖开创了且兰国,并在这里群居了下来,过着日出而作日落而息的日子。由于沅水(舞阳河)交通便利,楚将庄乔在这里弃船登陆作战,他的到来,使黄平旧州成为贵州历史上中原集权制最早的地方,楚文化融合其间。从秦汉时期起,就不断有汉族迁来,形成苗汉杂居的局面。

历史的统一是必然的,那是人类社会发展的必然趋势。然而昔日的辉煌又哪里去了?我站在苍茫了三千多年的且兰国遗址上,那些曾经驰骋的马匹和纷扬的尘土,那些一个个记载在史书上鲜活的名字呢?让思绪飘走千年,浩瀚的三千多年,历史只是轻轻一笔就带过去了,带不走我们一丝一缕的牵挂。

一切如风般逝去了!一个新的国度建立,就必然消灭另一个国度吗?历史就是这样的,我无语。

如果楚顷襄王得知,他会不会扼腕叹息!他诚然是一代历史罪人,他忘记了国恨家仇,还不知羞耻做了秦国的女婿,把屈原放逐江南外,屈原屈辱难当,无颜回看日益破碎的家园,投汨罗江自杀。"众女兴谣诼,高文见苦辛;哲王终未悟,浊世若为亲;九死三湘水,千秋一放臣；平生怀美政，何意作诗人。"从屈原的《九歌》中可以看出：当时屈原"怀忧若苦，愁思沸郁"，故通过制作祭神乐歌，以寄托自己的这种思想感情。

历史毕竟是历史，我们都没有修改历史的权利和可能，那么就让一切随风吧！

但我为深深埋葬在地底下的且兰国感到欣慰了，毕竟他们创造了完整的文化体系，你们还要国家做什么，那只是一顶戴在头上的光环罢了，那些都会随风而去的，一切都会随风而去的。

Zai Long Li ,Dui Hua Wang Chang Ling

在隆里，对话王昌龄

我曾在一首诗歌中这样写道："拒绝我的千年王朝。在盛唐 / 我要想追上你，难于上青天 / 在你文字里沉睡，却找不到醒来的地方 / 时隔千年之后，你那些文字、你的坟墓 / 是否长满了绿草？"或许，这就是一种挥之不去的乡愁。

不管在《王昌龄诗集》，还是在《全唐诗》所收录王昌龄的诗作中，我都愿意把他看作历史上的一位伟大的边塞诗人，王昌龄擅长七言绝句，被后世称为七绝圣手。如《出塞》诗："秦时明月汉时关，万里长征人未还。但使龙城飞将在，不教胡马度阴山。"慨叹守将无能，意境开阔，感情深沉，有纵横古今之气魄，确实为古代诗歌中的珍品，被誉为唐人七绝的压卷之作。又如《从军行》"大漠风尘日色昏，红旗半卷出辕门。前军夜战洮河北，已报生擒吐谷浑。"等，也都为脍炙人口的名作。王昌龄一生也写过不少反映宫女们不幸遭遇的《长信秋词》《西宫春怨》等，格调哀怨，意境超群，抒写思妇情怀和少女天真的《闺怨》《采莲曲》等，文笔细腻生动，清新优美。送别之作《芙蓉楼送辛渐》同样为千古名作。沈德潜《唐诗别裁》说：

"龙标绝句，深情幽怨，意旨微茫，令人测之无端，玩之无尽。"

那时的王昌龄却因为一首《梨花赋》，刺激了政坛上的集权派，遭贬，作为诗人的王昌龄注定在仕途上一路坎坷了。天宝七年，他告别了成长英雄也成长苍凉的青海高原，离开了春风也不度的玉门关，被下贬为龙标县尉（今贵州锦屏隆里古城），世称王龙标。《詹才子传》说他"晚途不谨小节，谤议沸腾，两窜遐荒"。《河岳英灵集》说他"再历遐荒"，《旧唐书》本传也说他"不护细行，屡见贬斥"。下贬隆里后的王昌龄，再也写不出惊鬼泣神的诗作了，公务之余与乡民同趣，把酒临风，忘却仕途的困惑，政治上的钩心斗角想也是多余。一首《龙标野宴》，在他的生命中留下惊艳的一笔，使他的诗作出现前所未有的柔情与困惑。

　　沅溪夏晚足凉风，
　　春酒相携就竹丛。
　　莫道弦歌愁远谪，
　　青山明月不曾空。

多少年前的一个秋风萧瑟的下午，诗人被阵阵的鼓点声和游龙的盛歌陶醉，站在状元桥上，古老城墙的护城河倒映着诗人斑白的须发，循着如流水的纯朴古歌，我们不禁要问：是不是苗山侗水，陶醉了诗人？

"没有诗就没有了家园。像我一样／在寻找源头的过程中，也迷失在异乡。"古夜郎在转瞬间消逝了，且兰国在转瞬间消逝了，而隆里古城以坚强的姿势矗立于贵州东南之麓，是不是一缕诗人的魂魄，在磨砺的历史中同样任风数百年，任雨数百年。

隆里古城原为明太祖朱元璋第六子朱桢始创的古城堡——隆里。公元1385年，朱桢定古州吴勉后，见隆里地平物丰，于是遣民屯居，驱走当地"土著",设置"龙里千户所",留兵丁 3000 人驻所。永乐年间再次修筑古城堡。公元 1685 年,清朝取"隆盛之意"把"龙里"改为"隆里"。据说当时的隆里古城"城内 3700,城外 7300,72 姓氏,72 口井",规模之大,人丁之兴旺,由此可见一斑。历经沧桑的隆里古城,作为军事驻防单位,虽然早已失去了昔日的威严,当年的边陲政治经济文化中心的地位也发生了根本性的变化,但城中规划整齐而错落有致的古街古巷、古桥古碑都在向世人讲述着过去曾经辉煌的历史。

推开历史沉重的大门,走在隆里古城纵横交错的丁字路上,这一条条不起眼的巷道,曾是用于战争的迷魂阵。手摸着低矮的城墙,历史过于沉重了,隐约中感觉滚滚的历史尘烟,600 多年的那场战争,清晰如昨。试想,诗人王昌龄走在古城的小巷,回望历史,那一句"秦时明月汉时关,万里长征人未还"的豪迈是怎样的铿锵有力。

在那战马嘶鸣的瞬间,王昌龄走在诗的弦上,原来啊!没有诗就没有了家园,没有诗的民族无疑是悲哀的民族。

城外的稻香,漫过田野;河岸的垂柳,轻歌曼舞。是新酿的米酒醉了诗人。站在历史滚滚而去的埠口,诗人来了又去了,留下一行清泪,留下眷恋诗人的古城人,如夏日蝉鸣旷日持久。

苗侗人民以山一样的宽阔的胸腔容纳了古城,而留不住诗人渐行渐远的脚步,留下的只是青草一样湿漉漉的诗句,在苗山侗水遗唱千年。

一杯米酒,一首颂诗,一地稻香,彪悍淳朴的乡民,谁把谁醉倒在历史的史页上?

殊不知,可悲可叹的是,王昌龄后来连龙标尉这样一个人小小的职务也没能保住,安史之乱后,他便离任而去得以还归长安,迁回至亳州，竟为刺史闾丘晓所杀害。《唐才子传》载：王昌龄"以刀火之际归乡里，为刺史闾丘晓所忌而杀。后张镐按军河南，晓衍期，将戮之，辞以亲老，乞恕，镐曰：'王昌龄之亲欲与谁养乎？'晓大渐沮。"一向同情诗人的河南节度使张镐终替王昌龄报了仇。

　　闾丘晓因忌才而杀害了王昌龄，实在是对我国古代诗歌的一大破坏，是中华民族的千古罪人。

　　在隆里古城外还有一座用大青石砌成的"状元桥"，此桥修建于明万历二十二年（公元 1594 年），当年王昌龄被贬到贵州黔东南，来到隆里，村里先民闻知，纷纷在此桥上隆重迎接，王昌龄于是在隆里传教授学，变革民风，留下德行，此桥因此称为"状元桥"，后人为纪念他，还在状元桥边修建了"状元亭"、"状元祠"，以表怀贤敬才之心。

　　王昌龄在隆里住了多久不可考，历史没有过多记载，王昌龄离开隆里被害后，隆里人民非常景仰他，在万历年间便有乡绅为他建了一座衣冠冢，称"状元墓"。

　　　　孤舟微月对枫林，
　　　　分付鸣筝与客心。
　　　　岭色千重万重雨，
　　　　断弦收与泪痕深。

　　诗人的命运，正如诗中洋溢的伤感与无奈，一颗盛唐的诗星就这么坠落了。在贵州高原演绎的诗歌中，隆里古城，像一个生命的符号，是诗人生命最后的一站，诗人走了，远远地去了，而这些，都是隆里古城人民永远的痛了！

Jiu Yue, Wo Zai Dong Xiang Xie Shi

九月，我在侗乡写诗

经营农事

九月。我在侗乡，我生命衍息的土地上写诗。开门见山，地无三寸平、人无三分银。

秋季，二十四个秋老虎的太阳把我烤熟。在农谚边缘，父亲掰着手指头说九月还有一季小阳春，我和靠山吃山的父兄，为一季小麦任劳任怨，把麦种从山脚撒到山顶。

当秋雨从茅檐滴到磨刀石上，命中注定，我要磨好镰刀，收割暖和一个冬季的柴火了。

爷爷栽的橘子树，橘子压弯垂到村口，刚放学的细娃崽偷了五个。父亲说：爹明天全摘了，挑到镇上卖给你四弟凑点学费。

父亲在茅屋山头栽的板栗树，才四年就挂了果，栗刺刺伤我赤足的脚，母亲每天都要狠狠地扫满地的栗刺，像把我一扫帚扫出贫困的家乡。

我的小妹，玉米棒一样壮的小妹，忧伤地哼着侗歌，十六岁就走出村口，到广东混钱买嫁妆。遥远的广东是她的秋天，秋天的玉米棒被母亲全部收进了谷仓。

母亲在早春三月就托媒人在上寨说一个叫妹妞的姑娘，择吉日娶过门做了二弟的婆娘。母亲看重了妹妞橘子一样健硕的身子。板栗刺一样的脾性，这样在未来漫长一生，你二弟才不会吃亏，慈祥衰老的母亲这样对我说。

我刚提着镰刀走出村口，就遇到了两只布谷鸟和亲戚，一句句侗话如溪沟的流水，嘱托在外面注意身体和小人，过年时要回家看看老去的父母，热情邀请我大年三十夜到家来吃碗油茶。

九月的侗乡

父亲在谷雨时节撒下花了十二块钱买来的杂交种子，已长成丰硕的庄稼，侵占了村子的高地和田野，苍郁苍郁，谷仓被九月重重包围。在这个秋天，二弟手忙脚乱地收割庄稼并经营着甜蜜的婚姻。

谷仓越积越满，二弟婆娘的腰也越来越粗，像只水桶，二弟像爱护装满米酒的坛子，无论如何也要小心轻放。

母亲串成排的玉米棒子，挂满茅屋的板壁，金黄了侗乡的天空，金黄了所有侗乡人的心。也诱惑了细娃崽泡花米的童话。

秋风吹过侗乡的山坳，只一夜功夫稻香瓜熟。我那玉米棒一样的小妹，从广东邮来三只布娃娃和四千块的嫁妆钱，说嫁妆之事不要父母操心。

在那个多雨的中秋节，月亮圆了一圈，可我无法听到小妹山雀一样的侗歌，只好留半只月饼，泪眼汪汪遥望繁花似锦的南方都市，固执地相信，月亮在她的天空也圆了一圈。

正午劳作

　　我的母亲,侗乡的农妇,把头低在离地一尺的地里为高粱拔杂草。正午的骄阳炭火一样烤在她微驼的背上,那个弯曲的角度,使我懂得——诗歌同样如粮食一样都要在汗水中酝酿成长。

　　然而我的诗歌像杂草一样荒芜了父亲的田地,抱怨这个季节不适合诗歌成长,并信誓旦旦:今年不好看明年。

　　父亲一烟袋把我打醒在屋后的韭菜地里,才使我唱出一句句押韵的山歌。

　　说话就要说侗话,唱歌就要唱侗歌。诗歌一样要翻地下种灌溉浇肥除杂草,不然,要饿死在侗乡。父亲又舞起了烟袋杆。

　　母亲像扶持一株高粱把我扶正,高粱在她料理下,结出红艳艳的高粱。

　　此时,我在城市一隅写诗,"汗滴禾下土",母亲的腰在我的吟唱中更加驼了,刚起身坐在地头休息片刻,高粱已高出山头,窜出侗乡,收成好坏她都累了一场。

谷仓,诗歌的种子

　　上原坡种苞谷。坡地陡峭不能用牛耕,靠父亲满是伤口的双手一锄一锄垦开,他得一寸寸翻开板结一冬的黄泥土,如翻开平凡的日子。

　　苞谷籽像诗歌一样重返雨水旺盛季节,纷纷扬扬投入泥土怀抱,生根发芽,迎风高歌。

　　下原坡的小学堂,细娃崽在大声朗诵:"好好学习,天天向上。"

老师的粉笔灰也纷纷扬扬，像父亲撒播种子的姿势一样优美。秋天的谷仓已经修缮好了。

　　祖坟堆里的爷爷，他在墓地里用灵魂守护菁菁的苞谷秧不被野山羊连根吃去，忠于职守。我的母亲，穿着自织的靛蓝土布衣，锄禾日当午，汗滴禾下土。

　　我刚从布谷鸟的山歌中醒来，苞谷林遮掩了母亲。秋天，每一株苞谷杆都要身负玉米棒子，像母亲背着儿时的我走在回家的山路上，抖落一地的诗歌。

第三辑 芦笙吹响的地方

Ai Shang Yi Zuo Cheng
爱上一座城

张爱玲说：爱上一个人，爱上一座城。

爱上一座城，总是有些理由的，张爱玲给我们太多的启示。我是在一个深夜蓦然爬起，坐在电脑前写下这些话语。

前段时间，我在一座陌生的城市待了足足一个星期，我无时无刻感觉到彻底的孤独，这座无人熟悉我、我也不熟悉别人的城市，也许是我唐突到来，她以决绝的态势拒绝了我。

我总是在说，一座城市，没有一个熟人的城市，蜷伏在那里，有如蹲在监狱一样难受。

一座城市里，总是要有些知己的，有了知己就有充分留下来的理由。

在那个陌生的城市，我无以复加的思念我生活的城市，那个西南边陲小城，温馨、朴素、简约的凯里小城。

我1999年来到凯里这座城市，我爱她，在这里可以懒散地生活，懒散地写作。多年来，我像一把种子被生活猛烈的大风吹散，然后又聚在一起，生根发芽。我信誓旦旦地说过我不会离开这座城市，在这座城市生活久了，我的血液融进了城市膨胀的血管。

我生活的城市自古以来即为少数民族聚居区域，"凯里"是苗族语音译，意为木佬人的田。苗语称木佬人为"凯"，田为"里"。追溯历史，春秋时期，属南蛮牂牁国；战国属夜郎且兰国；秦汉属且兰县；隋属宾化县；元始设沾，有凯里安抚司，恭焦溪蛮夷军民长官司，臻洞长官司等，至今已有700多年。

一直到康熙十年，恢复清平县，凯里长官司隶清平县，雍正十年（公元1732年）开辟苗疆。进一步改土归流，兵设凯里已，隶属丹江厅，领十三屯堡军。雍正十二年，添设清平县丞一员分驻凯里。称凯里县丞。民国3年（公元1914年），因清平县与山东省东昌府清平县重名，故以境内有香炉山改称炉山县，凯里县丞改称凯里分县。1949年11月，炉山县解放。1951年1月，成立凯里苗族自治州人民政府。1956年4月，国务院批准建立黔东南苗族侗族自治州，7月宣告凯里作为州府所在地。1983年8月，国务院批准，撤消凯里县，设立县级市。

这座城市充满了灵气，充满人文的城市，让我陶醉。古代中国强调的灵气多来自山和水。我醉情山水，每座城市都有自己的性格，凯里的性格则是两面性的，一面是静若水一样蕴诗情画意无限的宁静，而另一面则是灯红酒绿霓虹闪烁活力四射的喧嚣。

我在凯里生活十年之久才发现，这座一直向往的城市是一座气息风雅、适合人类居住、有着原生态文化的城市。

我用心去勾勒城市中的风景，用心去融入城市的民族风情，很用心去刻画生活中的点点滴滴。

一座城市，有些细节让你难忘，你会在这些细节中不断反思，不断向前。

十年前，我背着两蛇皮口袋的书籍来到凯里，为了找到一个适当的栖身之所,我像牧羊人一样吆喝着我的书籍在这座城市几乎走了一圈,租房的日子里,心里有种莫名的难过,总有种寄人篱下的感觉。

这座城市就像一座原始森林,在开始的时候拒绝我的唐突和冒失。后来,我失恋了,我的心情和这座城市一样,让我郁闷。我在一首诗中这么写道:"疲惫一天天过去,肉体痛咬着神经/我学会抽烟喝酒打发时间,放松肉体的紧张/劣烟假酒也罢,我想那也是一瞬间最美的时光/我永远地记住了那个冬天/冬天让我明白世界上很难有诗歌和爱情。"

在那种孤寂的日子里,是这座城市遥远的星空把我从那种郁闷引领出来,我的心在那一刻,已踏上朝圣之路。在以后的岁月里,我很少注意星空了,这或许与环境有关,与心情有关。

我是在一个深夜感悟这座城市的,我四周寂静的黑,这种黑属于静默深刻的黑,假如身边没有一点灯火的话,那种黑像水一样湿了我的身心。城市的喧闹声使我真实,正是这种真实的感觉感动着我,夜也变得不再那么漫长和孤寂。

每一座城市,总有她独特的韵味。正如我生活着的这座城市的美女,让我们在一天的奔忙中赏心悦目。

在我们居住的城市是有许多美人的,用诗人的话说,她们鲜艳的笑容就是一朵鲜花在灿烂周围的一切事物。我最早对人世间美的感悟应该是从漂亮女孩身上得来的,她们的身上聚集着我挥之不去的美好愁绪,我时常倚窗而想,她们,在她们当中,一定有一位是我的新娘,我的心绪是美好的,像我那些美丽的诗歌风铃般拂过她们的窗前,只是在她们捂着嘴失笑不屑一顾捧读我所谓的爱情诗歌的时候,我才有一些被亵渎被遗忘的恐惧,被人遗忘是悲哀的。我小小的悲哀缘于她们孤傲的美丽。她们身材高挑、明眸皓齿、樱唇柳眉令世界晕眩，这个世界因她们存在而变得清新，多姿多彩，或多或少让人有坚强活下去的信心，再也不把周围的一切想象得那么的糟糕了。

凯里的夏天，街道上飘逸着黑发，她们的笑声一浪一浪拨动着这座城市的每一根神经。在这座城市中跑动镁光的舞厅里（那是一个很美好很令年轻人崇拜的地方），美人们在灯光里或隐或现，姿态万千变化无穷，展现千种风情、万般妩媚。她们高傲、冷漠、艳丽和玩世不恭。从美容厅里出来，头顶上抖动着一小绺蜡黄或墨绿的染发，像一匹上好的黑色绸布被染上了其他的颜色。她们这种前卫的美丽或许在我还是少年的时候就对我有一种朦胧的暗示，她们的一举一动都会给我带来一阵狂风暴雨。黄昏，她们从城市不同的小巷或是某栋豪宅出来，我想那些小巷和豪宅一定是孤独的，躁动不安的生活长出她们精致的鲜花，她们是这个城市的焦点。我们像收视中央电视台的新闻联播一样注视着她们。

从某种严格意义上说，十年来我的心一直留在凯里。尽管我经常出差四处漂泊，但我的内心深处，包括我那易碎的情感，都一直在这座小小的城市里逗留。凯里是我的全部，我把我的全部情感交付给她，累了我可以躲在自己的居室里，养一杯茶，看书、写作，静下心来享受那一片刻的宁静。

写作，是我对这个世界最好的倾诉方式。在凯里的一个个深夜，我静静地坐在电脑前，在文字里倾诉自己的爱恨情仇，在时钟的嘀嗒中，心里就有种莫名的感动，在这样的夜里，寂静想着那些生命中的过往，想着这座城市的人和事，那些愉悦的时光带走了所有的忧愁。

写作使我剩下幸福的呼吸，均匀、舒畅，自己就是一个幸福的孩子，为了漫长黑夜寻找到一个温暖的梦。

在凯里，我可以放心等到一切都寂静下来，像河水停止了流动，便会感悟别人无法理解的幸福与静谧，这时，在一盏温暖的灯下，我找到了倾诉的对象，与读者一起分享那些哲理或是无聊的生活点滴。

凯里，是一个理想的、田园的、诗意的栖息地，少了市侩气息。我走过许多地方，方才知晓这座城市的小，小得有些玲珑。面积1306平方千米，人口40多万。

对于整个西部或是贵州的贫瘠而言，凯里是很穷的，特别是外人偏激谈论原生态的时候，心里总是有些忧伤。我出生在一个贫困的小村庄，这个叫作圭研的小村庄距离凯里百多千米。我童年的全部记忆与寒冷有关，这种寒冷至今还影响着我。我在无数的散文和诗歌作品写过我的圭研，也写过现在生活着的凯里。尽管现在生活条件好了，我可以在凯里这座城市里领取不多不少的薪水，像模像样过着城市人的生活，但我的文字依然是寒冷和孤独的。无数个夜晚，我遥望故土的灯火，倾听来自故土的声音。

在这块面积不大的土地上，我奔走在城市的角落，我已经不会像初来乍到时显得茫然困惑，格格不入，刚开始的不适应现在已经适应。每个早晨，我穿越大半个城市来到工作的地点，脚步轻快，步履从容，心里装满阳光。我得像个正宗的土著凯里人一样生活。

生命，在不知不觉中走过了十年。

在凯里，我常常在寻找自己的定位，很多时候感觉已经陷入了这座城市的大流，时时告诫自己不要陷得太深，可是，我的行动显得有些格格不入。一直以来，我固执地认为，作家应该是一个城市的代言人，每个作家应该在这座城市追寻着落寞。可是我错了，在今天的凯里,谈论写作似乎是件奢侈的事情,我也一直以来告诫自己别把自己当作家看待,地球没有你照样运转。所以,能够在一起谈论精神层面的,是少之又少。

在凯里的大部分时间里,除中规中矩上班之外,就只能忠实地记录时间的沧桑和无奈,只能在自己构筑的文字殿堂里自陶其乐。

爱上一座城,是需要深厚感情的。今天的凯里,以她独特的方式接纳来自四面八方的人们,那一曲曲的飞歌、一出出动人的舞蹈,让我在无数个夜里激动,展现她原生态的、诗意的、美丽的一面。

第三辑 芦笙吹响的地方

第四辑

回乡之路

Xiang Cun De Xi Jie

乡村的细节

入秋的村庄，有着一份恬静的美丽。黑黝黝的房舍被晒了一个夏天，像抹了一把油漆，油光可照见同样黝黑的我。激情燃烧的稻田，等待着镰刀的收割了，秋天的景象很像快分娩的孕妇，期待中还有丝丝紧张、我血脉经络一样的羊肠小道延伸到遥远的地方，远方一定有着我的理想，远方的天空一定比巴掌还要大，还有忧伤的井台，我童年在井沿洗衣的阿妹呢？听年迈的父亲说，穷得只剩下裤衩的三刘叔把阿妹远嫁江苏，说嫁倒不如说是卖，婆家人来娶亲时给三刘叔两千块钱，纯洁若水的阿妹只有泪眼汪汪遥望故乡，去了千里之外的江苏。这不失为逃避贫穷的办法，嫁出去了就再也不想回来了，贫穷的地方是留不住一只凤凰。父亲刚背回家的玉米棒子，堆了满满的一堂屋，黄灿灿像堆小山，这一切仿佛沉在回忆的幸福中，玉米面团将是我全家接济青黄时节的粮物啊！

有些物事已经遥不可及了，留下的也许是久远的怀想。

风浅浅地从圭河吹来，调皮地打了一个呼哨，夹杂着稻香、泥土沉沉的芳香以及牛粪浓烈的味道，扑面而来。风从我身边经过，从牛羊身边经过，从鸡鸭身边经过，掠向狭长的田野和旷久的寂静，掠过海般蓝的天空和房舍里老人摇着的蒲扇，在村口停了下来，休息，等待着我去打声招呼。

村道上长满了下谷草、算命草和野蛇花，我们童年时都喜欢把算命草拿来对半撕开，自己给自己算命，在神灵的预示中进入一个与年龄不相适合的境界，冥冥中祈祷一生的平安，而野蛇花红彤彤的果实，我们是打死都不敢吃的，村上的老人说，吃了野蛇果，就会被毒蛇咬。刘黑子的哥哥上山摘山药，被毒蛇咬死，身体肿得像只庞桶，肿得发亮，村人给他换寿衣时，都无法穿了，只好用剪刀把衣裤剪开，才勉强穿下。我不知道，刘黑子的哥哥是否偷吃了野蛇果？还有我的小学同学大武，敢从教室二楼跳下来的大武，敢与老师狡辩、调皮得从不做作业的大武，敢当着大伙的面脱下裤子把小鸡鸡弄得红肿的大武，被拇指样大的一条眼镜蛇把耳朵咬了，大武为了不让剧毒扩散，马上拿着镰刀把耳朵割下扔了，跑回家治疗，效果不错。不出一个星期，就没事了，刚可下床的大武跑去被蛇咬的地方，被他割下的耳朵肿得像只小碗，大武无不好奇，蹲下身用木棍子去戳那透明的耳朵，被毒液充塞的耳朵被戳破，毒液射进大武的眼睛，回家后大武的脑袋就肿得比小脸盆还大了，没法子救了。

村道一直延伸到下一个同样贫瘠的村庄，延伸到稍微有些繁荣的乡场，延伸到我看不见的远方。而乡场所谓的繁荣，就是有了油盐酱醋、批发的旧衣服、灯草煤油、镰刀锄头、油炒粉和香糖的销售，多了村子间生产的叶子烟和农副产品的相互交换，甚至年轻人可以趁赶乡场的时候，互相倾诉爱慕。我所在的村子距离乡场十余华里，小时候，我赶乡场的机会较同龄的多得多，那惹得我腮帮子酸痛的油炒粉自然可以享用很多次，父亲挑木炭去乡场卖的时候，总喜欢带上我。我会算账，这一点是父亲引以为荣的，我靠这小小的聪明，总可骗父亲给我买上一碗油炒粉和两块香糖。走在回家的路上，父亲的扁担总会挂一刀猪脖子肉，这肉实惠，这一刀肉，会让我兄妹几个兴奋几天，勤俭的母亲在此时表现得淋漓尽致，她会把这一刀肉均匀地分成五片，每天一片，五片肉吃完，又轮到下一个赶乡场的时间。每片肉不多，母亲总会变着花样弄成可口的饭菜，在饭桌上，我们兄妹的筷子总会直条条伸向肉片，白菜很少光顾。村道两边茂盛的杉木，被风吹得沙沙响，像我一样隐藏不住内心的喜悦，梦一样的童年就这么溜走了。

  风从圭河吹来，尽管入秋还很酷热，但村人还是期待着风吹着的感觉，这是一个信息，马上就可以收割新谷，吃上新米了。在吃新米的时候，村子里的老人总要走个把两个，村人不说老人去世，说走了，这在忧伤中带着温馨和缅怀。老人总没福分，连吃新米的机会都被死神悄然剥夺。风直直吹入堂屋，堂前是一尊神龛，神龛下的方桌摆着镰刀、斗笠和蓑衣，简单而朴素，风就那么坐在堂屋，久久不去，给人送来几许凉爽。

  阳光很吝啬，几乎照不到地面。村子几棵硕大无棚的古树，把村子罩在树荫下，若硬要说阳光普照的话，照只照在二楼的粮仓里，阳光透过树叶的空隙，安静地照在粮仓上，不打扰我们。我就住在粮仓旁边的小房间，我在那里构筑我心灵的草原，种植花草，修筑城池，遥想我的未来，打造自己的世界。没有人来打扰我，所有的人都在享受温热的午睡，打扰我的只是知了、懒虫和楼下小水沟的青蛙。它们和我一起，在这个即将到来的秋天，梦想自己的天空，尽情地歌唱。

  这一切，是多么的美啊！我痴呆地望着海蓝的天空。直到某一天傍晚，我靠着窗棂推开窗子，看见三个美丽的少妇从巴掌宽的田坎经过，她们互相搀扶着，她们的头包着花头巾，穿着斜襟宽大的家织布衣服，胸口还绣着几朵漂亮的小花，其中两个的背上还背着小孩，捆粽子一样捆在背上，像成熟的玉米棒子。她们每走一步都惊乎一下，留下银铃的笑声。

哦！在那遥远的天际边，在那还有另外人的村庄，在那我想象不到的城市里，我想着我睡梦中的新娘，她是否也在同样想着我？她也许正梦在回家的路上。而远方在哪里？远方有多远啊？在我幼小的心里，这些我是不得而知的。就在那一个傍晚，我的心开始向遥远的地方蔓延开去，勾起我丝丝情愫，那三个美丽的少妇，使我对美有了彻底的认识，这种羞涩的感觉只有我才能理会，这在小小少年式的心里，哪里容得下这么多的无奈和多情？这一发现改变了我对美的看法，美就像一个不可企及的圆点，注定我多愁善感的一生，留下多大的震撼！

入秋的早上，常撒下些小雨，雨在屋檐下脚步轻盈。这个时候，村子刚睡醒过来，为了不打扰村人，小雨从树叶上轻轻跳跃，如果你此刻伏耳倾听，你会听到雨的呢喃，听到燕子扇着翅膀洗澡的声音。细娃崽起床了，草草吃过早饭，就一只手提着鞋子，一只手夹着书包，赤脚跑去上学了，麻雀一样吵闹的小孩去了学堂，村子陷入更加的静谧。在这时候，你到井台去挑水，你会看见水牛背上停着几只喜鹊，它们在牛背上嬉闹，与牛和平共处，像副油画般精致。水牛水汪汪的眼睛，像藏着两颗宝石，清澈的光芒，像我初恋时遇见羞涩的目光。每一个景象，都进入了我的回忆深处，多年后想起，心中难免涌起甜蜜的感觉，虽然我梦中的圭研一直不具备抒情的元素，如同我那个年代所有细小的事物和记忆一样，将要不值一提了。

村子中有一个池塘，长了满池子的颇似荷花的广菜，可食，煮鱼煮鸭子味道不错。早上的雨滴在广菜叶上，珍珠般滚动，如果你胆子大，不怕大人骂的话，你可以把裤子挽高，把脚伸进池塘去，不深，说不定会有几尾鱼游过来吻你的脚趾，痒丝丝的，惬意的感觉会让你忘了身处何处，你会感叹贫瘠的天空也会有那么多云彩。但这惬意不会持续多久，等到大人忙活完活路，来到池塘边，见你还伸着脚在里面的话，准会揪着你的耳朵，把你提出来，屁股难免会挨上两巴掌。谁家的孩子做出了这样的事，大人都可以朝他的屁股打两巴掌的，孩子的父母绝不会计较，这一点在村子是不成文的规定。你也许不知道，上前年村子失火，就靠这池塘的水救了整个寨子，之后，村人把这池塘膜拜为神灵，谁敢对神灵不敬？逢年过节，村人都会提着香纸红烛、鸡鸭鱼肉前来祭祀。把一个普通的池塘上升到神灵的高度，这不是村人的愚昧，今天想来，更多则是精神上的寄托。

　　傍晚的池塘，夕阳把满池子的水染得波光粼粼，村人都收工下山，聚集在池塘边休息，此刻，难得的温馨，如父辈慈爱的目光。炊烟升了起来，把整个村子萦绕在饭菜的清香中。

　　村前的圭河，是我常去的地方，妇女常端着衣服到河里去洗，她们肆无忌惮地说着荤话，荤得至少可以让我脸红，浅至胸口的衣服遮不住洁白而硕大的乳房，浑圆而极富弹性。在夕阳下，似乎还冒着水汽，那经过哺乳后的器官，足可以让一个干瘪的男人陡然成为激情澎湃的诗人。我常到圭河去，并没有成为诗人的可能，更多诱惑则是那里有我许多朋友，一两指大的鲫角鱼，它们很狡猾，鼓着一肚子的鱼仔，找水草多的地方繁殖去了，我很少去侵犯它们，我想等到下一个夏天，鱼仔大了，可以捞几尾回家吊汤喝；色花鱼漂亮，游起来雍容华贵，但不能多食，会晕头的，它们总会找岩石的空隙藏起来，不易被发现；还有扭着"S"形的水蛇，它们成群在水里游走，带着我诸多的惆怅，我不知道，河的彼岸有没有我的归宿，我还不知道，那些"S"形的水蛇们找到了归宿没有？

　　我总是坐在木桥上，会朝河里撒泡热尿，静静地看鱼儿聚了又散，散了又聚，看水蛇游去了又游回，看归巢的小鸟吵着晚霞，看我们的村庄进入茫茫黑暗，看月亮露出东山树梢。在这样的时刻，我通常忘记了回家，我闭着眼睛想着遥远的地方，享受这一份摇篮般的甜蜜。等到村子被大面积的黑色包围，母亲就会大着嗓子喊我的小名，声音在潮湿的夜里被拉得很旷远，我好像没有听到母亲的呼唤。我就希望这样长久地待在这里，这样，我可以与鱼们对话，与星星对话，它们会告诉我，这个村庄之外的许多事情。但我还是回去了，我不想让母亲担心。我只是在重复回家的路，我并没有理解回家的意义，我只知道，家是我的出发和回归的地方。生活，像一个圆，我们奔忙了一辈子，最终还是回到原来的地方。

　　回忆的另外意义往往会让我联想到离老宅不远的荒丘上那些祖先灵魂休憩的坟茔，这种景象赋予了回忆关于生死存亡的经典意义，生与死只是一纸之隔啊！使我缅怀于阡陌与往事之中难以自拔，满脑的恐惧和眷恋，冥冥中像有一只手在牵引着，走进回忆之门，直到有一天，我再也没有回忆的机会……

　　人一辈子在生活的道路上奔忙，绕了一圈，最终，还是回归泥土。

　　少年式的恶作剧使我对童年怀有长久的回忆，父亲早年在乡医院当医生，我耗费太多的时间在父亲那只小小的画着"+"的药箱上，趁父亲不注意就掀开了，偷偷弄只注射器和几只避孕套。注射是小孩恐惧的动作，只要小孩一哭，大人就威胁，再哭，再哭就叫姚医生打你的屁屁。小孩对注射的恐惧转换为对我父亲的恐惧，只要我父亲一出现，小孩玩的地方马上陷入寂静，然后作鸟兽散。我偷父亲的注射器也许是释放小小年纪聚积对注射的恐惧？我与童年的朋友，就用这拇指大的注射器对付一只只的青蛙，我们把辣椒水注射到青蛙肚子里去，然后把痛苦不堪的青蛙再放回到池塘中去，避孕套则被吹得鼓胀，用线成串拴起，制造出过年的气氛，乳白色的避孕套飘得到处都是，这让许多年轻夫妇的羞愧心无处可藏。那个年代，国家实行计划生育，避孕套大肆发放，可惜这一举措并没有阻止精子和卵子毫无节制的强强结合，杨二舅一心想要个男孩续续香火，可他婆娘一口气帮他生了六个女孩，女孩到底都要嫁出去的，他失去了继续香火的可能。乡政府的来执行计划生育，罚款，杨二舅没钱，乡政府的就强迫牵牛拉羊套猪，杨二舅狡辩，我们这里没电视看，你说漫长晚上，老婆睡在身边，不生才怪呢？乡政府的甩了一包避孕套给杨二舅，你以后就不会用这个，用这个就不会生了嘛。杨二舅说不会使用，乡政府有个女同志就出来示范，她把一只避孕套套在大拇指上示范给杨二舅看，说，就像这样，简单，安全。杨二舅到底还是用了，可不知怎的第二年又生了个女孩，乡政府再来找他，杨二舅理直气壮地翘起两根大拇指说，我还用两个呢，两个大拇指都套了，还生，我没办法了。乡政府的人气得脸都青了，骂，还有像你这样的笨卵，避孕套是套在你的鸡巴上的，怎么可以套在拇指上啊！一气之下把杨二舅小小的房子全部拆了，说，你们没地方睡觉了，看你还生？

　　我的调皮最终换来父亲的一顿饱打，我的脑袋被父亲连连打了几个重重的香苞谷，我只感觉满头的萤火虫在萦绕。父亲说，得把你小狗杂种送学校去了。这倒是我向往已久的事，我早希望父亲把我送学校读书了，再野也得收心了。

学校旁边有个水碾坊，废弃不用了，可那是我们的乐园，我们整个夏天可以泡在水里，浑身晒得像块木炭，只剩下屁眼沟一点点白。快乐并没有持续多久，出事了，下寨的狗蛋在碾坊玩水淹死了，灌满水的肚皮像只鼓。狗蛋的死并没有影响我们兴趣，我们照样的疯玩，可学校和家长们就急坏了，学校下令不准到碾坊玩水了，谁要偷偷跑去玩，死了，学校概不负责。你要知道，像我们十来岁的孩子，就是不知道死的年龄。我们还是悄悄约上几个伙伴跑去玩，被学校发现，通报家长，回家后被父亲罚着跪在堂屋，头上还顶着盆水，脸盆只要稍稍倾斜，水溢了出来，身上就被篾条抽一下，并且晚饭都不准吃。这下惨了，我的肚皮被父亲用毛笔画了个圈，每天放学回家都得掀开肚皮给父亲过目，父亲会蹲下身来仔细检查，只要我到碾坊玩水，早上画的记号被水浸模糊的话，就会被跪着罚头顶一盆水。我的那几个伙伴也同样被他们的家长或在屁股或在手臂上用毛笔做了记号，现在想起来，这个看似笨拙的办法还很有用。从那以后，我对上学不太感兴趣了，关于它我想不出太多值得回忆的印象了。小学保留着我迄今最为羞愧的事：我小学四年级留级了，还被父亲狠狠地羞辱了一顿，像你那屌样也不是块读书的料。

今天，我之所以不厌其烦描叙我童年那些场景，那些逝去的事物，主要是我想告诉你，这是一个人成长的历程，它影响我对以后生活的思考及对生活的适应。

回忆，在秋雨即将来临，变得厚重，秋天来了，又去了，我知道有一天，我也会老去的，秋天教会我的只是忧郁。

活到今天，我最终明白了一个道理，人对某些逝去物事的怀旧其实很像大多数人面对爱情时的状态，一辈子也许只出现一次高峰体验，之后就慢慢被生活所遮掩。

Bo Ma Zai Chun Tain Lao Qu

伯妈在春天老去

圭研老人过世，说是老去。说老人死了，圭研人感觉是对老人的不尊敬，说逝世吧，又有些别扭。

在我的印象中，我感觉圭研的人都是从春天开始慢慢变老的，一个一个的老人，稍不留意就老去了，像黄昏，一转眼就没了。我总是在春天的门槛暗自神伤。

接到堂哥的电话，我正在开一个专业会，会议漫长得像这个郁闷的春天，永远走不完似的。堂哥告诉我，伯妈送到医院了，靠氧气维持，几天前就送来了的，怕影响我的工作，一直没打电话给我。堂哥在电话中说，在医院也是干耗着，不如扛着氧气袋回家。

好几次我回圭研，伯妈都病得不轻，这一次估计真的不行了，我退了去福建出差的机票。我知道，伯妈回家去只有等着落下那口气，我们老家有个习惯，老人要落叶归根，最后那口气要留在老宅里。

伯妈躺在床上，气如游丝，还伴随着高烧，堂哥用棉签舔着牛奶小心翼翼从伯妈的嘴巴喂进去。窗外布谷声声，有一丝丝燥热。

三天后，伯妈永远地走了，是在春天的一个中午，堂哥他们都围在床前,看着伯妈咽下最后那口气。

噼里啪啦一阵鞭炮声,73年的生命走到了最后,村里老人说,到这把年纪了,也算是解脱了。73年仿佛就是这个春天的中午,那么的短暂就悄然逝去。

我心酸不堪,总是在泪光中看到,圭研的老人在风中弯下去,嘴巴快啃到泥土了,他们以这种姿势亲近土地,蒲家婆腰板无法直起,弯成了直角,还在颠着小脚忙前忙后。一旦完全驼下去的时候,那些老人们就已经躺在了圭研的泥土里了,从此天各一方,生者在圭研继续打磨生命,逝者在泥土下护佑着生者。

生命总是在不断地离去和进入。我用这句话拼命安慰着自己。

每一次从梦中醒来,都不知道圭研发生了什么。每一个深夜,都有春天的鸟语回荡在寂寞的月光下。村里一茬茬老人,一个个老去,未老去的依旧在土地上干活种地,一生都想把希望和命运种植在圭研的土地上,长出枝叶茂盛的生命。然而,这块不算肥沃的土地埋下了太多太多的艰辛,将来还要埋下这些骨瘦如柴的老人。

我长到了今天这个年龄,开始了怀旧和忧伤,感觉到世事的无奈和苍凉。在安排伯妈的后事的时候,小叔果断地说,与老爷子埋在一处。老爷子是我爷爷,在我10岁的时候就离开了人世。

爷爷离开人世的那一个春天,我没有哭,我只知道那个春天闷热无比,我只知道身边最疼我的爷爷从此就在屋后的黄土中,安了另外一个家。

这个春天,桃花盛开,村人在忙着播种庄稼,我们在忙着伯妈的后事。我知道,在圭研的人们,却只能在这个繁忙的季节里,度过最真实的春天,播种真实的希望,期盼在秋天来临的时候,有一个好的收成。一个老人的老去,并没有引起他们的大惊小怪。人嘛,总是要老去的，谁又能扛得住岁月的流逝？

振聋发聩的唢呐声和鞭炮声，给悲伤的"白喜"增添了不少的暖色。

入夜，道士先生要求亲人为伯妈"踩灯"，这种延续上千年的习俗，是在为亡者送行。夜晚的圭研异常安静，幕布一样的夜掩饰了一切烦嚣，整个圭研寂静得像是什么也没有发生过，大伯守在伯妈的灵柩前，轻轻地哀叹，这轻轻地哀叹随燃烧过的纸钱跌跌撞撞，一路缥缈远去。我知道，他是在哀叹人生无常。

围在伯妈灵柩前的亲人们，机械地随着道士先生的诵经一步三叩。哭声逐渐大了起来，连成一片，像汹涌的洪水，恣意开来，伯妈生前的善良、勤劳都在这样的乐声、哭声中得以延续。

第二天晚上喊祭，伯妈的两个女婿抬来猪羊上祭。他们木头一样跪在堂前，我知道喊完祭后的第二天，伯妈就要入土为安了。那一刻，我们陷入无限的悲伤。

在祭桌上，燃着两支红烛，我透过红烛，那些围看的村人，红影曳绰，他们同样悲伤的脸上，映出了砣红。他们也许在哀叹，下一位老人将会是谁呢？

烛泪顺着烛身流下，像一朵盛开的花朵。烛影晃动，几许牵愁能带走吗？我于泪眼蒙眬中又看到我的童年，那时我家穷，伯妈在圭研村是比较富裕的，伯妈经常悄悄地把零用钱塞进我破旧的书包，塞进去后还瞪我一眼，拍拍我的小屁股，示意我别声张。那一刻，我发誓将来出人头地了，好好报答伯妈。直到现在，我不知道我是不是出了人头地，我只知道伯妈已经远离我们而去，我当年的誓言像那些飘起来的纸钱，不堪一击。

我含着眼泪看那些烛光，生命本身就是一个燃烧的过程，在这些摇曳的泪光中，烛痛了吗？我在一滴一滴烛泪的时间里，看到村人熟悉和不熟悉的面孔，唯独没有伯妈。

老人一茬茬老去，仿佛整个村庄也在老去。在每一个春天，我总是在回望着我的圭研，我知道在圭研我还有梦，我常梦见自己在月光下哭，像个小孩子一样的哭。

圭研的老屋，总是在春天的雨中苍老不堪，这一点无法避免，村子里年轻人都外出打工，村子都是些老人和孩子，没人料理了。那些从屋场下成长起来的植物，已经爬上了窗台，老鼠和麻雀都在上面搭建了自己温暖的窝。疯长的狗尾草，长得比我还高。伯妈生前用镰刀割了一茬又一茬，赛跑似的，然而，人间春色被这些野草铺满。

我满怀的记忆，在圭研弯弯的土路上，在春天里蔓延。每年春天，我总是听到老家人说某某老人又去了。

我努力回忆那些老人的容颜，可是我总是记不起了。只是在我的心里多了别样的回忆。那些在圭研大枫树下沉默不语的老人，一转眼就到了黄昏，永远留在圭研的记忆里，如我无以复加的忧伤。直到今天我依然不明白，我童年那些伙伴，他们为什么像我一样过早地离开了圭研，把圭研一个个诗意的春天，留给了漂泊的远方，留给了欲说还休的文字。

多少次走在圭研的路上，我为那些老人的命运泪流满面。多少次我在春天的门槛，看着老人们在一个个播种的日子里，悄然把坚实的脊背弯下去，最后接近泥土。

Yue Guang Xia De Gui Yan
月光下的圭研

月光如水淌过我的心。

"床前明月光,疑是地上霜;举头望明月,低头思故乡。"小时候,并没有感觉到月光对一个村庄的存在有着什么特别的意义。

十多年前,当我离开故乡的前一个晚上,我漫步走在阡陌的田野上,暖风吹来,月光撒满我一身,碎银子一样哗哗落下,我并没有感觉到特别的珍惜。那时,或许是年龄没有允许我有太多的多愁善感。

换句话说,那时我还没有勇气写下一句诗歌,没有直接感觉到诗歌给我带来的忧伤和思考,白白浪费了村庄油画般的诗情画意。

多年后,我在故乡之外的一座小城写诗作文,为庸碌生活奔忙倦困时,我总喜欢静静地伏在阳台上抽烟,这座城市的月光显得有些吝啬,那一缕月光,依然像碎银般撒在身上,有一丝丝异痒,却缺少了些许温情。

异乡的月光温暖不了那颗漂泊的心。

朋友说,我们都是城市的过客。这一点不假,在城市生活了十来年，依然乡音难改，生活习惯难改，那颗心依然如泥土般朴实。

故乡那一轮圆月，总是能在我的心底荡漾出诗意。

圭研不大，几十户人家，数十栋木楼房子，静谧、朴实，有月亮的夜晚，显得更加美丽，布满银子的村庄，犹如童话一般，多少次，我从村东走到村西，像月光下拉长的影子，有意识放慢脚步，我生怕我的脚步唐突打扰了村庄的静。

我在圭研生活了十多年，如水的月光沐浴了十多年。

明亮的月光下，村人们三五成群聚集在一起，扯些鸡毛蒜皮的小事；年轻的媳妇们，在月光下纳着鞋底，互相咬着耳朵，拿对方男人取笑，说些男人像牛一样壮的小韵事，难免脸红，但在夜晚也是看不到难为情的；也有年轻满怀心事的少女，埋着头在一起说些连自己都听不清的悄悄话，调皮的二狗，跑到她们面前放了一个响屁捂着鼻子跑开；年长的老者们抽着叶子烟，谈论过往的岁月，村西的老伍都走了三年，坟堆长满杂草也没人拔，二牛子泥土都快埋到脖子了，那个病医了也是白搭钱，谈着谈着就有一两声叹息，生命无常啊，叶子烟香弥漫到下一个村子。夜很深了，大家还没有休息，在月光下翻阅自己的心事。

夏天有月光的夜晚，村东村西很难看到成年男女的，村前的圭河是他们的天堂。早些年，可是一个谈恋爱的好地方。圭河流水潺潺，泛着银光，男人可以在河里摸到鱼虾，扯根巴茅草串起回家调汤喝。圭河孕育了多少激动人心的故事？我不得而知。只晓得汉淮和刘妹在圭河有过一段极其短暂的爱情，故事的结局因汉淮家穷，刘妹的家人不同意，一对鸳鸯被拆散，刘妹远嫁他乡，多年后，汉淮已经是一个孩子的父亲，满脸沧桑的刘妹回到圭研，对着圭河之水，泪眼婆娑。

夏天的晚上，在圭河洗澡是件惬意的事，干完一天农活的村人三五成群来到圭河，脱去衣物，赤条条泡在水里，一天的疲劳便跑到九霄云外。男人在上游女人在下游已经是不成文的规定，所谓的上游与下游之间就隔一道田坎，水从上游游来，在那道田坎处拐了道弯，其实这道弯不及一张窗纸，这么多年来，男男女女同在一条河里洗澡，互相打情骂俏，却是相安无事。月光下，那些白花花的身躯，泛动着水花，如撒满银子般动人。

就这么躺着，让那些流水从身上流逝而去，想着那些再也回不来的人和事，我时常流泪。十多年前，我还在圭研的日子，夏天常常泡在水里，仰望悬挂在半天的月亮，心里惆怅得如一个多情的诗人，经常被一只螃蟹咬住我的皮肤，丝丝生疼，使我惊醒过来。

有月亮的夜晚，我一个人静静地走在阡陌的田野上，想着天外的事，天之外是否也一样月色撩人？是否也有一个人像我一样孤独到了极点？没有人告诉我。

脑海里总有一个场景挥之不去，那些狗们在月光下欢愉之乐，我知道它们结婚了。那一两声犬吠异常的透明，在乡间山谷中遥远回响，有些感人，有些暖人。村子里养狗并不是为了防盗，多是为了慰藉一颗颗孤苦的心境。

更多的时候，我在皎洁的月光下数看村庄那些老得不能再老的木楼房子，看看哪家的窗户透出了温暖的灯光？让这个寂静的夜多了一份温情。他们为什么还没有睡觉呢？是否也在感动着这朦胧的美丽？

八月十五的月亮应该是最明亮的。13岁那年，我和表哥一起悄悄摸进隔壁舅妈家的菜园子，去偷吃地萝卜，我们在菜园里用手刨地，像两只小猫一样耗尽力气也没刨出一只地萝卜，但没有绝望，表哥跑到家里弄了把锄头，还没有把锄头挖下去的时候，一束比月亮还要亮得多的手电照在我们的脸上。舅妈没有生气，而是用嘴巴咬住手电，吃力刨出了几只浑圆的地萝卜，挂在我和表哥的脖子上，轻轻用手拍打我们屁股上的泥土，蹒跚着用手电送我们回家。现在想起来，我那时的脸应该比红纸还红。

多少年后，我回到圭研，舅妈老得已经走不动路了，她的记性很好，还和我谈起当年的故事，我苦笑着不让舅妈知道我的窘样，十多年时间就这么在指缝间过去了，这期间又发生了什么故事？

那些旧事总是在回忆中渐次清晰，犹如月光下的圭研，多少次在我的脑海里鲜活起来，我知道月光在圭研照耀了数万年，还要一如既往的照耀下去。只是那条圭河很少有鱼虾了，水也越来越小，夏天干旱要断流的时候，垃圾丢在河床上，还发出阵阵恶臭，我总是担心，一旦圭河没有了，我那些月光下的心事该如何存放？

Hui Bu Qu Le, Gu Xiang

回不去了,故乡

我几乎是愤然离开故乡的,当某一个深夜我忆起一个叫圭研的地方的时候,我知道自己是无法回到从前了。十多年后的今天,就在我写这篇文章的时候,我是知道我应该回去了,可我没有任何心理准备,还能够回去吗?

能回去吗?

猛一回头,冬去春来,十多年了,那山,那水,鱼儿成群的圭河,我记忆深处的圭研,曾经用奶水滋养我的故乡,还是充满情趣、炊烟袅袅的故乡吗?

是不能回去了,永远不能。

父亲说,那条老黄狗已经不能走动了。十年前的那个清晨,父亲和那条黄狗湿漉漉把我隆重地送出村口。我记得那时候,那条狗还很年轻,生人进入村口,它都会穷追不舍,但只要父亲咳一声,那条狗又摇着尾巴不叫了。可是现在,就是发生大地震,它也懒得动了,你要知道,这是那条老黄狗的第五代子孙了。这条狗年轻的时候,常从山上逮来野兔和山鸡,但从未走出过村口。五代了,时间不会等人的。不像我,前脚迈出一步,十多年都未曾用心潜入故乡了。

它就这样躺在吊脚楼前,闭着眼睛睡觉,伸着舌头晒太阳,懒得叫了。隔壁顽皮的孩子用土块砸它,它头也不抬,只是哼一声。孩子觉得没多大意思,与一条没有情趣的老狗玩有什么意思?很显然,这条狗与故乡的树、故乡的屋子、故乡的山和上了年纪的老人都不能再动了,其实他们也不需要动了,只有他们才永恒地留在故乡。

村子的孩子想父母了,就躲在被窝里哭,不肯起床。老人忙着农活,只是骂几句,不读书将来没有出息的话。

可我又能到哪里去呢?我倚在窗棂思索,生活中的许多,也许出于种种无奈,才由不得我们过多去选择。

我能像故乡的河那样远远地流去吗?那条老去的黄狗神色暗淡。

就像生养我的那些泥土,又能迁徙到哪里去?

它们都不可能离开。最多也只能是伴随着水声、山风声、虫鸣鸟叫声,重复了一遍,然后又回来了。它们也许是宿命的,最终逃不过地理和环境的安排,更像生命的轮回,生命有轮回吗?我不能回答。

那些出去混钱的年轻人最终还是回来了,回来娶婆娘,回来养家糊口,城市的繁荣使他们有过多的自卑和恐惧,他们只能永远徘徊在城市的路口,看车水马龙商贾云集,他们最终不能融入城市,哪怕是城市一间低矮的平房。

而我最终也只是抽空跑去看一下故乡的人,年龄大的和年龄小的都认不出我了。是啊!十年,人的一生有多少个十年,在十年之间又有多少故事上演?我们暂且抛弃生死不论,时过境迁,多多少少都变化了。

孩子们怯怯地围着我，他们探着脑袋问我：你找谁？要我们带你去？

老人抬着昏花的眼睛看我，心里在猜，这是谁家的娃呵。我亲切地称呼他们，他们侧着耳朵，可什么也听不到。他们真的老了，连我的声音也分辨不出了。他们和我只是嘿嘿地笑。

庆幸我的父母还在乡下，有他们，还有一村童年玩泥巴办家家一起长大的伙伴，还有一贫如洗的石头，你要知道石头是永远变不了金子的，尽管老人大部分认不出我了，可他们还是能在我母亲面前，清晰地说出我的乳名。

——那不是你们家的大姚吗？恁么高了，是好久没有回来了？在外工作总得抽点时间回来看我们这些泥巴快埋到脖子的老人啊！

怕是忘本喽！

大姚前年来的时候，还叫你阿婆呢？你是老昏了，你都认不出他了，哎，真是的……

故乡早就离我而去了。我独自在老家的后屋陪老爹喝着火辣辣的米酒，喝着眼泪就要淌了出来。

故乡的人老的老，走的走了，故乡人说老人去世叫"走"，自我离开故乡后，故乡的确走了不少老人，只是留下一只只像馒头的坟茔，长满了野草。

只是他们的后人，或许是因为路途的遥远，而忘了故乡的路。我想，在圭研，这样的事情还是有的，人们只要设法走出去，他们一定会把这样的遗憾完好地存放在曾经梦想的地方。即使有一天回来了，也只能算个陌生人。十多年的光景，门前的那棵小树怎么让我一点印象都没有了，河床上那些水草，该记得我吧？河水淘洗着它们，这些草曾经拂摸着我赤裸的身子。

世间上没有任何一样东西可以改变一个人对故乡的认识。

不管怎样的改变，故乡存在的，比如那些牛羊、那些鸡鸭、那些粪桶，或哪家娶了媳妇哪家嫁了姑娘，死了老人生了小孩。故乡的这些改变，其实与你没有多大关联，顶多，你回到故乡去，叫不出你名字罢了。

圭研，在我离开它的时候，怎么没有丝毫的思想准备——我还要回去吗？我从没有这样问过自己。可是，在今天，当故乡的物事都老去的时候，谁还需要你回去？

不得而知。

是啊！我是很害怕自己前脚刚踏入故乡，故乡又多出一条路来，更让自己不知身处何方了。

Ji Mo Gui He

寂寞圭河

　　圭研，一个极小的村寨，一百多口人就困在山脚下，村前是山，村后是山，放眼望去还是山，青翠地叠着，层层伸延到远方云朵那边去。在村子之间有一条小溪，常年潺潺绕村而去。

　　圭研是我的故乡。生我的那个故乡实在不能算作真正意义上的村庄，十几栋木头房子，吊脚楼依山而建，长年累月的烟熏火烤，板壁干燥得发黑，秋收季节，板壁上挂满红的辣椒、黄的苞谷，远望斑斑驳驳。

　　村口常见几个妇女，穿着自己种植的棉花纺织的粗布衣服，都染成靛蓝色，手里忙着纳厚厚的鞋底。身边一群灰不溜秋的孩子像猪崽一样满地地滚爬，风是从村口吹来，村子变得恍惚，遥远、苍茫——像父亲那坛老酒。

　　我就成长在这个村子里，偏僻、透明而安详。外人是很难进去的。其实要是有的话，也只是湖南那边来的补锅匠和阉猪匠，村人为了节约那几个钱，破了的炒菜锅和煮饭鼎罐补一下还可以用上半年，那些调皮的公猪崽必须把它阉了它才会规规矩矩长膘。

他们来的时候总是一两个月来一次，吹着小喇叭，懒懒地从溪畔走来，绕进村口，只要小喇叭一响，补锅匠或是阉猪匠的屁股后面就远远地跟着一群胆子大凑热闹的男孩子，也鼓着腮帮子模仿着。小孩子夜哭，大人就揪着威胁：再哭，再哭就叫阉猪匠把小麻雀给阉了。小时候，听到小喇叭声就有几分害怕，知道是阉猪匠来了，害怕阉猪匠那把两指宽大明晃晃的刀子真的把小麻雀给阉了，阉了那怎么是男人呢？我也曾夜哭，父亲也这样威胁我，我真害怕有一天夜里醒来小麻雀就不在了。圭研人喜欢吹牛皮，把那条小溪称为圭河，按理说，叫沟都有些嫌大了。有了圭河才有圭研，听老人说，我们的祖辈是为这条圭河而来的。人生活的地方是不能缺水的，有青山绿水才能组建家园。我幼小而多愁善感的心事就是从圭河开始的，小小年纪就学会思考许多问题，诸如，人和鱼一样都是溯水而来的。圭河于我的成长有着密切的关系。

　　我常对那些无山无水的村庄的孩子抱以同情。在他们的童年，没有山没有水，那颗幸福的童心不知该存放在何处？

　　较之他们来，我是幸运的。圭河源头来自何方，我不得而知，但她的水，血奶一样流进我的血液之中，滋润着我的生命。圭研人只要病了痛了，都跑到圭河里去祭祀，是不是某些地方得罪河神了，给神祭祀以祈祷生活平安，六畜兴旺。只要去圭河边祭祀了，生病的人真的好转了。在圭研人眼里，圭河，成了精神上的支柱。

　　多年以后我才理解圭研人的那些做法，任何人在那种条件下，不得不对大自然的某些巧合和偶然投去虔诚的眼光。那里的人因为虔诚而快乐——这不能说他们无知。

　　河水几乎常年是恬静的，清可见底。深夜，圭河特有的水音朦胧传来。那种音乐的旋律，在以后多年，我似乎没有真切听到了。

山洪来时，圭河会卷起数尺浊浪，一路泥沙俱下，倒有些江河的气魄。圭河水不大，鱼儿却多，等到山洪退浅，浅的塘里总浮着各种各样的鱼儿。最多的是色花鱼，其次是白条，再次是鲫壳子，都大不过五指。人在岸上走，鱼在水里跑，自有一番情趣。

夏天，在清浅的河里，泡满了光屁股，光屁股除了嘴巴和屁眼沟还有些白外，身上其余部分被火热的太阳晒得比火炕边的板壁还要黝黑，那些光屁股在水里玩倦了，常伏在摇晃着的木桥上静静地看圭河里的鱼，蚂蚁慢慢爬到嘴边，咬着生疼的嘴皮。此时，水复归平静，鱼儿也出来游戏了。先是一条、两条，然后是多条，都静在水中，眨闪着嘴晃着尾巴，如几十片树叶竖在水中。光屁股直起身子，朝水中撒泡热尿，鱼忽儿散去，光屁股刚伏下，鱼儿又聚拢起来。光屁股跑去端来块石头，朝鱼群砸去，立即见一两条鱼翻白漂浮起来，光屁股跳下水里，捞起带回家吊碗鱼汤喝。

我清楚地记得，在我读小学的时候，父亲常在外行医，家务活落在母亲柔弱的肩上，还要拖拉着我们兄妹四人吃喝拉撒，那时母亲多病，真难为了母亲。她提着红塑料桶到圭河去提水，哗哗掉进黢黑的锅里，再去提第二桶。我们坐在门槛上看着母亲，忙是帮不上的，母亲爬那不高的河坝，红塑料桶不慎撞在石墩上，破了，水又流到圭河去，神情沮丧的母亲眼睛红红地看着我们："都怪我无能。"

悠悠的溪水把人的岁月都要带走了，寂静地掩盖着历史和即将成为历史的一切。它的尽头是哪里？我不清楚，母亲也不清楚。我只感觉母亲一天天的老去。

16岁那年，我捧着录取通知书告诉母亲，我就要远离故乡到贵阳去了。我把这一兴奋的消息告诉她时，不知是她理解我为什么要远离故乡、远离她、远离那条圭河，还是出于高兴，母亲哭了。我没有什么话来劝慰母亲，一个人跑到圭河边，面对残红的夕阳，一个人独自沉思，暮色苍茫才回到家。母亲只说了句："那河还有什么好看的，脏不拉叽的，连条鱼都难看到了。"在圭河边生活了一辈子的母亲，竟会说出这句话。我无言以对了。

　　面对圭河，面对衰老的母亲，我伤心。是的，圭河清澈的流水没有了，加上人们大量严重地电鱼毒鱼，鱼儿基本绝迹了。许多与我童年朝夕相处的生命再也觅不到了——它们也许在某个深夜愤怒离去，把一切的悲哀留给了人们。那些给我生命般启示的鱼儿，她们找到家了吗？这个美丽的世界不配那些童话般美丽的生灵吗？流水依旧，可那声音再也不那么动听了。看着浑浊的圭河，从未有过的伤感悄然袭入心里，对着残红的夕阳，我的泪水早爬满脸上……

　　岸边依然有许多孩子——这个世界总不会拒绝年轻的生命。他们在岸边玩着时髦的玩具，他们白皙的皮肤，让我想起童年我们整天泡在水中，整个身体被阳光晒得只剩下屁眼沟一点儿白的惬意时光。可是，那个温暖的地方却使我沉重了。我在想，现在的孩子，成长在圭研的孩子，他们对圭河会产生我对圭河爱情般的圣洁情感吗？

　　天地间的河流都有一个清澈的源头，正如我们都有一个美丽的童年。于圭河，我不知道她源于何处，但我相信，她来自一个高远清澈的地方。可是，谁会指引我到那地方去呢？她不舍昼夜地流来，可在这里却变了，变得浑浊，变得不再可爱。

　　我静静的圭河，站在溪畔，我还能够感受时光的深刻和岁月的诗情吗？母亲不能够回答我，我自己也不能回答自己。

　　只是有一句话，我不敢对母亲说了："我要去一个遥远的地方，去寻找童年的圭河。"

Er Di
二弟

二弟哭得一塌糊涂，我不好怎么劝他，30来岁的人了，不是说哭就能哭得出的，比如倔强的二弟。

二弟在电话那头哽咽着，说他出生四天的孩子不行了，在医院抢救，我想责怪他为什么要这么早出医院，但这些责怪的话我到嘴边又说不出口了。

几天前，二弟打电话给我，说他当爹了，生了个男娃，我听得出他的喜悦和激动，我想象得出，调皮的二弟激动的样子，肯定把头发向后一甩，酷酷的样子，我也在电话那头听到我60多岁的老母亲哄孩子声音，那激动的气氛感染着我。

孩子早产，我叮嘱要在医院多待几天在回老家，老家条件不好，孩子稍微有个风吹草动，送医院都来不及，二弟在电话那边说，孩子健康得很，五斤二两，孩子他妈也健康，没得问题的。

我在思索着给孩子取个好名字，心里想着他未来的日子的好前程。孩子出生的第三天，我们农村有"三朝晨"的习俗，那天外婆和亲戚都是要带着鸡蛋、糯米来看看孩子的，二弟扛着一大包纸尿裤抱着孩子回家了，他说医院老贵，一天一百多块受不了。

第四天凌晨，孩子不行了，打120送医院，不行了。我打电话给二弟，要不找车送凯里来，这里条件稍微好些，二弟哽咽得话都说不出了。

我比二弟还伤心，我躲在办公室里泪水潸然而下。生命才开始就夭折了，四天时间不足一百个小时，生命何其短暂，脆弱若一根稻草，整个下午，时光像水一样从我指间滑过，依然和往常一样平凡如初。

昨天晚上，二弟从老家打电话给我，说他要去浙江打工了，老家的田地活路都干完了，孩子也没了，耗在老家没事干，他说堂哥已经找到了厂子，就等他过去，工资不多，千把块一个月。

他说浙江好呢，上次在浙江时，还赚了几千块钱回家，给家里添置了一台小彩电和一头牛。

村里的二毛他们好多年轻人都到外面混钱去了，村里的田土荒了不少，村子里都剩些老得快走不动的老年人。二弟对我说，家里的那几丘薄田是刨不出金子的，出去打工，乱挣都比在家里混强。二弟说，哥，你不知道，明年开春来，化肥农药样样要钱，我的那几丘田都放给父亲种，父亲种不了就荒了算了。我试着问二弟，不出去行吗？要么在近点的地方，比如在凯里，我再跟你找份工作做做。二弟幽幽地说，那来了凯里还不是麻烦你？我先去趟浙江再说吧！

我生性比较懒，加之在圭研那些年，我身体一直不怎么好，一看见农活心里就打怵。二弟却不同，小小年龄，家里地里的活全能拿起放下，犁田、栽秧、打谷，他样样在行，父亲戏谑说二弟生来就是块干农活的料。

小时候，我们兄妹三个围在老屋煤油灯下看书，母亲抱着最小的四弟也聚在旁边缝补衣服，父亲旱烟一袋接一袋弄得满屋烟雾缭绕，二弟拿着书本不是头痒就是脚痒，搔来搔去，他没心思看书，老在想屋前那棵大枫树上的鸟窝。

这么些年来，听见父亲的一声声叹息，我知道他在为二弟担忧。

放下电话，我的心很不安宁了，想起二弟，我的眼睛又红了。二弟小我两岁多，我们在一个小学读书，他成绩不好，经常逃课，那时我的妹妹也在小学读书，有人欺侮妹妹，二弟顾不得身材矮小，都会大打出手，我说打架终是不好，二弟说不能老让人家欺侮。二弟在小学期间打了三次架，家长找过父亲三次，父亲陪了笑脸也赔了医药费，事后也教训了二弟，二弟被父亲打了一次又一次，但他强忍着就是不让泪水流下来，他后来对我说，哥，你不晓得，我受不了别人的气。

二弟小学刚毕业那年，20世纪90年代我到贵阳读书，学校要交一笔钱，家里穷，交纳了我的学费后，每个月的生活费就捉襟见肘了。为了我每个月一百五十块的生活费，二弟辍学了，一声不响地跟着寨上的几个年纪稍大的年轻人跑福建打工去了，是开矿山，累死累活，危险得很，工钱少得可怜，二弟的拇指在破石时差点被砸粉碎了，休了一个星期的工，到结账时，老板要扣他受伤那个月的工钱，说二弟耽误了出货进度，一分不给。二弟和几个寨上的人找老板论理，老板懒都懒得理二弟，寨上的几个年轻人差点就要把那狗日的老板拉出去修理了，二弟事后给我说起，幸好那时不打那老板，要不，一年到头一分钱都得不到。

二弟扳着手指给我看的时候，他的手指严重变形，我转过身去哭了，那年二弟才15岁。我15岁的二弟，为了我，为了生活，负荷着他年龄不该有的苦痛和负累。

没有读书的二弟显得有些的轻松，这些轻松背后是我一次次的伤心。

从福建回来，二弟在家只待了一个月，过完春节又去了广西，去砍甘蔗。二弟去广西打工的前夜，我们谈了很多，他语气坚决，大哥，你好好读书，给家里争气混出个样子，没钱找我。他挥了挥手，颇有大人的气势。他扛着比他身体还大的一个牛仔包，离开圭研的那天凌晨，月明星稀，路边的狗尾草结着白霜，我突然发现15岁的弟弟个头是那么的小，不及我肩头，夹在大人中间像个小小感叹号。他的头发很长，显得有些老成，显出他那股倔强。送他到卜头寨上车的时候，二弟突然跑过来，抱着我说，哥，我是没希望了，家里就靠你了。那一刻，我让二弟的泪水湿了我的一肩。

什么是希望？我一直没给二弟答复。我只是觉得，这两个字眼从二弟的口中说出来的时候，是何等的艰难。

那个假期回来，我躺在房间看周作人的《灵魂的伤痕》，忽听有人喊："妈，妈。"我甩开书本跑出门外，是二弟。他扛着硕大的牛仔包回来了，用一根麻绳捆得严严实实，生怕他的那些物品掉下来。他的头发像蓬乱草，额前那绺头发被汗水缚在脸上，脸显得更小，还是走时穿的那件外衣，只是脚上多了双皮鞋，被泥巴覆满了鞋帮。二弟看到我和母亲，嘴巴快裂到耳根，泪水洒了下来。

二弟没挣回几个钱，到县城才狠心买了双人造革皮鞋，花了25块。二弟平静下来，他用粗裂的手翻开他那硕大的牛仔包，翻找着给父母带来的糖果，其中有我的一支钢笔。

在广西砍甘蔗，多劳多得，二弟拼命砍，砍甘蔗是季节性活路，砍完甘蔗又跑去找别的活路来做，钱依然挣不了多少，他在广西时，给我寄过钱，三百块，拿着汇款单，二弟歪歪斜斜的字迹，一个个错别字像针一样扎在我的心上。

　　二弟习惯了奔波,广西回来后在家干了一段时间农活,又随村人到县城一家砖厂去干活。那个暑假,闷热无比。我回家的时候,父亲说二弟去县城三个月了,砖厂活路累死累活,你去喊他回家休息几天吧。

　　我费了好大的劲才找到二弟所在的砖厂。当我听见机器的轰鸣时,内心异常激动。在那十几个人当中,他们全部赤裸着上身,清一色穿着短裤。我试图走过去,可烟尘弥漫,我看不到二弟。二弟在哪里?

　　突然一个背着大背篓的人向我跑来,是二弟。到我眼前的时候,我才看清楚,汗水在他脸上模糊一片,我想这里面一定也有泪水,硕大的背篓把二弟的脊背磨出了一道道血痕,长时间在太阳的下暴晒,他背上蜕了一层又一层的皮,我摸着二弟黝黑的皮肤,二弟说,哥,你不要摸了,辣疼得很。

　　当天晚上,我和二弟回到了圭研。我们跑到圭河去洗澡,流水淙淙带走二弟的疲劳,我们躺在石板上,很惬意的样子,天上的星星像宝石一样缀在空中,二弟说在砖厂赚了快有千把块钱。二弟有些激动,那些背上的伤痕似乎不痛了,他眼睛里流露出欢喜。我不敢在二弟面前流泪,我借故扎了个猛子,在水里让泪水艰难地流出来。

　　我在水里,坚持着不让我的头冒出来,我达到了极限,我猛地冒出水面,放声大哭。这就是二弟的希望吗?

　　每想起我那命苦的二弟,想起那穷得只剩下石头的故土,我一次次泪流满面。想有一天,我能自己挣钱了,要让二弟好好享受一下生活,我那时的理想差不多就是挣了钱,能把二弟从在外打工的困境中拉回来,好好陪着父母,安心过属于他自己的生活。

这些年，二弟陆续去了福建、浙江、广西、广东等地打工，在那些异乡的日子，二弟所饱受的生活之苦我是理解得到的，我从他在电话的声音听得出来，有时在工厂里，机器的轰鸣声几乎打断我们的谈话，有时在车水马龙的闹市，车流声带走我阵阵的伤感。很长一段时间，二弟没有给我打电话，我在庸碌的生活中渐渐忘了二弟身处何方。只是在梦中突然梦见二弟，那一刻，我感觉到兄弟的感情是不是随着年龄增长，我们愈来愈远了？

多年来，我经过繁荣的城市，看到民工兄弟，都会想起我的二弟，他们的肤色、声音和动作，和我二弟一样，像老家的泥土一样朴实，没有半点做作。

我毕业后，我找了份事情给他做，是单位的外聘农电工，巡视架空线路，每月要整整走六天才把所巡视的线路巡视完毕，钱虽不多，但不至于在别人的白眼下讨钱过日子了，二弟在两年的巡视护线工作中，每个月领取不多不少的工资，这在我的老家，是很不错的了，二弟的日子稍稍地有了起色，可随着工作量地不断减少，所聘用的线路巡视护线员都辞退了，二弟也失去了这份工作，回家种田去了。

生活把二弟折磨得判若两人，早年的倔强哪里去了？我想只有问问老家那些长势不太良好的庄稼或许知道。有一年，二弟去买谷种，被缺德的商人骗了，栽下的秧苗子长谷不多，上了公余粮税后，家里宽大的谷仓所剩无几了，二弟望着谷仓满脸迷茫。

二弟在老家，我给他打过几次电话，他要我在凯里找一下有没有他能做的事情。总之，在家，是找不到钱的。每次我都答应好二弟的，可在忙碌的工作和庸俗的生活中，我一次次把二弟的话忘了。直到昨天晚上，二弟给我打电话说明天就要去浙江了，我才从茫然中回过神来，我答应二弟的话，怎么都忘了呢？二弟没有怪我，他一辈子都不会怪我的,他还在愧疚中怕麻烦我呢。

二弟说,都是打工的命了,哥你就放心吧!不像你,写写文章都可以搞钱,认命啦!哥,这就是生活。生活是什么,生活就像被强奸,不能反抗就忍受吧!我的一位文友曾经这样对我说。但我不想给二弟说这些话了,他依然在与命运抗争,为了那些薄如草纸的希望在拼搏,不知我写这篇小文的时候,二弟随着飞驰而去的火车到达了哪一站,肯定还没到达浙江。我知道,他的下一站台,依然是在打工的路上。

Hu Neng Lao Shi

虎能老师

离别故乡多年,许多人事随岁月流逝渐次地淡忘而去,每每想起自己年少的学生时代,我的眼前总会浮现虎能老师的身影,挥之不去,成了我遥远的痛。

我在五岁就进了学校。刚报名的第一天,我就发现一个走路一瘸一拐的老师在忙碌着为学生报名。我惊讶:"瘸子也能教书?"那时我对老师的概念产生了前所未有的怀疑。并对我的入学表示小小的抗议。

父亲把我揪在他面前,威吓我叫他舅公。我怎么也不肯叫,最后父亲在我的脑袋上狠狠地弹了两颗"香苞谷"(食指和中指弯曲来打人),我哭着喊了声:龚老师。那时我知道他姓龚了,可我依然没叫他舅公。后来我才知道,他是我正儿八经的亲戚,是我的舅公。虎能老师听到我没叫他舅公而叫他老师后,很不高兴。我在心里暗暗祈祷:以后千万别让他上我的课。

可事与愿违,虎能老师上了我们的语文课。

虎能老师有近40年的教龄了,曾教过我的大伯和父亲他们那一代的学生,他的严厉是出了名的,一头银白的头发,眼镜后面一双深陷的眼睛,炯炯有神,清瘦的脸很难有一丝笑容。尽管他走路一瘸一拐,但这丝毫没有影响他的威严,在他的课上,只要你有小动作不听他的课,他便一瘸一拐迅速闪到你的课桌前,咬牙拧着你的耳朵,把你提到讲台前站一节课,事后还要通知家长,严加管教。每遇他上课,我们基本上是抖着身子,常担心他像神仙一样迅速拐到你的面前,把你一把提到讲台上去罚站。

同学没少被罚站,我也被虎能老师狠狠地教训了一次,我在他课上,偷偷在课本上临摹《水浒传》连环画上的英雄人物,我太专心了,以致他一瘸一拐闪到我身边我都不知道,他在我身边注视了好一阵子,突然一把抓住连环画三下五除二撕毁,雪花状飘落一地,他还不解气,把我的书包扔出窗外,并死劲拧着我的耳朵,罚我站在讲台上整整一节课,连尿都快憋不住了。自那以后,我恨透了他,并且,叛逆心日益加重,一到他上课,我尽管装着认真听讲的样子,痴愣愣地晃着脑袋,但他讲的什么我全没听进去。

被他训得最多的是猪蛋。猪蛋调皮是出了名的,他报复性地在讲台前泼了盆水,当时我们的教室极其简陋,是黄泥地,猪蛋把地面弄得滑兮兮,上课铃一响,我们全班三十多个学生眼睁睁等着好戏看,虎能老师一瘸一拐地走进教室,挪上讲台,他永远不想到他心爱的学生会做出如此下作的恶作剧,他像一张纸般滑着飘到墙角,看着他艰难地爬起来的狼狈样,我们开心至极。

我深深地伤害虎能老师是在我小学四年级的时候,那是寒假,我们都待在家里,虎能老师来找我的父亲要一副草药治治腰痛,父亲早年是个赤脚医生,懂得好多偏方。虎能老师来到我家的时候,父亲在隔壁表舅家。我跑去喊父亲,我高声地说瘸老师来找你了。

可没想到,我刚一转身,虎能老师就站在身后了。他迷惑地吼道:你小子怎么能够这样叫我呢?我是你舅公啊!父亲的脸也像猪血般红了,他为养出如此不礼貌的儿子感到脸红,在我们那里拿人缺陷来取笑,无异于奇耻大辱。我知道我深深伤害了虎能老师。可想而知,那天晚上我被父亲用农村最残酷的教育方式处罚了我,把我罚跪在堂屋神龛脚下,头顶满满一盆冷水。父亲红着眼睛用一根烧火棒指着我的鼻子吼,只要我稍微动动,水就洒泼下来,父亲手上的烧火棒就落在我身上。大约两个多小时过去了,我的双膝由生疼变得麻木,头上的一盆水重似千斤,实在无法坚持下去了,趁父亲不注意,把满满的一盆水掀了,刚站起来,就被父亲一脚踢到墙角,我躺在地上十多分钟没有声息,父亲以为我死了,父亲狂笑后开始号哭,没想到十多分钟后我竟然站了起来,拍拍屁股没事般朝后门跑去。

晚饭后,父亲把我拉进怀里,哭着说:你舅公是个好人啊!他的左腿残废,是我们小时候弄残的。

父亲说,你舅公不仅是个好老师,他还是个优秀的画家,他只是在课余画了副观音的画像,挂在堂屋,"文革大革命"时被打成"牛鬼蛇神",成天批斗,受尽了苦,我们当时是毛主席的红卫兵,批斗他时把他掀下台子,他的左脚摔成骨折。从此走路就一瘸一拐了。

父亲流着眼泪诉完这段历史,我的心像塞满了铅块,沉重。自那以后,我再也不敢嘲笑虎能老师了,我既尊敬他又害怕他,心中有说不出的负罪感,只好埋头读书。

我离开家乡到贵阳求学的前夜,虎能老师来到我的家,他微笑着送我一支钢笔,我基本上没见过他笑,他的笑很陌生。他说我已经长大听话了不再顽劣了,我在愧疚中接过他的钢笔,可谁也没有想到,现在他那只钢笔成了我唯一思念他的信物了。

第二年秋天，父亲在遥远的家乡打电话给我说你那舅公虎能老师走了。初一听，我心里一紧，舅公怎么说走就走了，去年不是还精神矍铄的吗？我那可怜的拥有40多年教龄直到死还是民办教师的虎能老师还是走了。他一生没任何遗产，硬要说有遗产的话就是他留下的几支画笔和一捆画像，还有我对他无穷的怀念。

第四辑 回乡之路

Tan Ke
炭客

"伐薪烧炭南山中，满面尘灰烟火色，两鬓苍苍十指黑。/卖炭得钱何所营？身上衣裳口中食。/可怜身上衣正单，心忧炭贱愿天寒。"

每当我读到白居易的这些伤感诗句的时候，就禁不住泪流满面，我会长久回忆童年父亲在屋后山烧炭的情景，想哭！当我穿梭于都市钢筋水泥结构的建筑中，穿着西装打着领带叼着香烟与人牛皮哄哄的时候，当我打着酒嗝的时候，穿越城市边缘抵达我花了几年积蓄购置的寓所偶遇卖炭老乡的时候，他们的脸像木炭一样黝黑，守着那一担担木炭等待买主，他们有着我多年前父亲一样的期盼和渴望的目光，无神而有些呆滞，他们目光简单得就是尽快把木炭卖出去，然后回家与家人团聚。我心潮起伏，心灵再也经受不起这样的折腾，基本上是逃一般离开。

在这个时候，我就会想起父亲。

小时候，父亲被母亲从医院喊回家务农后就在屋后的山上伐柴、烧炭，养活了我们一家老少，那时，父亲已经是一个成功的炭客了。

从我记事起，父亲就开始烧炭，我的爷爷是老炭客了，父亲一

237

丝不苟地继承了爷爷的衣钵。他不爱说话，沉默得像屋后的那座山，他的脸就像那根皱皮的麻栎树，从一根麻栎树烧制成炭的过程，就是我们几兄妹成长的过程，每个学期开学，父亲得卖掉几十担木炭，在我老家，许多乡亲都在烧炭，那是经济的主要来源，油盐酱醋都得靠那漆黑的木炭，反正我老家有上好的森林，五六年是烧不完的，一到冬天，满山坡的炭窑，冒着白烟，颇为壮观，乡亲们都和我父亲一样弄得蓬头垢面，他们得挖掘一个两平方米的地洞，把木柴装在里面夯实烧制，待木柴全部燃烧完毕，再密封，两三天后，再从旁边掘一个洞把烧制成的炭取出来，然后卖出去换成少许的钞票。但是乡亲没有过多的考虑，炭一多就烂贱，烂贱也没办法，必须卖出去，父亲得往返几次乡场才凑够我们四兄妹的学费钱，父亲是个出了名的忠厚人，不会往好炭里加些杂木炭，没假货，父亲炭龄长，好多熟人都愿买父亲的炭，父亲一高兴，就会往扁担上挂一刀猪肉回家，我们一家会乘机打上次牙祭。

我深刻体会到贫穷带给我过多的窘迫，上初中后，我就住校了，我一个星期只要父亲的四元生活费，那是20世纪90年代初期，四元钱其实少得可怜，但四元钱，父亲得卖40斤木炭，父亲没有过多的余钱给我，一到节假日，我会自觉避开热闹的同学，像泄气的皮球离开他们，独自找个偏僻的田野看书，就从那个时候，我养成了良好的阅读习惯，这为我后来能够坚持写作有着极大的关系。多年后，当我在热闹的城市生活了十来年的光景，依然保持着我这个难得的习惯，避开热闹，静下心来创作自己的东西，我不得不感谢涩苦的生活带给我的这一丝丝慰藉。

初三那年，我们正紧张地复习，天冷得出奇，外面下起了鹅毛大雪，风从教室的门缝挤进来，像刀子一样刮在脸上，离家近的同学桌子下都放了一钵火,我从家到学校得花近两个小时的山路,远,离家时还没这么冷,就没准备火钵了。我已经冷得发抖了,没心思看书,望着窗外的飘雪发呆,正当我冷得沉迷在窗外飘雪的时候,我看见了父亲,他颠着小脚挑着一担木炭,踏着积雪穿过学校那小小的操场,朝我教室走来。父亲穿得很臃肿,头发被雪染白了,脚下穿着双解放鞋,还套双马掌,马掌是铁铸的,套在鞋上防滑,父亲圈着腿走路的姿势很不规则,长得细小的父亲快被那担木炭压垮,我还看见父亲喘着白白粗气,我基本上跑着迎上父亲。父亲见了我,在教室一楼放下木炭,弹掉身上的雪,搓了搓手,脱下身上的老式棉外套,塞给我,我不要,父亲也穿得不多,父亲回去还得顶着风雪啊,父亲涨红着脸说,你怕你的同学笑话你?笑你父亲穷,买不起好衣服?我红着眼睛,我知道我不是虚荣的人,再不接父亲的衣服,父亲的心里更不好受了。父亲还说,炭多,你分一些给你们同学。

　　父亲把炭放好就转身走了,消失在学校的转弯处,我眼里噙满泪水,父亲的背影让我一辈子难忘。我当即跑回寝室把那只旧饭钵当作火钵生起了炭火,穿着棉衣回教室上自习,几个同学围过来,从我的火钵里掏走了几根木炭,看着我的衣服,一个劲说我的衣服好看,我想,他们是虚伪的,他们是烧了我父亲辛苦烧来的木炭后,才这样勉强称赞我的,我总觉得别扭,难过。

　　炭多,乡场实在消耗不了源源不断涌来的木炭,尽管烂贱到了极点,乡亲还是要挑到乡场上去卖,满叔脑筋比较聪明,邀上父亲,把炭弄到县城去卖,兴许会得到好价钱,父亲和满叔用租来的马车拉了六担炭到县城去了,满叔还哼着不成调的歌曲,天不亮就从圭研出发了,父亲和满叔还包了两大包糯米饭,就往县城赶,可到了县城,县城大得竟然让父亲和满叔找不到卖炭的地方。

父亲和满叔像两个守财奴一样守着那一马车的木炭，等待着买主。中午过去了，还没有一个买主来光顾，这难免让父亲和满叔失望，怎么城里的人就不冷了？傍晚时分，倒是来了三个穿制服的，见父亲和满叔在啃从家里带来的糯米饭，再问了几声父亲和满叔还是答不出一句所以然的时候，三下五除二把马车给掀了，还生气地用和木炭一样黝黑的皮鞋把木炭踢碎，说是影响了市容。满叔是个脾气暴躁的汉子，挽起拳头想和那几个人拼命，被父亲劝了，说是有什么法子呢。父亲很冷静，我想父亲那时眼里一定饱含着泪水。

　　父亲和满叔那次城里之行，没有得到他们想得到的价钱，更多的是换来了一顿伤心。炭没了，他俩只好灰溜溜赶着马车回家。

　　几年以后，我用这一素材当作一个漂亮的散文写出来后，获得了一个奖，当我领到那百十元奖金的时候，悄悄一个人跑到校园外的湖畔狠狠地把自己灌醉，狠狠地骂娘，狠狠地哭了一场。

　　中学时代，每个周末，我都回家，我会陪父亲到后山去砍炭柴，我是家里的长子，我尽可能帮父母干些农活，每次父亲从闷热的炭窑出完炭的时候，父亲都会蹲在炭窑边咳嗽，吐出的痰，黢黑的。

　　我怎么也无法想象父亲从一个医生到炭客的过程。今天，我泪流满面以一篇小小的散文纪念刚逝去的父亲，我想我是一个炭客，尽管我不再继承父亲的烧炭的衣钵，但在我的潜意识里，我就是一个颇为成功的炭客，就像我的写作，一如烧炭的过程，我的思想因为有着父亲山一样的情怀，回忆一样是艰辛而困苦的。

第四辑 回乡之路

Fu Qin Shi Zuo Shan
父亲是座山

在这个叫作凯里的小山城居住已十来个年头,这些年称不上诗意的栖居,但活得惬意、舒适,没有大起大落。多年来,我遵循生活的规律,上班,读书,写作,把自己人生的车辆置放在平稳的轨道上,日复一日,一直以来,我并没有把自己优越化,时时保持着对生活的严谨、拘束,总是以一个农民儿子的诚恳和辛勤迎接生命中的种种挑战,习惯了挑战也就习惯了生活。在平静的每一个日子里,像父亲一样艰难地收割属于自己的庄稼,从来没有奢望自己有一天能够把灵魂置于天堂的高度,只是慢慢地收获着艰难与微笑,泪水与欣喜,在刻骨铭心中体味尘世间的冷暖。

只是这些年,默默念着"谁在竹林里溅起麦浪/谁就是我血液的爹娘"美妙诗歌的时候,才感觉到年龄的增长,随着年龄的增长,人越来越怀旧,怀念过去的物事,学会了在深夜思考,学会在思考中思念一年年老去的父母亲。

街道两旁栽植的树木,栽下去就有两米多高了,都是从乡村移植到城市的,我不知道它们适应城市的水土了没有?但我知道它们怀念孤独拒绝喧嚣，像一个乡下人唐突地站在城市中央，拘束得不知所措，它们那无奈的样子，使我想到我的父亲，在乡下生活了一辈子，因为生病，才到凯里治病，如果他老人家身体健硕，他打死不会在这里待的。在城市里，他没有一个亲戚没有一个朋友，我们都上班忙乎去了，他连个说话的人都没有，连居住的单元楼的邻居都互相不打招呼，他显得异常孤独，没有在乡下那么的自在。父亲说了一句话，这城市太没人情味了。父亲的话虽然短，但似乎很有道理。

然而父亲却比那些移植来的树要自由得多，那些树被安置在某一个固定的位置，一辈子就在马路边，看车水马龙，看人情世态，不小心还要遭到某个混混儿的折枝般的糟蹋，甚至某一条调皮的狗绕在树根部撒泡热尿，敢怒不敢言。我父亲呢？自由得多，他每天都会到街上溜达，尽管别人会用异样的眼光看着他，他依然抱着手像查看他的庄稼一样打望着这座狗日的城市。在城市待一段时间后，他又回到自由自在的小山村去了，那个叫作圭研的小山村，是我的胞衣之地，是父亲一辈子不愿离开的地方。

圭研是个典型的侗寨，自古都穷，不是一般的穷。然而我有一个开明的父亲，父亲发誓说，就是砸锅卖铁也要供我读书。父亲的这种近乎杀鸡取卵的做法，受到普遍的村人嘲笑，嘲笑当过医生的父亲是不是哪根神经出了问题，那时父亲已经由一个赤脚医生回到家务农了，赤脚医生的父亲比常人要多些怪异的思考，比村人眼光要远，他那种当医生的优越感随着回家务农也就渐次遥远了，父亲也慢慢地融入庸常的生活中去了。

我怎么也无法理解当年父亲把我隆重推出圭研的情景，那时的父亲，和我一样雄心壮志，期盼我哪天发达了，把父母亲接到城市去享享福，跺脚发誓要离开这穷旮旯。可是今天，当我每个月领取不多不少的薪水，把自己全部的身心融入了城市，要把父母亲接来和我一起居住的时候，父亲反而留恋他生活一辈子的圭研了。

父亲常说，人老了，泥土都埋到脖子了，离家远了，终是不好。父亲每说一次，我都泪眼婆娑一次。

父亲在未满一周岁的时候，奶奶就撒手人寰。他自幼缺疼少爱，沉默寡言，但他用并不算厚实的肩膀养育了三儿一女，倾尽了毕生的爱。

父亲早年是个医生——乡卫生院的赤脚医生。记忆中的父亲总是奔忙于各村各寨，为乡亲的疾病不辞劳苦。我跟在父亲屁股后面看他治病时刚满五岁。父亲说，大姚，多留心点，多记些药物，或许将来能成为一名优秀医生，救死扶伤是值得人们尊敬的，那时的父亲，受到村人普遍的拥戴。多年以后的今天，当我从事电力工作，业余写诗作文时，并不知道父亲当初对我寄予的期望是多么的诚恳。那时，我骑在父亲的脖子上，摩挲着父亲头上稀少的头发，听他说那些长而难记的药名，直打瞌睡。

父亲很难得出趟远门，但每次到县城的时候，就一定会给我们兄妹无尽的遐想和幸福。来回近几十里的路程，他从来舍不得坐车和吃碗油炒粉，总是空着肚子步行。回到家，我们兄妹早已进入梦乡，他会把冰凉的双手伸进我们焐热的被窝，我们一下子弹跳而起：啊！有吃的了！水果糖、橘子、饼干，每人一颗或得到四分之一——因物而异，时多时少。母亲忙着给父亲热饭菜，父亲蹲在火炕边抽烟，看我们为争抢一颗水果糖而疯狂打闹，眼睛里弥漫着满足和欣慰。

父亲离开了赤脚医生队伍，多年后的今天，我才感觉到父亲些许的失落，因为和他一起的赤脚医生，现在在县医院拿了退休工资，安度晚年了，而他却还在为生计苦苦奔波，前天打电话回家，父亲兴奋地告诉我，他现在被政府列为低保，每季度可以领取89元的低保补助。他说政府看他年老生病，就列在其中了，这得感谢党感谢政府。父亲这句短短的话，一改我对这个社会的看法，在当今的农村，党的惠民政策已经深入人心，使我看到了璀璨的光芒。

回到他久违的土地，父亲除了尽心尽责种好那几块责任田外，还想方设法找钱，这与我们兄妹几个像屋后的枫树一样疯长起来有关，我们得上学了，上学是需要钱的。

烧炭是唯一出路。

中学时代，每个周末，我都回家，我会陪父亲到后山去砍炭柴，我是家里的长子，我尽可能帮父母干些农活，每次父亲从闷热的炭窑出完炭的时候，父亲都会蹲在炭窑边咳嗽，吐出的痰，黢黑的。从那时起，我常想父亲的痰怎么会这么黑了。

近年来，老家的山上再也没有炭可烧了，父亲才得以休息下来，没炭烧的父亲显得有些茫然和孤独，一进入冬季就不知干什么好了。在我的童年的全部记忆里，父亲是在烧炭中度过的，艰辛而困苦，尽管我不再继承我父亲的烧炭的衣钵，但在我的潜意识里，我就是一个颇为成功的炭客，就像我的写作，一如烧炭的过程，我的思想因为有着父亲山一样的情怀，回忆一样是艰辛而困苦的。

我从16岁即离家在外漂泊，正在读初中的小弟常把我写的文章拿给父亲看，父亲边看边用烟袋敲打炕沿，说这是什么屁诗歌屁散文，老子看不懂，父亲肯定看不懂，父亲因为爷爷曾经当过一年的地主，上完小学就没法上了。在父亲眼里，我只是个永远长不大的孩子，来不得半点狂妄。这些年，我和父亲之间似乎隔阂了些什么，不像二弟跟在父亲身边一边牛皮哄哄扯谈一边抽烟那么融洽。我何尝不想与父亲亲近一些？春节回家，我总是想找父亲聊聊天、抽抽烟，但父亲总是显得不自在。母亲抹着眼泪告诉我，在我醉酒躺在床上的时候，父亲静静地坐在床沿，轻轻抚摸着我胡子拉碴的脸，只是再也没有把那双饱经沧桑的手伸进我的被窝。

小时候父亲用冰冷的手伸进我们被窝的那种感觉失去了，我与父亲的距离有些遥远。

父亲爱酒，这是母亲和我们最为担忧的，父亲曾喝醉摔下山沟。父亲醉酒后，话特别多，这让母亲很反感。往往是父亲醉酒了，母亲就找借口避开，父亲找不到说话的人就发火，二弟比较调皮，成绩差，在学校经常打架，父亲醉酒后，就拿二弟训话，搞得二弟很早就厌倦读书，跑福建打工去了。二弟跑出去打工混钱，让父亲失落了好长一段时间。

后来，父亲的脸突然浮肿，这可急坏了母亲。以前父亲的脚经常痛，说是风湿，也没在意，断断续续痛了八年，平常就靠一点止痛药解决。这一次，经过医生的反复检查，说是父亲肾衰竭，这个消息让我崩溃，这些年来，我对父亲的确关心太少了，以至到今天这种状况，加上父亲好喝酒，造成他的病情愈来愈严重。病并没有压倒父亲，他依然像没事一样，时刻关注着现在还在读高三的小弟。他希望小弟能考取大学。这样，他又一次可以在圭研抬起他骄傲的头。

每次给父亲打电话，他都唠叨着要我听领导的话，好好工作。父亲平实的没有多少文化的语言，和着那浓浓的爱融入我贫瘠的心腔。有一年我到天柱出差，办完公事后，到一所中学去看一位老师，那位老师和父亲关系极好。在我准备推开老师家门的时候，听到了老师和父亲在高谈阔论，父亲有点酒意地说："老子的娃，是个作家，能写诗写散文……"那一刻，我惭愧，差点想哭。父亲说我那些诗和散文是屁诗屁散文,其实是希望我别骄傲自满。怕是让父亲失望了,这么些年来,我写的那些无病呻吟的东西,我想父亲是永远读不懂的。在与父亲短距离的接触中,他明显苍老了。有一次父亲意外见我到来,双手捂着头扭过脸去,我跑过去扶他喊他,他已哽咽不止了。过了好一会儿,他才说:"好久不见……想你想得直想哭……"父亲在酒至微酣的时候,感情最脆弱,常哭。我默默地抓住父亲的手,鼻子酸得不行。

是的,父亲病了,而且病得不轻。我把能腾出来的时间都用来陪伴父亲,陪他看看电视,陪他聊天。在不经意间,发现父亲真的老了、瘦了。我曾经思考:曾经像山一样的父亲怎么说老就老了?是不是我已经长大了?遗忘了彼此间的年龄?忘记了彼此的沟通?可我怎样去理解和照顾父亲:他的头发越来越少,晒得如紫铜的脸上布满了深深的皱纹,他那破旧的衣服难以掩饰那瘦小的身躯,他为了我们兄妹几个劳累成现在的样子……

当他为了治病戒掉喝了三十多年的酒时,我猛然地意识到他对我们兄妹默默的关怀像山一样的坚强而执着。他用不伟岸的身躯一面辛苦劳作支撑整个家庭,一面深刻关注自己的子女,像侍候着他田地里的庄稼。

第四辑 回乡之路

Hui Wang Gu Xiang
回望故乡

　　我出生在黔东南山叠着山的偏僻山区，与故乡毗邻的就是出过伟人的湖南。小时候，生长在大山里，上中学那阵子，每每捧读毛泽东的诗词，总生出几许豪迈与悲壮。

　　可是，故乡的景象徒让我滋生几许落寞。故乡的天空是如此的灰暗，故乡的空气永远翻滚着饥饿的气息，泥土深处是贫瘠而无望的渴盼。

　　童年时代，我的梦想其实很简单朴素，就是希望能成为村里篾匠刘师傅得意的徒弟。刘师傅有一手绝活，能编织形状各异的竹制品，可惜命苦，他婆娘接二连三给他生了六个比野菊花还漂亮的女儿。我心下暗自盘算，等我也学得一手绝活的时候，把他四姑娘娶来，或者到他家"倒插门"（即上门女婿）。那么，我这一生，就算走不出大山，困死在故乡的大山里也无怨无悔了，拥有像四姑娘那样贤惠的老婆，一辈子还有什么过多的渴求？

　　穷僻的故乡，土里再淘也淘不出半两金子，那些狭窄的山胸脯很难孕育出一只凤凰。巴掌大的天空，很难想象一只大鸟在天空飞过，我是有些"既来之，则安之"，"小富即安"堕落的想法了。我从小学到初中，没有谁告诉我"天外有天，山外有山"，也没有谁告诉我"书中自有黄金屋，书中自有颜如玉"。我之所以努力读书努力地走出大山，来源于小学一位校长臭屁一样的骂声。那个校长是我的一个亲戚，称呼起来应该是姨爹。新学期开始之时，也就是父母心焦之日，父母被那几十块学费弄得焦头烂额。母亲没有办法，费了很大的劲才把放出圈的那只母鸡抓来，你要知道，那只母鸡正在下蛋，卖蛋的钱则是一家人盐巴的全部来源。母亲那种杀鸡取卵的做法，也只能换来我学费的二分之一。很清楚地记得，父亲一手捏着卖鸡的那把零钱，一手牵着我去了学校。父亲是去找我那位当校长的姨爹说说情，能否先把我收下，学费嘛，隔段时间再交齐，我的父亲几乎是哀求了，再苦总不能苦娃娃。你猜怎么着，校长大人当着许多学生及家长的面狠狠地羞辱我的父亲，说养不起就别生那么多，你要知道，因为贫穷而衍生的自尊是极其强烈的，我不知道父亲是怎样牵着我的手离开学校的，假如允许我猜的话，我父亲的眼里一定饱含着泪水。

——那是让我一生无论处在何时何地，无论怎样的豁达，怎样的去忘记，一回忆起来都心痛的情景。

怎么也没有想到我这辈子还能走出故乡沉睡的大山！1995年，我生命中很难忘记的1995年，那年我揣着巴掌大的录取通知书醉梦一般闯进家门，父亲得知我考取学校的消息，他正在屋后的那丘水田里犁田，慌慌忙忙赤着两片脚板跑回家，抱着我，眼泪像母亲在菜园子种的蚕豆那么大，吧吧嗒嗒滴在我的头上……

找童年的伙伴狠狠地喝几顿米酒，每日醉兮兮的。那时，我根本还没有学会喝酒呀！父亲把圈里正在催肥的那头准备过年的架子猪宰了，请客。

父亲特意带着我老远地跑到县城，买了两套像样的衣服及一只上海表。之后，泪眼婆娑地牵着弟妹站在村口，隆重地把我推出了故乡。

当我以一个陌生人站在故乡面前的时候，已是一个体强力壮的青年了。那是1999年，我刚分配到凯里供电局。一个人背了三蛇皮口袋的文学书籍，穿着一双马桶一样的翻帮皮鞋蛰回故乡。我在故乡玩了四天，每日黄昏我都泡在村前那条叫圭河的水里，恣意地泡着，让夜色把我包围、把我笼罩，鱼虾触痒了我的肌肤，撩拨着激情燃烧的心。我相信圭河经久不息的流逝声，一定藏着我童年无数的梦想和歌唱。当时我真是有化作溪水一同汇入大海的激情和冲动。

就在那个时候，我根本没有去想流淌了千年的圭河会在哪一天干涸？可是就在刻意不去想的时候，那思绪却顽固地了然于心，这样，我便有几分羞愧了，那种融入大海的激情和冲动便有些苍白无力了，便有些像面对深深爱着的旧日恋人，尽管她风韵依存，却没有拥抱热吻的欲望了。

最近去了趟故乡，我所谓的激情真正地锐减了不少。吊脚楼依旧、贫困依旧、大山依旧。我童年那些美好的梦想很无奈地遗留在了20世纪，不想去思考太多的问题。有微风拂来，丝丝凉着我，我曾经想当篾匠的少年时光，永远不会再回来了，那篾匠刘师傅老得不认识我了，他家如红杜鹃一样艳人的四姑娘，听父亲说嫁给我童年一个鼻涕口水流得满脸的光屁股小伙儿了，穷尽一生哺育我生命并供我走出大山的父母，已是皱纹爬满额头。

我基本是逃着离开故乡的，我怕我多情的眼泪会不经意淌了出来，我怕我再也不敢提笔描述故乡的一山一水，我怕我无病呻吟的文字再次撕痛故乡的伤疤。

　　眼前正是声色犬马、高楼林立、商贾云集。入夜，我和几个搞文学的朋友，坐在气派的歌舞厅，一边牛饮着啤酒，一边听音乐。游弋于身旁的是那些西装革履的男人和花枝招展的美女，一派的纸醉金迷。

　　临窗而望，城市如潮的灯火在流淌，如潮的声音向我涌来。打扮得妖冶的女歌手在唱着欲火燃烧的情歌。

　　夜色朦胧，一切恍然如梦，我不知是醉了还是醒着。

第四辑 回乡之路

You Xie Chou Chang Sui Shui Liu Tang
有些惆怅随水流淌

圭研的记忆,如圭河之水流淌,被无声淹没。

这些年,圭河的水莫名其妙的少了,其实也不用惊诧,这些年村人把能砍来卖的木材都砍了,以前一片苍郁被突兀的山头取代,在阳光下似乎尘土飞扬。

村人说,不砍木材,哪又去哪里搞钱呢?这些我不能回答他们,我只是在每一个深夜,一个人苦苦地想,陪伴我童年的那些清清流水和雍容华贵游走的鱼虾们,它们哪里去了?它们能否带走我所有的惆怅?还有那些记忆,我怎能找到寄托的地方?是不是随水流淌而去?我不得而知。

前段时间,伯妈过世,我回了一趟圭研,站在圭河岸上,泪水潸然而下。

我发了支香烟给海哥,海哥四十多岁了,至今还未娶到媳妇,在他爬满皱纹的脸上,我看到凄苦、孤独和无可奈何。和海哥一样娶不到媳妇的,在村子里还有很多,有蒲家兄弟,杨家老五,屈指一数,十多人。

我不知道在圭研为什么会有这么多的光棍汉？好久没回老家了，都以为他们都抱上孩子了，这或多或少让我吃惊。

在他们的身上，都有着鲜为人知的世事，海哥他们长得都不赖，是做庄稼活的好手，凭他们的力气，在圭研那地方混个人模人样是没问题的，但为什么都快老了，还找不到媳妇呢？

圭研有两匹山，中间被一条圭河武断隔开，地理位置独特。特别是雨后的圭研，像一幅安静的画，我在寂静欣赏这幅画的时候，不知道是不小心揉碎了画面的内容还是忽略了自己的存在，在回忆中，我无数次勾勒美丽。然而那些美丽远离着我。

没通乡村公路前，圭研一直以来都能自足自给。早些年，总会有小货郎摇着一只小小拨浪鼓，从前村走到后村，卖些盐巴、针线和日常小用品。小货郎的到来，会给整个村子带来生气，那只小小的拨浪鼓像根魔棒，吸引着村人，村人或多或少要买上些日常用品，特别是小屁孩，总会扯着大人的裤脚，硬要买上一两颗水果糖。

前几年通了条乡村公路后，小货郎再也没有出现了，现在的小孩再也没有那份激动和期待，拨浪鼓的声音远逝而去，属于拨浪鼓的文化也在记忆中消失。

早年海哥去海南打工，带回了一个漂亮的女人，那女的来了三天，就跑了。海哥说这些故事的时候，满脸的皱纹笑开了，我知道他和那女的是有感情的，但在贫穷面前，爱情显得有些苍白无力。人们都说同甘共苦，我想那是有些前提条件的，同甘一点问题都没有，共苦就要区分对待了。

海哥最后骂了句娘，都是因为穷，连个女人都守不住，白活了几十年。

圭研穷。每一年都有像屋后韭菜一茬茬成长起来的女孩子到沿海一带打工,打工见了世面的都不会回来了,谁愿意一辈子在这穷旮旯受苦,大部分远嫁他乡,远离着圭研,远离生养自己的故土,几年难得回家一趟,让自己的父母想得哭瞎眼睛。

农活轻闲时,没事干了,海哥他们围聚在一起,把一桌脏兮兮的麻将搓得山响,赌资都不高,几毛钱,在这个小小的侗寨圭研打发着寂寞的时光。

老人们呢,都有恨铁不成钢的劲,看着围在麻将桌上的他们,心里比谁都着急,蹒跚着过去抓几只麻将丢进茅厕,骂骂咧咧:搓麻将能搓出老婆来?你们都不争气,有本事都外面去打,最好能赢回一个老婆来。

老人骂是骂了,最后躲在墙角叹气,不晓得是哪辈子造的孽啊。泥巴都埋到脖子了,谁不想抱孙子呢?

海哥他们的兴致被老人破坏了,他们很难发火,嘿嘿地笑几声,又围在一起,丢掉的麻将子不齐了,从门后拿把柴刀砍根竹子现削,用木炭子写上"九万"、"八筒",样子虽然不怎么好看,但继续搓下去是没问题的。

杨家老四呢?年纪比海哥小点,因为找不到女朋友,在外漂泊七八年不敢回家,他的父亲骂了句气话,再找不到媳妇就不要跨进家门。杨老四看着一天天老去的父亲,心里急,草率地找了个瘸腿寡妇倒插门去了,吃苦耐劳带着别人家两个满脸鼻涕口水的孩子。当杨老四前面抱着一个小孩,背后背着一个小孩出现在圭研的时候,人们才恍然记忆起杨老四。

杨老四父亲高兴得满屋后山抓土鸡,晚饭时分,搞得满屋子香喷喷,那两小孩撕抢着鸡腿,哭闹声一片。杨老四父亲眯着眼睛看着两个黑黢黢的小孩,一高兴就喝高了。

杨老四说了实情,喝高了的父亲看着不是自家一姓的孙子,气不打一处出,扇了杨老四一个耳光。扇了之后又后悔了,总比那些聚在一起打麻将的光棍强,认命吧!

岁月流逝,河水流逝,那些忧伤的记忆流逝。

我想起当年我们一起读中学杨二妹,秀气的杨二妹对我颇有几分好感,这是多年后村人告诉我的,我离开圭研的时候,杨二妹就有些精神恍惚,然后听说,杨二妹的父母收了三千元的彩礼,她哭着离开圭研,远嫁到江苏一个偏僻的农村,在距离圭研千里之外的地方打磨着生命。我不知道,当有一天,杨二妹能看到我这篇文章有何感想,我也不知道假设杨二妹和我好上了,那又将是一番什么样的人生境况呢?

圭河尽管水流少了,但依然有水在流淌,而海哥他们身上的记忆,却无法用水来洗涤干涸的爱情和清贫的日子。我再想,假设我没读书走出圭研,是不是和他们一样呢?这些宿命的思考,使我惆怅不已。我想关于写作这一点,我是没敢去想象的,因为圭研是不需要作家不需要诗人的。我想这篇文章,他们永远都不会看到,使我失落不少。

圭研就那样寂寞着,寂寞得有些出奇。每天早上,照样有炊烟升起,炊烟向我们昭示这个村庄的存在,还有温暖的故事和记忆。

慢慢都静下来的时候,人就这么老了,只留下许多引人深思的故事和那些挥之不去的惆怅,关于这些,能否随水流淌?不能回答。

Hui Xiang Zhi Lu

回乡之路

　　故乡圭研不是地理学意义上的点,硕大的地图上是没有名字的,连小小的乳名都没有,故乡跟经度纬度无关、跟土地肥瘠无关、跟贫富无关、跟你家的哥哥和姐姐都无关。它只跟人的心灵相关,跟人的精神相关,是远离之后难于割舍的眷恋,是五步一回头的伤感,是那一碗热稀饭的召唤,是对韶华不再生命流逝的感慨,是追怀往事的怅惘。故乡是心灵的寄寓之所,是精神的栖居之地。

　　失去的故乡才是真正的故乡。

　　一片春愁待酒浇。江上舟摇,楼上帘招,秋娘渡与泰娘桥。风又飘飘,雨又潇潇。

　　何日归家洗客袍?银字笙调,心字香烧。流光容易把人抛,红了樱桃,绿了芭蕉。(蒋捷《一剪梅·舟过吴江》)

　　南宋末年的蒋捷是一位颇具创造性的词人,他在南宋灭亡后东漂西泊的旅途中,他自然怀念不在远处的家乡,和家中亲情的温馨,并发出年华逝水有家难归的人生慨叹。写下了许多关于思念故乡的词,一句"何日归家洗客袍?",令人愁断肝肠。

　　历代写乡愁的举不胜举,一代风流倜傥飘转四方的柳永,他无论走在哪里,都不会忘记生他养他的故乡。在《归朝欢》中,他说"一望乡关烟水隔,转觉归心生羽翼";在《满江红》里,又说"遣行客,当此念回程,伤漂泊"。在《题中峰寺》诗中有"旬月经游殊不厌,欲归回首更迟回"之句,对故乡有着孜孜不倦的一往情深,这位最善于表现游子情怀的词人,在《八声甘州》这首名作中抒写了他的人生望远之怀,游子思乡之苦,羁旅之忧愁,登高临远之情思,句句真情,就是以秋日黄昏的长江为背景,从头至尾,长江的波浪深刻地拍痛了他的乡愁也拍湿了他的诗行。

对潇潇暮雨洒江天,一番洗清秋。渐霜风凄紧,关河冷落,残照当楼。是处红衰翠减,苒苒物华休。惟有长江水,无语东流。

不忍登高临远,望故乡渺远,归思难收。叹年来踪迹,何事苦淹留?想佳人妆楼颙望,误几回、天际识归舟,争知我,倚阑干处,正恁凝愁!

写乡愁的作家都生活在别处,是"别处"的生活照亮了故乡的路,是"别处"的情怀延长了回乡之路的距离。

回乡的路应该是从"客乡"开始的。而"客乡"仅仅作为一个概念,可疑、朦胧、遥远而又游踪不定,只是回乡的一个借口和理由,从此地到彼地去,它在黑夜像萤火虫闪了一下,就告之熄灭。从理论上来说,回乡的路应是漫长而温馨的,可在那个路口,回乡者却又开始新的旅途,那些温馨的温热的只能存留在回乡者的心胸,甜蜜而痛苦着。在某一个晚霞映红西边的时候,回乡者的心也如晚霞般浓郁。

乡愁,是任何人都逃不了的。有些人在一生中患着怀乡的病,那种病是无法医治,像初恋一样让你铭记终生。他们天天惦记着精神上的故乡。也许他就生活在距离家不远的一个城镇,依然像个海外游子，整天恍惚。就算他们生活在声色犬马中，逐渐遗忘了故乡的贫穷，但还是不胜惆怅，总是坚持着祈望，想回到一个他也许不知名的地方去。他们幻想出许多梦一般的世界，带着宗教的虔诚，理想的乌托邦，来慰藉他们彷徨的心灵。

　　黑夜去了，黎明来了，回乡的感觉一次次明晰在每一个游子的心中。

　　是不是母亲也在夕阳路口，等待那久久不归的游子？是不是黄沙遮住了母亲望穿秋水的眼睛，让那回乡的路在遥远中再次延伸？

　　后山的羊群归家了吗？那些羊群应该识路的。母亲站在路口说。

　　世界上没有两个人的回乡之路是相同的，但那过程和仪式却有着质的相近之处，凝为一个坚不可摧的象征。怎么说呢？于空间来说，故乡，那生生息息的故乡，永远是那么的强大而不可亵渎，永远是疲惫身心休憩的场所，像一个圆，圆心就是释放和缩减的具体点。所以，故乡是统一的无法选择的和宿命的。有如我们的母亲，强大而不可更改，即使是不可一世的君主帝王，在它的面前，永远不可能狂妄，只能屈膝下跪。故乡又是朦胧可疑的，在一个游子渐次迷惘的心里，变得游移不定神神秘秘。"独在异乡为异客"，故乡是博大的，它就这样默默无闻地强调着离开它怀抱的游子，即使故乡瓦无片全，依然比繁华的城市更具有神祇意义。故乡的意义往往会让游子联想到离老宅不远的荒丘上那些祖先灵魂休憩的坟茔，这种景象赋予了故乡生死存亡的经典意义，生与死只是一纸之隔啊！使回乡者缅怀于阡陌与往事之中难以自拔，满脑的恐惧和眷恋，冥冥中像有一只手在牵引着。

　　衣锦还乡荣归故里是对童年生活的逃避，是一种最为恶劣最为轻浮的方式。其中的狂妄，故乡是不接纳的。来的只是为了离去，走马观花。或许是走投无路蛰回故里，躲在故乡深处的某一匹坡某一丘田里偷偷哭泣,要么迟暮之年对故乡有挥之不去的眷恋,对故乡的犁耙、对故乡的鸡鸭、对故乡的粪桶、对故乡的酸菜的高度眷恋,没有人能真正理解故乡的含义,这也体现了故乡之所以存在的充分理由。

乡路是一条割舍不断的纽带,牵挂着游子的目光,使得那目光由朦胧迷茫到清晰具体,所以游子回乡的行动明晰,不再诡秘。

有回乡者才有回乡之路,两者有着不可分割的因果关系。故乡是从游子身上发育出来的,一辈子安守故土的人是没有清晰体会的。离家出走当然是有原因的,这个原因在多年之后决定了回乡者的方式和态度。这个原因或许是家庭变故、宗族纠纷、天灾人祸,但多年之后的人们多愿意把回乡看成是"寻根"的叙述,把寻根的叙述看成是回乡的经典,所以他们须引入一些借口来自圆其说。不管怎么说,离开故乡之后的社会关系得到展开与编织,可以认识一些故乡之外的物事,回乡意味着"回归自然","寻找"着与之相对立的影子。

也有上了年纪的人,对自己所生活的许多事感到厌倦,似乎生活太空虚了,不值得一提,这时连一缕乡愁也将变成云烟。人生,当某一次沉痛的失意,失掉所有期待的梦想,对自己种种的幻觉到消失了,借着灯光看看自己渺小无聊的影子,仿佛人一生的序幕也就要结束,从缥缈的世界坠落到硬邦邦的现实,随着那一声脆响,自己也醒了。这时睁开眼睛,看到故乡天河沙粒的群星,恍若惚一世,回想自己茫茫风尘的生活已经有若干人饱尝了,将来还要有若干人继续重复这庸俗的生活,对自己怎能不暗自伤神?

但不管怎样,回乡会是一个自我封闭的举动,它隐匿于故乡的沉静之中。多数人不能赋诗作文,也借助故乡一杯浓烈的酒,陶醉在深浅不一的乡愁中。